講談社文庫

世直し小町りんりん

西條奈加

講談社

潮騒・ 小説家の休暇

三島由紀夫

世直し小町りんりん／目次

世直し小町りんりん

はなれ相生《あいおい》

岸に別れる相生《あいおい》に　かかる月見て主《ぬし》を待つ
いつか交わる水面《みなも》の影を　無風《や》流《ぼ》に揺らすは宵《よい》の風

「佳《い》い声ですねえ」

杖《つえ》をついた老爺《ろうや》が、長屋の木戸を入って足をとめた。

老僕にうなずいたのは、若い武家の女だった。

「本当に……すっきりと清々《すがすが》しくて、鬱陶《うっとう》しい雲が晴れるよう」

盛夏らしい照りつけがないかわり、暑気は雲にふさがれて、辺りに重く淀《よど》んでいた。

ふたりは続きを待つように、しばし耳をすませたが、あとには若い娘のものらしい賑《にぎ》やかな談笑がきこえるばかりだ。

「高砂弁天《たかさごべんてん》の稽古《けいこ》は、そろそろ終わる時分でさあ。次はもうちっと早くおいでなせえ」

大きな柏《かしわ》の木から声がした。木は裏長屋へ続く短い路地の左手にあり、柏手《かしわで》長屋というめでたい名にちなんだものか、差配《さはい》の家の生垣《いけがき》からは八手《やつで》も枝を伸ばしている。柏の木陰に床几《しょうぎ》がすえられて、団扇《うちわ》を手にしたふたりの男が、ならんで涼をとっていた。職人風の若い男と、もうひとりは坊主だった。

「高砂弁天てのは、いまの声の主、長唄《ながうた》のお師匠《つしょ》さんのことでしてね」

女が何も言わぬうちから、人好きのする笑顔を浮かべた職人が、説明を買って出る。

「姿も気性も粋《いき》でね、おまけにあの声だ。高砂町には、弁天がいると評判なんでさ」

「さようですか」と、女は、にっこりと笑った。

ほう、という顔をして、坊主が床几から腰を上げた。大柄な男で、目鼻立ちのはっきりとした、坊主にしては精悍《せいかん》な顔つきだ。正面に立ち、無遠慮に女をながめる。

「いや、奥方もどうして、負けず劣らずの別嬪《べっぴん》だ」

ふっくらとした頰《ほお》と唇《くちびる》。目尻が下がりぎみの目許《めもと》はやさしげで、武家の若妻らしい化粧や装《よそお》いが初々《ういうい》しい。ごく淡い紅《べに》の小紋《こもん》が、色の白さを引き立てていた。

「お蝶《ちょう》が弁天なら、さしずめこちらは観音《かんのん》といったところか」

「坊《ぼん》さん、そんなにじろじろと見るもんじゃねえよ」

坊主の肩越しに、若い職人が顔をのぞかせた。こちらはやさしげな面立《おもだ》ちの、坊主より十《とお》ほども若い二十歳くらいの男だ。

「美人を美人と言って、何がわるい。もっとも千吉《せんきち》は、お蝶より他は目に入らんから無理もないがな。こいつは、その高砂弁天にぞっこんでな」

愛嬌《あいきょう》のある大目玉をきょろりとさせる坊主を、まっ赤になった職人がにらみつける。

「坊さん、いい加減にしねえか！」

武家の女は袂《たもと》で口を覆《おお》い、くすくすと笑っている。

「もしや枡《ます》職人の千吉さんと、雉坊《きじぼう》さまではございませんか？」

ふたりの男は一様に、不思議そうな顔になった。職人の方が口を開く。

「へい、たしかに、そのとおりでやすが……」

「お蝶さんや主人から、お噂はかねがね……私、榊沙十《さかきさと》と申します」

「えっ！　てこたぁ、お蝶ちゃんの……」

「はい。おふたりには一度ご挨拶をと、その心積もりでおりました。特に、雉坊さまには」

沙十は、つい、と大柄な坊主を仰《あお》ぎ見た。

「その節は、妹が大変お世話になりまして。私からも、ぜひお礼を申し上げねばと思うておりました」

「いやあ、こりゃ、ご丁寧《ていねい》に」

沙十の行き届いた礼に、雉坊は頭をかいたが、ふたりの視線が一瞬、妙な具合に絡《から》まった。

その場にいた千吉も気づかぬほどのかすかな緊張は、すぐに解《と》けた。棟《むね》になった長屋の、いちばん手前の障子戸《しょうじど》があいたのだ。棹《さお》を抱えた娘たちが七、八人も続き、

「あら、まあ、お姉さま！」

仕舞《しまい》に顔を覗《のぞ》かせた背の高い娘が、頓狂《とんきょう》な声をあげた。

兄嫁と老僕《ろうぼく》の作蔵《さくぞう》を家に上げ、お蝶はてきぱきと冷たい麦湯《むぎゆ》を給した。

「せっかくですから、お蝶さんの唄を拝聴しようと、午《ひる》過ぎには八丁堀《はっちょうぼり》を出たのですが」

「もう、八つをまわった時分ですよ。どこぞに寄ってらしたんですか？」

「いいえ、まっすぐここまで参りましたのよ。まさか、一刻《いっとき》ほどもかかるとは」

高砂町は日本橋《にほんばし》を北へ渡った東側、浜町《はまちょう》にほど近い場所にある。八丁堀からこの日

本橋高砂町まで、女の足でも四半刻《しはんとき》がいいところだ。いったいぜんたいどう歩けば、その四倍もかかるものかと、お蝶は形のよい眉《まゆ》をひそめた。よほど喉《のど》が渇いていたのだろう、玄関の上がりはなに腰を下ろした作蔵は、麦湯をひと息で飲みほした。

「むさくるしいところで、びっくりしなすったでしょ」

長唄の師匠という生業《なりわい》もあって、裏長屋にしては手広なほうだが、兄夫婦の住まう組屋敷とはくらべようもない。榊の家は代々、町方与力《まちかたよりき》を務める家柄だった。

お蝶の兄で、沙十の夫でもある榊安之《やすゆき》は、南町奉行所《ぶぎょうしょ》の当番方《とうばんがた》与力である。当番方とは、決まった分担のない与力が交替で、庶務・受付・当直などを行うもので、捕物《とりもの》出役《しゅつやく》や検使も担《にな》う。主に新参の与力に割り振られる役目であった。

「わざわざお姉さまがいらっしゃるなんて……やはり、お兄さまの差《さ》し金《がね》ですか？」

お蝶は、切れ長の目に力をこめた。すっきりとした細面《ほそおもて》に鼻筋がとおり、黙っていれば凛《りん》とした顔立ちだが、その表情はくるくると豊かに変わった。

「言っておきますが、八丁堀の御組屋敷に住むのだけは、ご免こうむりますよ。お武家の暮らしなんて柄《がら》じゃありませんし、何より窮屈《きゅうくつ》で仕方ありませんよ」

お蝶は、南町の与力職を務めあげた榊安右衛門《やすえもん》の娘だった。

安右衛門は、音曲《おんぎょく》や舞をたしなむ洒脱《しゃだつ》な男で、長男の安之を産んだ本妻を早くに亡くし、後に深川《ふかがわ》で芸者をしていたおきさとのあいだにお蝶を儲《もう》けた。

男言葉を使い、気風《きっぷ》と伊達《だて》でならすのが辰巳《たつみ》芸者である。

「妾《めかけ》をやらせてもらうほど、こちとらひ弱にできちゃいねえのよ」

おきさは子を産んでからも芸者を続け、お蝶が七つになると高砂町に引き移り長唄の師匠をはじめた。金銭の助けはもちろん、二年半前、息子の嫁取りを機に跡目を譲った安右衛門が、下谷《したや》でひとり暮らしをはじめてからも、一緒に住もうとはしなかった。そのかわり、せっせと通う安右衛門との仲は睦《むつ》まじく、相手の立場や安之の気持ちを慮《おもんぱか》っての故《ゆえ》であろうかとは、母が亡くなってからお蝶が見当したことだった。

おきさは病をえて一年前に逝《い》き、まるで後を追うかのように三月《みつき》半前、安右衛門が卒中《そっちゅう》で急死した。

以来、息子の安之は、ひとり残された妹を案じ、たびたび組屋敷への同居を申し出たが、毎度お蝶につっぱねられている。

「嫁入り前の娘がひとり暮らしをすることを、心配なさる気持ちはわかりますよ。でもね、おっかさんが身罷《みまか》ってからまる一年、棹一本でちゃあんとやってきたんです」

お蝶は、兄嫁の前で胸を張った。母親仕込みの三味線《しゃみせん》の腕前と美声に加え、からりとした気性が好まれて、おきさの死後も弟子の数が目減りすることはなかった。

「いえ、今日はその話ではなく、お蝶さんのお弟子さんのことで参りました」

お蝶の構えを解《と》くように、沙十はゆるりと微笑《ほほえ》んだ。

「お弟子さんの中に、日本橋通町の瀬戸物問屋、伊藤屋の娘さんがいらっしゃいますわね？」

切っ先を外されて、お蝶がきょとんとする。

「ええ、お久実《くみ》ちゃんなら、たしかに……そういや、ここんとこ顔を見てませんね。お久実ちゃんに、何かあったんですか？」

「どうやら、悪い虫がついたようで……遊び人の男と、たびたび会っているようなのです」

両親がいくら止めてもきかず、相手の男に手切れ金をほのめかしたが、これもうまくいかなかった。いまは女中に見張らせて、お久実は家からも滅多《めった》に出られないという。

「まさか、あのお久実ちゃんにかぎって……浮ついたところのない身持ちの良い娘ですよ」

お久実はお蝶のふたつ下、十六になる。嫁入り前の娘にとっては長唄も、茶道や生《いけ》花《ばな》と同じに大事な花嫁修業である。十五にいたる頃まで、娘たちは数々の稽古事に精を出し、伊藤屋ほどの身代《しんだい》なら、箔付《はくづ》けのために武家への屋敷奉公《ぼうこう》に一、二年出されるところだが、ふたり姉妹の長女にあたるお久実は、婿取《むこと》りをする身であったから、店の奥向きを手伝いながら長唄の稽古も続けている。

「よい縁談が舞い込んだ矢先のことで、ご両親も焦《あせ》っているごようすで。相手の男はたたけば埃《ほこり》が出る身であろうから、つかまえて所払《ところばら》いでも島流しでもしてもらえないかと、伊藤屋のお内儀《ないぎ》から相談を受けましたの」

「そりゃ、いくらなんでも乱暴な話でござんしょう」と、お蝶は一笑し、「それより、榊の家と伊藤屋が、そんなに親しい間柄とは知りませんでした」

「いえ、そういうわけでは……旦那《だんな》さまのお役目上、いろいろとお願い事をされることが多くて、これもそのひとつなのですよ」

首をかしげるお蝶に、沙十は仔細《しさい》を説いた。

町方役人の屋敷は、上は奉行から与力同心《どうしん》まで、とかく付届《つけとどけ》が多い。大名家、旗本《はたもと》、町人を問わず、手土産《てみやげ》や包み金を手に種々雑多な頼み事をしに来るのである。与力は役料こそ二百石《こく》と小禄《しょうろく》だが、おかげで内証《ないしょう》は高禄《こうろく》の旗本なぞよりずっと豊かなのだった。

「年番方《ねんばんがた》、吟味方《ぎんみかた》ともなれば、余計に融通ができますから、多いときで一日に二十人も頼み人がいらっしゃるとか。宅などは数人がせいぜいですが……」

それでも相手をしているうちに日が暮れてしまったり、何より困るのは、与力が出張るほどのものでもない些事《さじ》が溜まっていくことだと、沙十はため息をついた。

「先《せん》には頼りになる若党がいて、すべて始末してくれたのですが、急に生家を継ぐことになり暇をとったのです。もともとは妻たる私が負わねばならぬ役目なのですが、何やらちっとも片付かなくて」

「そうでございましょうねえ」

ずけずけとした物言いながらも、お蝶は少なからず沙十を案じていた。与力の妻は、しっかり者でなくては務まらぬ、とはお蝶もきいたことがある。何をするにつけお蝶の倍はかかりそうな、のんびりとした兄嫁には、さぞかし難儀なことだろう。

「実は、相手の遊び人が、この近くに住んでいるとのことで、これから訪ねてみようかと」

「お姉さまひとりで、そんな危ない男のもとへなぞとんでもない！」

「私も心細くて……できればお蝶さんに、ご一緒していただけないかと思いまして」

もとより、頼まれれば嫌とは言えない性分である。お蝶はふたつ返事で引き受けた。

「橘町《たちばなちょう》三丁目なら、こっから目と鼻の先ですよ」

義理の姉妹と老いた小者《こもの》は、高砂町の東を流れる浜町堀の岸を北へ向かった。お久実の相手、達造《たつぞう》という男は、浜町堀を渡った先にある橘町に住んでいた。

「そういえば、先程お稽古の仕舞にきこえた……あれはなんという唄ですの？」

「ああ、そんな大層なものじゃありません。あたしが座興でつくった戯《ざ》れ唄ですよ」

たずねた沙十に向かって、お蝶が笑う。

「お弟子の若い娘たちと、いまこの辺りで評判の『はなれ相生』の話をしていたものだから。お姉さま、相生の松はおわかりでしょう？」

「ひとつの根方から、赤松と黒松が生《は》えた松のことですね。夫婦が固い縁《えにし》で結ばれて、ともに長命を得るという」

「はなれ相生ってのは、この堀の千鳥橋《ちどりばし》の傍《そば》にありましてね。ほら、見えてきましたよ」

三人の行く手に、小さな橋が見えた。橋の手前の両岸に向かい合わせのように赤松と黒松が生えていて、互いに手をのばすように堀に枝をさしかけている。この二本の松を、はなれて育ちながらやがて一緒になる夫婦になぞらえて、はなれ相生と呼んでいるのである。

「貧相な松でござんしょう？　なのに誰が言い出したか、ここんとこ噂になってましてね」

双方の松のちょうど真ん中にかかる月を、千鳥橋から好いた相手とながめれば恋が成就《じょうじゅ》する。その話が広まって、ことに若い娘たちのあいだではまことしやかに囁《ささや》かれていた。

「まあ、素敵なお話ですこと」

千鳥橋を渡りながら、沙十が赤と黒の松に目をあてる。

「おかげで晴れた夜なぞは、千鳥橋が落ちちまいそうな人出で、それをあてこんで夜店まで立つ始末……って、お姉さま、逆ですよ！」

橋を渡りきったところで右を向いた沙十の袖《そで》を、お蝶が引いた。

「あら、そうでしたか……本当に、お蝶さんが一緒だと心強うございますわ」

おっとりと笑う沙十に、お蝶はあいた口がふさがらなかった。長屋を出て、すでに三度目である。四辻《よつつじ》へ出れば、逆へ行こうとする。まっすぐ行くべき道を、曲がろうとする。何事もなかったかのように、さくさくと前をゆく小柄な姿に、なかば唖然《あぜん》としていると、

「すいやせんね、あれはお嬢の悪い癖で。いつだって行きたい方角と、逆を向いちまう」

後ろから作蔵が、申し訳なさそうに小声であやまった。

「……ひょっとして、八丁堀から一刻ばかりもかかったのは……」

「へい、そのためでやして。いくたびか通えば覚えもなさるんですがね、それまではどうも」

お蝶の瑠璃紺《るりこん》の着物の肩が、がっくりと落ちた。

「いっそ、作蔵さんが手を引いてあげたほうが……」

「それが小さい時分から、これっぱかりはどうにもならなくて。いつだってなんの迷いもためらいもなく、違った方角へどんどん行っちまうもんで」

作蔵は、沙十の実家からつき従ってきた爺《じい》やで、いまは榊家の抱えとなっている。

「あっしはもう慣れっこですし、あるく道のりが長い分、足腰が丈夫になりやしてね」

六十はとうに過ぎていそうな作蔵だが、腰も曲がっておらずかくしゃくとしている。

「あら、じゃあ、その杖は？」

総身《そうみ》に流水紋《りゅうすいもん》が彫《ほ》られ、水を縫《ぬ》うように千鳥が型押しされた木の杖は、小柄な年寄がつかうには少々長過ぎる。お蝶の胸までとどく四尺はありそうな代物《しろもの》で、おまけに上から見ると、卵が収まりそうなほど太い。お蝶はさっきから、ずっと気になっていたのである。

「こいつは護符《ごふ》のようなもんでしてね。小幡《こはた》の殿さまが、肌身離さず持っているようにと、あっしに託してくだすったんで」

沙十の実家の小幡家は、二百俵《ぴょう》取りの納戸衆《なんどしゅう》だった。

「無頼の者に襲われたときは、お姉さまをお助けするようにと、そんな親心ですかねえ」

作蔵は皺《しわ》の寄った口許を歪《ゆが》めるように、ふふ、と笑っただけだった。

「この辺りで、陣兵衛《じんべえ》長屋ってのをご存知ありませんか？」

橘町三丁目にさしかかると、お蝶はたまたま目が合った若い男にたずねた。

「陣兵衛長屋なら、この先を右に曲がって……」

と、男はそこで言葉を切って、お蝶をじろじろとながめた。

「姐《ねえ》さん、見かけねえ顔だが、いい女だな。どうだい、ちょいとそこの茶店で団子《だんご》でも」

「あいにくと、連れがおりましてね」

お蝶はむっつりと、沙十と作蔵をふり返った。武家と町娘の組み合わせに、ちょっとびっくりしながらも、男は面白そうににやにやした。

「なるほど、あっちも別嬪だ。人妻ってのも、そそられるねえ」

月代《さかやき》をきれいにあたり、色白の顔や柔らかい目許は、いかにも若い娘に受けがよさそうで、男の浮かべる世慣れた笑みには、その自信がうかがえる。だが、残念ながらお蝶は、この手の甘い顔は好かなかった。

「あたしらが用のあるのは、陣兵衛長屋の達造って男でしてね」

男の笑みがたちまち引っ込んで、訝《いぶか》しむような目の色になった。

「達造はおれだが、あんたら、誰だい……おれに、なんの用だい」

「おまえさんが……」

お蝶は一瞬、目を見張ったが、すぐに吐《は》き捨てるように言った。

「なるほど、実《じつ》のない男だね。女とわかりゃ、見境なく声をかける。まさか、あのお久実ちゃんが、おまえさんごときにうつつを抜かすとはね」

「お久実だと？」

達造の顔つきが、ますます剣呑《けんのん》になった。

「あんたら、伊藤屋のまわしもんかい」

「そう思ってくれて、ようござんすよ」

お蝶ははなから喧嘩《けんか》腰《ごし》だが、そこへ沙十がやんわりと割って入った。

「先日、伊藤屋がお持ちした十両では、手切れ金には足りなかったようですね」

「ふん、あんなはした金……娘大事と言うわりにゃ、しみったれたもんだな」

「伊藤屋では、倍、あるいはそれ以上の金子《きんす》を積んでもかまわないと申しております。いったいいかほどなら、話に応じてくださいますか？」

達造はしばし考え込んで、にやりと口許を歪めた。

「千両だ」

「ふざけたことを。子供の寝言だって、もうちっと気が利いてるよ」

お蝶は鼻もひっかけなかったが、達造はずいと身を乗り出した。

「いいや、冗談事じゃあねえ。千両くれるなら、お久実はあきらめてやると、帰って伊藤屋に伝えるんだな。びた一文負からねえから、そのつもりでいろ」

言うだけ言って達造は、お蝶たちがいま来た道の方角へ足早に去っていった。

「どうやら島流しにしても、罰《ばち》はあたらない手合のようですね」

お蝶はたちまち前言をひるがえしたが、沙十は頬に手をあてて、遠ざかる男の背をじっとながめていた。

「若い娘を手玉にとって金をせびるのは、あの男のおはこでね」

陣兵衛長屋に寄って達造の噂をたずねてみると、井戸端《いどばた》にいたかみさんは、まずそう言った。女をだまくらかして金を巻き上げるのは、どうやら達造の常道らしく、今回のように親から手切れ金をせびったり、稼ぎのある女なら金を貢《みつ》がせているという。

「どこぞの大店《おおだな》から、八両ふんだくったと威張《いば》っていたこともあったがね」

日頃は小銭をせびるのがせいぜいで、時々、やくざ者の使い走りもしているらしい。

「島流しくらいじゃ足りやしない。磔《はりつけ》獄門《ごくもん》にしてやらなけりゃ」

長屋を出るとお蝶は息巻いたが、それまで思案にふけっていた沙十が口を開いた。

「どうしてあの人は、此度《こたび》にかぎって千両なぞと言ったのでしょうか」

「そりゃ、伊藤屋から大枚をせしめるつもりで……」

「それならもっと、親御さんが出しやすい金高《かねだか》にすべきでしょう？」

八両せしめたことを自慢にしていたのなら、伊藤屋の十両は、達造にとって少ない額ではない。さらに伊藤屋は、倍を出すことをほのめかした。

「わざわざその申し出を蹴るような真似《まね》は、あの人の利にならないはずなのですが」

お蝶の足が、ふっと止まった。

「ひょっとして、お久実ちゃんに本気で惚《ほ》れているとか……」

まさかね、と口をついた言葉をお蝶は己《おのれ》で笑いとばしたが、沙十はそうかもしれぬ、と言いたげな顔をした。

「だとしても、千両とは……何かお久実さんから手を引けぬ、理由《わけ》でもあるのでしょうか……」

「お姉さま、そこはまっすぐ！」

しきりと考え込みながら、道を曲がろうとする沙十を、お蝶はあわててさえぎった。

翌日の午後、姉妹は日本橋通町の伊藤屋で落ち合った。

主人夫婦はもちろん、お久実もお蝶の来訪を喜んでくれたが、

「あたしは、達造さんと一緒になるつもりでいます」

奥座敷に通り、男の話になると、とたんにきっぱりとした態度になった。

「あの男は、お久実ちゃんをだしに、大金をふんだくる気でいるんだよ」

達造のよくない噂も、千両の手切れ金話も、その決心を変えるには至らなかった。

「いったいどこに、そんなに惚れたんだい？」

あまりの頑迷《がんめい》さに、ふう、とお蝶は肩の力を抜いた。

身内がいては話し辛《づら》いこともあろうかと、両親は席をはずし、座敷には三人きりだった。沙十はひとまずお蝶に話をまかせ、傍《かたわ》らで膝《ひざ》をそろえている。

「はじめはね、口がうまいだけの、いい加減な人だと思いました」

女中と一緒に寺参りに行ったときのことだ、とお久実は語った。帰りがけに寄った門前町で、ふたりの男にからまれて、うまく助け出してくれたのが達造だった。

「きれいだの可愛《かわい》いだの言われても、上《うわ》っ面《つら》だけのお世辞だろうと、ちっともうれしくなかったの。どうせ他の人と同じように、妹をひと目見せれば気が変わるって」

お蝶が、あ、と思い至る顔をする。お久実は決して、不美人な娘ではない。ただ、お久実のふたつ下の妹が、並外れた器量の小町娘なのである。

「あたしね、お師匠さん、ずっと痛くないふりをしていたの。いつだって妹と引きくらべて見られることを」

跡取り娘として行儀よく育てられたお久実は、妹への屈託《くったく》を顔に出すような真似はしなかった。それでもお蝶は、この娘とは長のつきあいになる。ふとしたはずみで垣《かい》間見《まみ》えるものから、なんとなく察していた。

「だから、試してみたんです。たしか、三度目だったかしら」

お久実は待ち合わせの場所に、妹を連れて出向いたのである。その日は機嫌よく、姉妹と一緒に両国広小路《りょうごくひろこうじ》にならぶ店々を冷やかしていただけだったが、次にふたりで会ったとき、達造は意外なことを口にした。

「あの後、ずっと考えていたんだが」

「妹のことが、頭からはなれなかった……そういうことですか？」

「……やっぱり、そうか」

それまで見せたことのない、ひどくまじめな顔をした。

「辛かったろうな」

お久実の意図を、達造は見抜いていた。

「おれも出来のいい兄貴と、ずうっとくらべられていた。自棄《やけ》を起こしてさんざん親をてこずらせた揚句《あげく》に、家をとび出した……だから、わかったんだ」

達造の生家は、上総《かずさ》の大きな油問屋だと、お久実がつけ加えた。眉唾《まゆつば》ではないかと、お蝶は疑りぶかい目を向けたが、口には出さなかった。

「お師匠さん、『はなれ相生』の噂、きいてますか？」

お蝶はうなずいて、昨日の稽古でも戯れ唄をつくらされた、と苦笑いした。

「お久実ちゃんは、達造からきいて？」

「ええ、達造さんに誘われて、千鳥橋から一緒に月を見たんです」

「あんな貧相な松じゃ、たいしたご利益《りやく》は望めないと思うがね」

お蝶はその手の見えすいたやり口が好かぬから、苦薬を飲んだような顔をしたが、

「ええ、本当に、見映えのしない松で。だからなおのこと、それが達造さんとあたしみたいに思えて。そのときにあたし、きっとこの人と添い遂《と》げようと決めました」

お久実はしんみりとした調子で語り、義理の姉妹は、それ以上何も言えなくなった。

「堅い娘にかぎって、妙な男にたやすく手玉にとられちまうものかもしれませんね」

伊藤屋を辞したふたりは、楓川《もみじがわ》にかかる橋を渡った。通町の東、楓川の向こうは八丁堀になる。お蝶は沙十に勧められるまま、兄の屋敷に立ち寄ることにした。

「お蝶さんは、お久実さんが騙《だま》されていると？」

「あたしには、そうとしか思えませんね。だいたい、出会ったところから気に入りませんよ。はじめに難癖をつけてきたふたりが、達造とつるんでいたかもしれないでしょう？」

芸者をしていた母親や、その朋輩《ほうばい》から、この手の手管《てくだ》はたんときかされている。だが、沙十は、ふいに違う話をもち出した。

「お蝶さんが夜道で物取りに襲われたとき、助けてくださったのは雉坊さまでしたわね」

「ええ、あれ以来、お兄さまの組屋敷へのお誘いはますますしつこくなるし、遅い時分の出稽古には、毎度千ちゃんと坊さんが、とろろ芋《いも》のようにひっついてくるしで」

鬱陶しいと言わんばかりに、お蝶は顔の前でひらひらと手をふった。

出稽古の帰り道、お蝶が頭巾《ずきん》で顔を隠した三人組に襲われたのは、ひと月前のことである。三人ともに袴《はかま》姿であったから、大方、食い詰め浪人の仕業《しわざ》であろうと思われたが、そのときに六尺棒をふりまわして助けてくれたのが雉坊だった。

「それが縁で、同じ長屋に住むことになったと、旦那さまから伺いましたが」

「ええ、雉の坊さんは相模《さがみ》から出てきたばかりでしてね、江戸での住処《すみか》を探していたんですよ。ちょうど柏手長屋に空きがあったもんで、大家さんに話を通したんです」

「何やら、お久実さんの話に似ていますわね」

え、とお蝶は怪訝《けげん》な顔をしたが、すぐにけらけらと笑いとばした。

「坊さんが、あたしに気があるとでもいうんですか？　たしかに蓋《ふた》をあけてみたら、飲む、打つ、買うの、とんだ破戒《はかい》坊主でしたけどね」

「そうなんですの？」

「ええ、毎晩のように出歩いて、時々、得体の知れない夜鷹《よたか》のような女を長屋に連れ込んで。あたしまで大家さんに嫌味を言われる始末で……あ、お兄さまには内緒ですよ」

「お坊さまの女犯《にょぼん》の罪は、重うございますからね」

立派な寺の住職ならともかく、托鉢《たくはつ》で食いつなぐ貧乏坊主をいちいち捕まえにくるほど、奉行所も暇ではなかろうと、お蝶は笑った。

「ただね、あたしは案外、嫌いじゃあないんですよ。こだわりがなくて、どこか向うみずなところが、おとっつぁんに似てる気がして」

「そうですか……父上に……」

安右衛門は、お蝶を誰よりも可愛がっていた。町方に倣《なら》いおとっつぁんと呼ばせ、娘を手放しで褒《ほ》めちぎるような大らかな情愛を注《そそ》いでいた。

「だからといって、坊さまに懸想《けそう》しようとは思っちゃいませんよ。年もはなれていますしね。若く見えますけど、あれで三十のぞろ目なんです」

屋敷の門をくぐりながら、沙十は曖昧《あいまい》な笑顔を返した。一年も経たぬうちにふた親を相次いで亡くし、さぞ気落ちしているはずなのに、気丈なお蝶は決して表に出さない。それがかえって哀れにも思え、安之は気を揉《も》んでいるのである。

「用もないのに、お蝶がわざわざ訪ねてくれるとは」

非番で家にいた安之は、妹の来訪を手放しで喜んだが、お蝶は挨拶もそこそこに文句をぶつけた。

「お兄さま、五日とおかず高砂町に通うのは、そろそろやめにしてくださいな。御用繁多な町方与力とはとても思えないって、長屋でもすっかり評判ですよ」

せめてもう少し、与力らしく颯爽《さっそう》としてくれればとは、さすがに口にはできなかった。

頻々《ひんぴん》と長屋に顔を出す安之は、妹思いのやさしい兄と微笑《ほほえ》まれる一方で、その野暮《やぼ》ったさは嘲笑《ちょうしょう》の種にもなっている。町方与力といえば、火消し、力士とならんで人気の高い江戸三男だ。亡くなった安右衛門も、身なりに気をつかう粋な男だったが、安之は父とは、まるで燕《つばめ》と鶉《うずら》ほどもかけはなれていた。身の丈《たけ》だけは六尺近くもある大男だが、風貌も物腰ももっさりとしており、日頃の言動もいまひとつ頼りない。

「なに、案じることはない。御用なぞより、おまえのほうがよほど大事だ」

「小《こ》っ恥《ぱず》かしいことを平気で口にするところだけは、おとっつぁんにそっくりなんだから」

「これからは、私が足を運ばせていただきますわ。旦那さまの仰《おつしや》っていたように、千吉さんも雑坊さまも、たいそう楽しい方たちで」

「それはそれで、いかがなものかと……作蔵さんが、干涸《ひから》びちまいますよ」

ぽんぽんと返しながら、なんという似たもの夫婦だろうと、お蝶は内心で呆《あき》れていた。おっとりと呑気《のんき》で、毒にも薬にもならぬ風情は、まるで日向《ひなた》の猫をながめているようだ。

「そんなことより、お姉さま、お久実ちゃんのこと、どうするおつもりですか？」

「ちょっと気になることがございますの。少し調べてみることにいたしましょう」

達造のことばかりでなく、伊藤屋についても確かめておきたいという。

「そういうことなら、おれの手の者を使えばよい。明日からさっそく、総出であたらせよう」

安之には、十手《じつて》をあずけた者たちがいる。達造にからむやくざ連中にも、大店の内情にも通じていようが、お久実の件にかかりきりになれば肝心の御用の筋にさしさわる。

「妹の弟子が難儀しているのだ。御用なぞより、そちらを片付けるのが先ではないか」

案じるお蝶に、安之は事もなげに言った。

「お蝶ちゃん、どうせなら千鳥橋を通って帰らねえか？」

出稽古の帰り道、言い出したのは千吉だった。日が落ちて半刻ばかりが過ぎており、いつものように雉坊と千吉がつき従っていた。

晴れた宵であったから、千鳥橋はたいそうな混みようで、橋の両袖には夜蕎麦《よそば》売りの屋台やら冷やし白玉《しらたま》のふり売りやらが垣間《かいま》見える。

「お蝶、せっかくだから、橋の上から一緒に松を拝《おが》まないか？」

「坊主がなに言ってんだ。そいつはおれの台詞《せりふ》だろうが」

橋のたもとでやり合うふたりを、お蝶は笑ってながめていたが、その向こうに知った顔を見つけた。

「あれは……」

橋から離れた堀端《ほりばた》に突っ立っているのは、達造に違いなかった。とたんに頭に血がのぼった。達造と会ってから、十日ほどが過ぎている。お蝶は何度も伊藤屋に出向き、お久実を説き伏せにかかったが徒労に終わっていた。

「あたしはもう、百遍くらい己の胸に問いました。でも、やっぱりいちばん奥で声がするんです。達造さんは大丈夫だ、間違いがないって」

お久実のまっすぐな思いにふれるたび、達造への怒りはふくれあがる一方だった。

「あんの野郎、今日こそ話をつけてやる」

連れのふたりをほっぽって、お蝶は堀端へ小走りに駆けた。『お久実とは二度と会うな』と怒鳴りつけてやるつもりが、達造を前にして、ぴったりと足が止まった。

千鳥橋を背にした二本の松が、見とおせる場所だった。ぼんやりと松に目をあてる達造の横顔は、ひどく孤独で切なかった。

「兄さんをやっかんで家出した、上総の油問屋の次男坊」

お蝶の声に、達造がすいとふり向いた。

「あの話は、本当かい？」

「ああ、あんたか」

呟《つぶや》いて、また堀に顔を向けた。背から、酒のにおいがする。酔っているせいなのか、先に会ったときの調子のよさも、女に金をせびる悪党ぶりも、すっかり削《そ》がれていた。

「なんであんな話、しちまったかな」

独り言のように愚痴《ぐち》て、それきり達造は口をつぐんだ。まわりの喧騒《けんそう》が嘘のように、ふたりが立つ堀端だけが、ぽつんと浮いていた。

「お久実ちゃんに、会いたいんだね」

それまで静かだった男の顔が、ふいに歪んだ。

「こんなところで何遍願かけしても、お久実ちゃんとは添えやしないよ」

「言われなくても、はなからわかってるさ。大店の娘とごろつきじゃ、どうしたって……」

「そういうことじゃないんだよ！」

お蝶の声は通りがいい。その啖呵《たんか》に、近くにいた者たちがいっせいにふり返った。

「お久実ちゃんに、あんたの誠《まこと》を見せてみな。それが俠《おとこ》ってもんだろう！」

まるで平手で打たれたように、達造は両の眼《まなこ》をぽっかりとあけた。

「あの子はね、本気なんだよ。あんたと添いたい一心で、親や世間とひとりっきりで戦ってるんだ。その心意気を踏《ふ》みにじるような真似をしたら、今度こそただじゃおかない」

達造は辛そうな顔をして、身じろぎもせず突っ立っている。よく覚えときな、と母親ゆずりの伝法《でんぽう》な調子で言いおいて、お蝶はさっさとその場を後にした。

まわりにできた人垣を越えると、すぐに雉坊と千吉が駆け寄ってきた。お蝶を探しまわっていたのだろう、汗だくになりながらも、ほっとしたようすを見せたが、

「まったく男ってもんは、色恋となるとてんで情けないんだから」

ぷりぷりするお蝶に、ふたりは顔を見合わせた。

お久実がかどわかされたのは、それからわずか三日後のことだった。

教えてくれたのは、やはりお蝶に長唄を習っている娘である。その日にかぎって、どうも顔色も三味の音色もさえぬことを訝しみ、稽古の後にお蝶がたずねると、青ざめた顔で娘は告げた。

「そろそろお稽古にも出してもらえるんじゃないかって、お久実ちゃんを誘いに行ったら、裏木戸の辺りから声がして、お久実ちゃんがかどわかしに遭ったと……」

こわくなって、そのまま声をかけずにきてしまったという。伊藤屋からほど近い履《はき》物《もの》問屋の娘で、お久実と一緒に稽古に通っていたのである。

「どうしよう、お師匠さん、お久実ちゃんがさらわれたのは、あたしのせいかもしれない」

娘は泣きながら、昨日、男にたのまれて、お久実に文《ふみ》を渡したと明かした。男の姿形をたずねると達造によく似ており、娘にもその了見はあったが、好いた相手と引きはなされたお久実への同情が先に立ったようだ。

とりあえず伊藤屋へ駆けつけると、お久実の両親は、どうか奉行所へは内密にしてほしいと、お蝶の前で畳に這《は》いつくばった。届ければ娘の命はないと脅《おど》し状にもあったそうだが、何より事が公になれば、婿取り前のお久実の風評に傷がつく。お久実は夜明け前にこっそり抜け出したらしく、昼近くになって脅し状が届いたという。やはり達造の仕業かと、お蝶は歯嚙《はが》みした。

「で、相手は、なんと言ってきてるんです？　身の代《しろ》は、いかほどですか？」

「いいえ、金ではございません。あたくしどもの商いに関わることでして」

主人から仔細をきいて伊藤屋を出たお蝶は、さんざん迷ったあげく、やはり八丁堀へと足を向けた。安之はまだ奉行所から戻っておらず、お蝶はひとまず口止めをした上で、兄嫁に顚末《てんまつ》を語った。

「おそらく、お久実ちゃんをかどわかしたのは、伊藤屋の商売敵《がたき》に違いありませんよ」

伊藤屋は、さる大藩の御用達商人になることが内々で決まっていた。その話を白紙に戻せと、脅し状には書かれていたのである。

「御用達看板を得ようとしていたお店《たな》は何軒かあって、そのうちの一軒がお久実ちゃんをさらったんでしょうけど……」

「乗り込んだところで白状するとも思えませんし、竜波《たつなみ》一家とのつながりを悟られるような、間抜けな真似もしないでしょう」

「お姉さま、竜波一家って、いったいなんのことです？」

「達造が出入りしていた、やくざ一家です」

安之の小者たちが、探り出してくれたという。

「達造がお久実さんに近づいたのは、竜波の衆から頼まれたためでしょう。だから手切れ金も、受け取らなかった」

「あんの、人でなしが！」

お蝶は拳《こぶし》を握りしめたが、すぐにその手は畳に落ちた。

「達造も、いまごろきっと……」

「ええ、すでに雲隠れしているでしょうね」

「どうしよう……この先いく日もお久実ちゃんは、やくざ連中に囲まれて難儀な目に……」

娘の身には代えられぬと、伊藤屋の主人はすでに、御用商人をまとめる藩の賄方《まかないかた》へと出向いていた。しかし肝心の賄頭《まかないがしら》が役目のために江戸をはなれており、戻りは早くとも七日後になるという。

「どうも間が悪うございますわね……はじめから仕組まれていたにせよ、もしかすると相手の筋書きに、不都合が起きたのやもしれません」

お久実を留めおく日数《にっすう》が長ければ長いほど、相手にとっては厄介《やっかい》なことになる。

沙十はしばしのあいだ思案して、ひとまずこちらに任せてほしいと告げた。

案の定達造の姿は橋町から消えていた。お蝶は二日だけ待ってみたが、お久実の身を案じるあまり早くも我慢が切れて、浅草《あさくさ》にある竜波一家の根城に足を向けた。

「ここに出入りしていた、達造って男を探してるんだがね」

「姐さん、いい度胸だな。教えてやりてえところだが、あいにくと心当たりがなくってね」

「そうかい。伊藤屋のことで、耳よりな話があったんだが……こっちも長くは待てないんだ。八丁堀の旦那がうるさくてね」

達造を見かけたら伝えておくれと、柏手長屋の場所を告げた。

その日のうちに、早くも獲物が食いついた。

『今宵《こよい》五つ、はなれ相生の赤松の根方にて　達造』

近所の子供が届けてくれた文には、そうあった。

その日も雲の少ない晩であったから、千鳥橋は相変わらずの賑わいだった。日が落ちて一刻後、橋の東側にあたる赤松の傍に立っていると、お蝶の袖を引く者があった。

「お蝶さんですね。達造さんから、頼まれておりやして」

見るからにやくざ者とわかる、人相の悪い男だった。もとより達造が現れるとは思っていない。言われるまま、横道にとめてあった駕籠《かご》に乗った。半刻ばかりも揺ら

れ、着いたところは、驚いたことに大きな武家屋敷だった。立派な櫓門《やぐらもん》を見上げ、背後にちらりと目を走らせると、

「あんたのお連れさんは、撒《ま》かせていただきやしたよ」

男がずるそうな笑みを浮かべ、お蝶は思わず唇を嚙んだ。千吉と雉坊が、後をつける手はずになっていたのである。

駕籠は、途中で一度だけ止まった。水の音がしたから川岸だろうと、お蝶も見当をつけていたが、あの折に舟に乗り換えたふりをしたのだと、男は得意そうに講釈した。啖呵のひとつも切りたいところだが、もともと乗物に弱いお蝶は、駕籠酔いですっかり参っていた。

男が合図すると、脇の小門が中からあいた。

大きいが古びた屋敷で、無頼の男たちより他は無人のようだった。ふたりの男にはさまれて廊下を行くと、表座敷のひと間に明かりが見えた。

「お師匠さん！」

「お久実ちゃん、無事だったんだね」

やつれてはいるが、お久実は無傷だった。そしてその傍らには、からだ中を痣《あざ》だらけにした達造が転がっていた。

「達造さんは、あたしに本当のことを明かすつもりで、呼び出しの文をくれたんで

す」

　それが竜波の衆にばれてしまい、ふたりそろってここへ連れてこられたという。達造が、半分しか開かぬ瞼《まぶた》を重そうにあげた。

「あんたの誠は、見せてもらったよ。お久実ちゃんを守ってくれて、ありがとうね」

　お蝶に笑い返したのだろう。達造は腫《は》れあがった口許を、かすかに歪めた。

　やがてお蝶の前に、小柄な男が立った。どうやら竜波の若頭《わかがしら》のようだ。

「よけいな茶々を入れなけりゃ、事が済みしだい、娘だけでも返してやっていたものを」

「そいつは、どうだか。達造を生かしておけぬ以上、お久実ちゃんをひとり戻しても、何を騒ぎたてられるかわからないからね。心中《しんじゅう》に見せかけて、一緒に堀に浮かべようって腹だったんじゃないのかい？」

　なかなかいい読みだ、と男が笑い出す。

「裏で糸を引いていたのがお武家とは、それだけは思いもよらなかったよ」

　忌々《いまいま》しそうにお蝶がにらみつけたとき、子分が入ってきて若頭の耳元で何か囁《ささや》いた。若頭は怪訝な顔をしながら座敷を出てゆき、やがてひとりの女を伴って戻ってきた。

　お蝶の駕籠酔いが、ひと息に吹きとんだ。若頭の背後で、女が唇に指を立てた。

た。

（お姉さま！）

そこにいたのは紛《まぎ》れもなく、作蔵を従えた沙十だった。若頭が、下手《したて》に出てたずねた。

「で、殿様は、この娘からいったい何をおききになりてえんで？」

「伊藤屋は商人仲間を通して、当家のことを何がしか知っていた節《ふし》があるのです」

どうやら沙十は、黒幕である武家のお女中を装っているようだ。

「私から伊藤屋の娘に、その辺りをたずねてみます。おまえたちの耳に入れたくないこともありますから、少しのあいだ下がっていなさい」

沙十が横柄《おうへい》な口調で命じると、若頭は子分を引き連れて座敷を出ていった。

「お姉さま、これはどういうことですか。どうしてここがわかったんです？」

「お蝶さんの危急は、千吉さんと雉坊さまが知らせてくれました。この屋敷は、あらかじめ見当をつけておりましたの。ずいぶんまわり道をしたようですが、八丁堀からも近いのですよ。竜波一家を雇った武家から遣わされたと申しましたら、中に入れてくれました」

達造がどうにか動けることを見てとって、皆に指図を与えると、沙十は手早く襷《たすき》がけになった。話は終わったと、外に向かって沙十が告げ、若頭が障子をあけたその時をねらい、同じ四枚障子の端と端に分かれて陣取っていた五人は、庭へとびだした。

「あっ、てめえは、まさか……」

若頭が沙十に向かって声をあげ、庭をいくらも行かぬうちに、七、八人の男たちに囲まれた。沙十は、四人を背にして懐剣《かいけん》を構えた。

「どこのご新造《しんぞう》か知らねえが、そんな小刀であっしらとやり合おうってんですかい」

「いえ、これは、小刀ではありませんの」

にっこりと笑った沙十が、まるで別人のような凜とした声を放った。

「作蔵！」

「へいっ！」

勢いよく応じた爺やが、杖の頭に手をかけた。ぱかりと蓋《ふた》があき、中から細身の棒を二本とりだし繋《つな》ぎ合わせる。たちまち長柄《ながえ》となったものを、阿吽《あうん》の呼吸で沙十が後ろ手に受けとって、反《そ》りのつよい懐剣の刀身を先にはめた。

びゅおん、とひとふりされたものは、見事な薙刀《なぎなた》だった。

「お姉さま！」

「ばかな……」

わずか三つ数えるほどの早業《はやわざ》である。お蝶もやくざ連中も、呆気《あっけ》にとられている。

闇を真横に切り裂くように長柄が走り、男たちの輪が大きく後退した。四尺棒を二本繋げた柄は、町屋の天井にとどくほどの長さはあろう。

「いくら長物でも、数には勝てねえ。後ろに四人も抱え込んでちゃ、なおさらだ」

若頭が言い放ったとおり、沙十が打って出れば守りが手薄になる。いわばにらみ合いの状態で、このままでは囲みを逃れることはかなわない。だが、そのとき、お蝶の目の端で黒い影が動いた。鈍い叫び声があがり、ふたりの男が続けざまに倒れ伏《ふ》す。

「長物なら、もう一本あるぞ。薙刀ほど、上等ではないがな」

「坊さん！」

「すまなかったな、お蝶。へまをした分は、きっちり埋め合わせをするからな」

言いざま雉坊の六尺棒がうなり、さらにひとりが倒れた。

「ひるむんじゃねえ、束《たば》になってかかれ！」

囲みを崩された若頭が、声を張り上げる。大きな坊主を避けて、女に的を絞ったようだ。小柄なからだに男たちが襲いかかり、思わずお蝶は身を固くした。沙十は難なくこれをかわし、お蝶がどっと息をつく。

沙十の足が地を蹴って、びゅん、と長柄が鳴った。

作蔵が、まるで芝居見物でもしているような口振りで、お蝶に声をかけた。

「どうです、いい音でございやしょう？　鳴千鳥《なきちどり》って言いやしてね」

爺やは喜々として、主《あるじ》の薙刀捌《さば》きに見入っている。はらはらしているこちらが馬鹿らしくなるような、いたって呑気な風情だ。何やら肩の力が抜けて、お蝶はつり込まれるようにたずねていた。

「よほどの業物《わざもの》ですか？」

「いや、小幡の殿さまが近所の細工師に作らせたもんで、銘《めい》はあっしがつけたんですがね」

　お蝶は二の句が継げずにいるが、作蔵の調子は上がる一方だ。

　容れ物である木彫の杖と同じ意匠だが、長柄は黒漆《くろうるし》塗りだという。銀で描かれた流水紋に、金蒔絵《きんまきえ》の千鳥が数羽あしらわれていると、作蔵が得意そうに説いた。

「そんなことより、本当に大丈夫ですか？　お稽古ほどの腕前で、連中とやり合うなんて」

　薙刀は、武家の娘のたしなみであり、嫁入り道具にすることも多かった。

「お嬢の腕は、本物でさあ。嫁入り前は、師範代を務めていたほどでやしてね」

　作蔵の自慢するとおり、沙十の薙刀の動きには淀みがなかった。月明かりに閃《ひらめ》く刃《やいば》は、すべるように自在に空《くう》を舞い、柄を飾る千鳥がとぶようにも、あるいは水が流れるようにも見えた。そのたびに相手は、悲鳴をあげて地に転がった。

「あっしなんざ、いつ迎えがきてもおかしくねえ歳だが、こうしてお嬢の艶姿《あですがた》を見るたんびに、寿命が一年延びちまいやしてねえ」

　作蔵は腕を組み、天を仰いで高笑いだ。

まもなくやくざ連中はすべて片づき、門外に引き出された。武家の敷地の内は、町奉行所が手出しできないからだ。

門外で待っていたのは、千吉の知らせを受けて出張ってきた、安之ひきいる南町の捕方だった。

「じゃあ、今度のことは、御用達看板をめぐっての商人の諍《いさか》いではなく、大名家の次席家老と用人の喧嘩ってことですか？」

数日の後、柏手長屋を訪れた沙十から、お蝶は事のしだいをきいた。

御用達商人になるには、賂《まいない》は欠かせない。伊藤屋は、さる次席家老にこれを贈り看板を約束されたが、政敵にあたる用人が、竜波一家を使って阻《はば》もうとしたのである。もともと賄方が携《たずさ》わる商人の多くは、その用人が牛耳《ぎゅうじ》っており、次席家老はこれを切り崩そうとしていたという。

「そのご家老は、先月から三月ばかり国許へ帰られて、そのあいだに事をなすつもりが、達造さんが動いたために、ちょうど賄頭の留守時に当たってしまったようです」

あの無人の屋敷を任されていたのも、その用人だったと沙十が告げた。

「お手先たちに調べさせましたら、怪《あや》しげな連中が出入りしているとわかりましたの」

もとは先代藩主の生母のための屋敷であったが、主は先年亡くなって、近々修繕することになっていた。この先代生母の縁続きのおかげで、黒幕の武家は用人まで出世したという。

「短いあいだに、よくそこまでおわかりになりましたね」

「あの後、伊藤屋のご主人から次席家老さまのお名を伺って、あとは御家の内の知己を頼っておききしました。あのお大名家からも、付届はいただいておりましたから」

沙十は、藩の関わりを内密にするよう、さらに町奉行所宛に金品が届いたことをほのめかした。今回のことは、竜波一家が金目当てに娘をさらった事件として落着したが、お久実や伊藤屋の名は、一切表沙汰《おもてざた》にはならなかった。件《くだん》の用人は国許で詰め腹を切らされることになろう、と沙十がつけ加えた。

「それより、お久実さんと達造さんは、どうなりました？」

「達造は、必ず迎えにくるからと、お久実ちゃんに言ったそうです。故郷《くに》のふた親に詫《わ》びを入れて商いに精進するから、それまで待っていてほしいと」

上総の大きな油問屋の次男坊で、兄をひがんで家を出たという、達造がお久実に語った話は本当だった。竜波一家の企《たくら》みについても、仔細を知らぬまま、伊藤屋の娘を手なずけるよう頼まれただけで、お久実を救おうとしたことは吟味方にも斟酌《しんしゃく》されて、おそらくは江戸所払いですむだろうと、安之は言った。

「伊藤屋の親御さんたちは、承知なさいましたの？」

「承知もなにも、通らなければ己がかどわかされたと世間に言いふらすと、お久実ちゃんに脅されて。仕方なく、嫁に出すことを考えはじめたようですよ」

婿取りの話は、美貌の妹にまわることになりそうだと、お蝶は笑った。

「それはようございました。これもみんな、お蝶さんのおかげですわ」

沙十はあらためて礼を述べた。

「あたしは、何も……逆に勝手な真似をして、お姉さまに面倒をかけちまって」

「いいえ、達造を動かしたのは、まぎれもなくお蝶さんです」

膝にあったお蝶の手を、やわらかな白い手が包みこんだ。

「私ひとりでは、とても始末に負えませんでした。ことに町場のこととなると、なかなか見当がつきません。相手の家を探しあてるのもひと苦労で」

「それは……まあ、そうでございましょうね」

「ですから、私から、たってのお願いがございますの」

兄嫁の真剣な眼差《まなざ》しに気圧《けお》されて、お蝶はことわる術《すべ》を失っていた。

「そうか。お蝶はこの屋敷に住むことを承知したか」

縁側で月を愛《め》でながら、安之は盃《さかずき》を傾けた。傍らで沙十が、団扇で風を送ってい

とで」

「はい、溜まっている些事《さじ》が片づくまでの、ひと月ふた月ばかりにかぎってということで」

「ひとつ片付けても、またひとつ増える。いつまで経っても数は減らぬから、しばらくのあいだは、お蝶をここに留めおくことができるか。考えたな、沙十」

ふふ、と笑った安之は、すぐに顔を引きしめた。

「雉坊というあの男、おまえはどう思った？」

「隙のない男というより他は、正直わかりませんでした。たしかに胆《きも》の据わった豪の者のようですが、人を殺《あや》めるほど非道な輩《やから》にも見えません」

「どちらにせよ、敵か味方かわからぬうちは、油断のならぬ相手だな」

常には穏やかな安之の目が、鋭く光った。

榊安右衛門が、下谷の家で何者かに殺されたということは、関わった町方役人を除いては、安之と沙十しか知らなかった。傷口からかなりの使い手とわかり、また、家内はひどく荒らされていたが金品の類は残されていた。安右衛門の持つ何かを狙っての所業と思われたが、ひと月前、この榊家に昼日中から空巣《あきす》が入り、前後してお蝶が襲われたのである。

相手は未《いま》だにその品を探していると、安之はそうにらんでいた。

「おれに心当たりがないのだから、あとはお蝶しか考えられぬのだが」

安之が、重いため息をついた。盃に酒を満たし、沙十は夫を仰いだ。

「待ちどおしいですわね」

「……何がだ？」

「お蝶さんが一緒なら、これから楽しくなりますでしょう？」

安之の眉間《みけん》がようやくゆるみ、いつもの頼りなげな笑みを妻に向けた。

釣忍《つりしのぶ》に下げられた風鈴《ふうりん》が、とろりとした風にあおられて小さく鳴った。

水伯《すいはく》の井戸

る。

風はそよとも吹かず、暑気は座敷の内をねっとりと占めていた。

三弦《さんげん》は、まるで梅雨《つゆ》明け前のいまの空のような、どんよりと張りのない音を立てる。

お蝶《ちょう》はとうとう癇癪《かんしゃく》を起した。

「おまえたち、やる気がないなら、とっととやめちまいな!」

目の前に居並んだ娘たちが、ひやっ、と首をすくめる。

「そろいもそろって上《うわ》っついた音を出しやがって、あたしの稽古《けいこ》に文句でもあるのかい」

辰巳《たつみ》芸者だった母親の癖を受けついで、お蝶も怒ると男言葉がとび出す。

どうもこのところ、弟子たちのようすが落ち着かない。若い娘にはありがちなことと放っておいたが、お蝶も決して気の長い方ではない。今日に至って、堪忍《かんにん》が切れた。

「撥《ばち》さばきはおざなりで、そのくせあたしの方ばかりちらちら見てさ。言いたいことがあるなら、はっきりお言い」

　娘たちは、互いに目と目を見合わせていたが、やがて中のひとりが思い切ったように声を張り上げた。

「あの、お師匠《つしょ》さんにききたいことがあるんです！」

「何だい」

「いつも一緒にいらっしゃるお武家さまは、お師匠さんの許嫁《いいなずけ》なんですか？」

「はあ？」

「あたしたち、もう、気になって気になって！」

　それまでしゃんとしていたお蝶の背から、一気に芯《しん》が抜ける。

「おまえたち、まさか、そんなことで、稽古に身が入らなかったのかい」

「だって、お師匠さん、稽古のたびにつき添ってこられるなんて、よほどのことじゃありませんか。やはり町方与力《よりき》のお兄さまが、お決めになられた方なのですか？」

　期待と興奮に彩《いろど》られた眼差《まなざ》しは、いま時分、時折雲間からさす陽射しより、さらに熱が籠《こ》もっている。

　お蝶がこの柏手《かしわで》長屋から、八丁堀《はっちょうぼり》の兄の組屋敷に移って五日が過ぎた。

　居所が変わって、勝手の違う武家屋敷住まいになろうとも、長唄《ながうた》の師匠という仕事を放り出す気はさらさらない。稽古のたびに長屋に通い、また他の出稽古も、これまで通りこなしていた。

南町奉行所《ぶぎょうしょ》で与力を務める兄の安之《やすゆき》は、腹違いの妹をことさら溺愛《できあい》している。お蝶に乞《こ》われるままそれを許したが、ひとつだけ条件をつけた。

「これから出掛けるときは、必ずこの若党を供につけなさい。いいね」

戸山陣内《とやまじんない》という若い侍《さむらい》を、お蝶に引き合わせた。

「用心棒のつもりですか？　だったら、千《せん》ちゃんと雉《きじ》の坊《ぼん》さんが……」

「日本橋高砂町《にほんばしたかさごちょう》の柏手長屋から、毎度《まいたび》八丁堀まで呼びつけるのも心苦しい。それに、お蝶に拒まれては、陣内の仕事がなくなってしまう」

わざわざ己《おのれ》のために、新たに雇い入れたときかされて、承諾するより他になかった。

「だからね、あの人は榊《さかき》家お抱えの若党なんだ。許嫁なんて、とんでもない話さ」

話をきいた弟子たちのあいだから、なあんだ、とがっかりしたようなため息が広がった。

だが、女というものは、いったんこの手の話に食いつくと簡単に放したりしない。

「でも、あんな見目のよいお侍さまと始終ご一緒できるなんて、本当にうらやましい」

「たしかに整っちゃいるけれど、冷たそうな顔立ちで、あたしは好かないね」

「あら、お師匠さん、それなら涼やかで凜々《りり》しいと言ってくださいな。あたしも一遍でいいから、あんなお武家さまと並んで歩いてみたいものだわ」

「できることなら、ぜひそのお役目を譲ってあげたいよ」

うっとりする娘たちに、お蝶が思いきり鼻白《はなじろ》む。戸山陣内がどういう男か明かしてやれば、いったいどんな顔をするだろう。唇《くちびる》がむずむずしたが、人の陰口くらい気分の悪いものはないと、死んだ母親からきつく戒《いまし》められている。

「じゃあ、お師匠さんは、やっぱり長屋の千吉《せんきち》さんと一緒になるんですか？」

「千ちゃんは、ただの幼なじみだよ」

ひらひらと片手をふったとき、あけ放した障子戸《しょうじど》の向こうから、当の千吉の声がした。

「お侍さん、おれとこいつで勝負してくれ！」

座敷の端近《はしぢか》にいた娘たちが、いっせいに土間に降り、外に顔を突き出した。

「お師匠さん、大変です！　千吉さんと、あのお武家さまが！」

弟子の団子《だんご》をかき分けて、お蝶があわてて出すと、柏手長屋の目印となっている柏の木の下に、千吉と戸山陣内の姿があった。千吉は左手に木刀を携《たずさ》えて、別の一本を陣内に差し出している。喧嘩《けんか》をふっかけているのは、明らかに千吉のようだ。

「おれが負けたら、煮るなり焼くなり好きにしてくれ。けれど、もしおれが勝ったら、お蝶ちゃんの用心棒は、おれに譲って欲しいんで」

娘たちが、たちまち黄色い声で騒ぎ出す。

「まあ、すてき！　お師匠さんをめぐっての、恋の鞘当《さやあ》てよ」

「どちらが勝つかしら。やっぱり剣なら、お武家さまに分がありそうだけど」

「でも千吉さんも、道場通いをしているのでしょう？　ね、お師匠さん」

「そりゃそうだけど、千ちゃんは習いはじめて、まだ一年ほどしか経ってないし……」

気もそぞろで応えながら、お蝶は止める頃合を見計らっていた。幸い、熱くなっているのは千吉だけで、陣内は怜悧《れいり》な表情を崩していない。迷惑そうに、片眉《かたまゆ》をかすかに寄せた。

「町人と、やり合うつもりはない」

「一本や二本なら、肩ならしに過ぎやせん。それとも、逃げるおつもりですか」

「やめておけ。怪我をするだけだ」

千吉が挑発しても、やはり陣内は動じない。淡々とした物言いに、千吉がかっとなった。

「そっちが来ねえなら、こっちから行くまでだ。覚悟してくだせえ！」

「よしな、千ちゃん、その人は！」

「お蝶ちゃんは、引っ込んでてくれ！」

お蝶は千吉の腰にしがみつき、声を張り上げた。

「陣内さんは、剣の先生から代稽古を頼まれるほどのお人なんだよ！」

戸山陣内は、小野《おの》派一刀流の師範から、免許皆伝を受けた腕前だった。

「すみませんね、さっきは千ちゃんが、とんだご無礼を」

「いいえ」

長屋の木戸を出て早々、お蝶は殊勝にあやまったが、陣内はまるで愛想がない。いつもの如く、ただ黙々と、お蝶の後ろにつき従う。

「枡《ます》職人に剣術なんて、似合わないんですがね。もとはと言えば、死んだおとっつぁんのせいなんですよ。あたしを嫁にしたければ、剣でおれを負かしてみろなんて唆《そそのか》して」

一方のお蝶は、黙っているのが苦手な性分だ。何かと話題をふってみるが、陣内はついぞ乗ってきたためしがない。

「揚句《あげく》の果てには千ちゃんに乞《こ》われて、知り合いの道場に入門させる手筈《てはず》まで整えちまったんです。まったく、おとっつぁんときたら……」

「おとっつぁん、ですか」

話の腰を折られた以上に、その言い方がかちんと来て、お蝶はふり向いた。

「当のおとっつぁんが、そう呼ばせていたんです。いけませんか」

陣内は何も返さない。無表情なだんまりは、お蝶にとっては火に油だ。

「あたしは町屋の娘なんだ。いちいち物言いに、けちをつけられる覚えはないね」

「町娘とは、そのような伝法《でんぽう》な口をきくのですか」

たまに口を開けば、この調子だ。嫌味という甚《はなは》だ不愉快な衣を被った説教を、ぼそりとたれる。もともと太くはない、お蝶の堪忍袋の緒は、あっさりと切れた。

「あたしが気にくわないなら、そうお言いな。なんだい、もってまわったようにねちねちと。お武家ってのは皆そんなふうに、嚙《か》み切れない餅《もち》みたく、すっきりしないものですかね」

お蝶は気づかなかったが、笠《かさ》の陰で陣内のこめかみがぴくりとした。

「たとえどんな風変わりな主《あるじ》でも、誠心誠意お仕えするのが武家の習いですから」

「あたしのどこが、妙ちきりんだってんだい！」

よく響くお蝶の声に、道を行く者が何人もふり向いたが、肝心の若党の整った顔だけは、少しもゆがむことがない。細面《ほそおもて》に鼻筋がとおり、上がりぎみの目許《めもと》は涼しい。たしかにきれいな面立《おもだ》ちだが、口だけは遠慮がない。

「まず、そのなりは、いかがなものかと。嫁入り前の武家の娘に、ふさわしいとは思えませんが、お蝶さま」

　陣内は、お蝶の着物をながめまわした。灰色がかった渋い水色の単衣《ひとえ》の裾《すそ》を、赤紫の朝顔が彩《いろど》って、きりりと高めに締めた藍《あい》の帯が涼やかだ。

　ひときわ気に入っている装《よそお》いをけなされて、お蝶の腸《はらわた》が煮えくりかえる。

　だが、何より我慢がならぬのは、その慇懃《いんぎん》な言葉遣いだ。お蝶さまと呼ばれるたびに、小馬鹿にされているように思えてならない。

「突飛《とっぴ》ななりで悪かったね。あたしといるのが恥ずかしいなら、離れて歩けばいいじゃないか」

「恥になるのは私ではなく、榊のお家でございましょう」

　相手をひっぱたくのを、どうにか堪《こら》えたのは立派だったと、後で思った。

　煮ても焼いても食えない男に背を向けて、お蝶はひたすら足早に八丁堀を目指した。


「お帰りなさい、お蝶さん。さぞ暑かったでしょう。瓜《うり》が冷えてますから、いまお持ちしますわね」

　陣内の仏頂面《ぶっちょうづら》の後では、沙十《さと》のやわらかな笑顔は、まさに観音《かんのん》のようだ。

弟子の前では陰口を控え、平手打ちを堪えたお蝶も、兄嫁を前についに音を上げた。

「お姉さま、あの若党を、どうにかしてくださいな!」

「あらあら、あの者が何か粗相《そそう》をしましたか?」

「お蝶さま、お蝶さまです! あれくらいむかっ腹の立つものが、あるもんですか!」

おっとりとたずねる沙十に、お蝶は綿々《めんめん》と己の窮状《きゅうじょう》を訴えた。

「お願いですから、誰か別の人にすげ替えるよう、お兄さまに仰《おつしや》ってくださいな」

「お蝶さんの望みなら、仕方ありませんね。あの者には暇をとらせましょう」

あっさりと応じる沙十に、お蝶がぎょっとする。

「暇というのはつまり、辞めさせるということですか?」

「はい。陣内はお蝶さんの用心のために、剣の腕を見込んで旦那《だんな》さまが雇い入れた者です。当のお蝶さんの意に染《そ》まぬのなら、他に役目もありませんし」

「でも、だからといって……こんな短いうちに追い出されては、やはり困るでしょうね」

己の口先ひとつで、せっかく得た職を失わせるのは、お蝶にとっても後味が悪い。

急におろおろしはじめた義理の妹を、沙十はおかしそうにながめている。

「そうかもしれませんね。戸山家は三十俵《ぴょう》取りの御家人《ごけにん》の家柄で、暮らし向きも苦しいようですから」

家は陣内の兄が継いでいるが、わずか三十俵二人扶持《ぶち》では、とても家族や使用人を賄《まかな》えない。次男の陣内が、裕福と言われる町方与力の家に奉公《ほうこう》できることを、家族はたいそう喜んでいるようだと、沙十は語った。

「ですが、陣内の家のことまで、お蝶さんが気に病むことはありません。旦那さまがお戻りになったらさっそく……」

「ちょいとお待ちを、お姉さま。いまの話は、ひとまずなかったことに」

「あら、どうしてですの？」

「いえ、あの、よくよく考えてみれば、粗相があったのはむしろこっちの方ですし、そのう、いちいち癇《かん》には障《さわ》りますが、決して間違ったことは……」

「でも、お蝶さんは、難儀なさっているのでしょう？」

「あたしもちょっと、短気を起こしていたかもしれません」

与力の娘とはいっても、町場に育ち、父にも兄にも甘やかされるばかりだった。

榊家での暮らしも、沙十のおかげもあってか、思っていたより堅苦しいものではなく、使用人たちも陣内を除けば総じて穏やかだ。爺《じい》やの作蔵《さくぞう》をはじめ、本人の意向を汲《く》んで、お蝶さんと呼んで慕ってくれる。

武家の格式を軽んじていた己にも非はあると、お蝶はしゅんとなった。

「わかりました。お蝶さんさえ良ければ、それで結構です。この話はひとまず、私の方で預かっておきますわね」

素直で気のいい妹は、沙十に体《てい》よくあしらわれたとは夢にも思っていないだろう。首尾よく運んだことなぞおくびにも出さず、沙十は話を転じた。

「実は先程牛込《うしごめ》から、書物屋《かきものや》のご主人が訪ねてきましてね」

「また何か、厄介事《やっかいごと》の相談ですか？」

「ええ、そうなんですの。何やら気になりまして、こちらから足を運んでみようかと」

「お姉さま、明日の昼前ならあたしもからだがあきますし、さっそく行ってみましょう」

仔細《しさい》もきかぬうち、ふたつ返事で引き受ける。

爽快なほど気持ちの良い妹に、助かりますわ、と沙十はにっこり微笑《ほほえ》んだ。

牛込御納戸町《おなんどちょう》にある谷田屋《たにたや》は、主に子供が手習いに使う書物などを扱っている。間口の狭い小さな店だが、主も実直な男で、これまでは手堅い商いを続けてきた。

「それがひと月ほど前から、頻々《ひんぴん》と嫌がらせを受けるようになりまして」

壮年の主は大柄なからだを精一杯すぼませて、姉妹の前でそう語った。昨日、ひととおり話をきいている沙十は、お蝶にもう一度、同じ話をしてほしいと主人に頼んだ。

夜のうちに、店の前に泥が撒《ま》かれていたり、戸に落書がされていたりと、目にあまる悪戯《いたずら》が続き、このままでは火付けでもされかねないと、心配で夜もろくろく眠れないという。

「嫌がらせをされるような、心当たりでもあるんですか？」

「とんでもない。人さまに怨《うら》まれる覚えなぞありません。それに嫌がらせは、うちだけではないのです」

驚いたことに、この水天《すいてん》長屋の表にならぶ四軒の店が、同じ災難をこうむっていた。

たとえ心当たりはなくとも、こうも度重なるなら、やはり何かあるのではないか。そんな噂が近隣に広まりはじめ、それにつれて客足も徐々に遠のいている。売り上げに障《さわ》るのが、店にとっては何よりの痛手だと、主人はがっくりと肩を落とした。

「ここまで来れば、悪戯なんて生やさしいものじゃない。こんなところで足踏《あしぶ》みしてるより、すぐにお役所に頼んで、咎人《とがにん》を探し出してもらった方が……」

「それが……町奉行所では、とり上げてもらえなかったそうなんですの」

長屋の差配《さはい》が訴えてみたが、役人は動いてくれなかったと、主に代わり沙十が答えた。

「そんな馬鹿な、いったいどうして！」

「嫌がらせをしている張本人が、どうやら幽霊《ゆうれい》らしいのです」

それまで憤慨《ふんがい》していたお蝶が、きょとんとなった。

「幽霊を見たってのに、何がそんなにおかしかったんだい？」と、お蝶は首をかしげた。

「うん、本当に見たよ。おれもお安《やす》も、父ちゃんも母ちゃんもみんな見た」

友吉《ともきち》と名乗った子供はそう言って、ぷぷっと思い出し笑いをした。

「だって、父ちゃんがおれたちの分も、たっぷりと怖がっちまってさ。ぎゃあぎゃあ泣きわめいた揚句、母ちゃんにしがみついて離れなかったんだぜ。あんまり情けねえものだから、このお安でさえ、仕舞《しまい》に笑い出しちまった」

な、と妹の頭に手を置いた。お安もやっぱり、ふふっと笑う。

沙十は谷田屋と同じ並びにある三軒の表店《おもてだな》と、差配の家をまわっており、お蝶はそのあいだ、裏長屋の衆から話をきくことにした。

木戸口で最初に出会った友吉は、まだ九歳だったが、お蝶の問いにはきはきと答えた。

「見たっていっても戸障子越しだけど、髪をざんばらにした女の姿だった」

十日ほど前のことだ。お安と一緒に眠っていた友吉は、父親の絶叫で目を覚ました。

すでに灯《あか》りを落とした長屋の内は真っ暗なのに、腰高《こしだか》障子の向こう側だけぼんやりと明るくて、幽霊の影がはっきりと障子に映っていたという。

乱れた長い髪と、だらりとした着物。横を向いた女の影絵は、長い袖《そで》に包まれた両腕を、ゆらりと前に差し出していた。女が触れたようすはないのに、入口の戸はがたがたと鳴り続け、気味の悪い細い声は、同じ文句をくり返した。

「うらめしい、うらめしい、出て行けえ、出て行けえ、って」

友吉は声音《こわね》を真似て、幽霊と同じ格好で、妹に向かって両手を差し出す。お安はきゃっきゃとはしゃぎながら、兄の手から逃げまわる。

「他にも見た人はいるんだろ？　案内してくれないかい」

そう乞うと、友吉は妹を構うのを切り上げて、お蝶の手を引っ張った。反対の手に、お安がぶら下がる。お蝶の背後にいた者が、一緒に動く気配がした。

「戸山さまは、しばらくそこで待っていてくださいな」

お蝶は後ろも見ずに、ぴしゃりと言い放った。お蝶には陣内が、沙十の供には老爺《ろうや》

の作蔵が、一緒に従っている。作蔵は谷田屋の店先で麦湯《むぎゆ》をふるまわれているが、

「お蝶さまから、目を離すわけにはいきませんので」

陣内は生真面目《きまじめ》にそう断って、裏長屋までついてきた。

「あのお侍さん、姉ちゃんのいい人か？」

「兄ちゃん、知らないの？　許嫁って言うんだよ」と、ませた口調で、妹が注釈を入れる。

「たとえ公方《くぼう》さまのお言いつけでも、それだけはご免だね」

昨日と同じ不愉快な憶測に、お蝶はむっつりと返した。

水天長屋には裏店《うらだな》が十八軒あり、そのうち六軒の家の者が幽霊を見ていた。

友吉一家のように戸障子越しに影だけを見て、腰を抜かした年寄りもいれば、夜更《よふ》けに千鳥足《ちどりあし》で帰ってきて、白い単衣に額《ひたい》に三角の布を付けた姿に出くわした職人もいた。

いずれも同じなのは幽霊の姿と、「うらめしい、出て行け」という決まり文句。そしてもうひとつ、大事なことがあった。幽霊が出た翌朝には必ず、まるで痕跡《こんせき》のようにして、長屋の表側に、泥や落書が残されていることだ。

「あんたたちが見た次の日に、谷田屋さんの戸に落書が書かれていたんだね？」

お蝶が念を押し、友吉とお安が一緒にうなずいた。

落書といっても文字ではなく、赤い顔料《がんりょう》を盛大にぶちまけてあったそうだが、谷田屋は表戸をすべて買い替える羽目《はめ》になった。赤い顔料は、谷田屋の両隣の店の戸に塗《ぬ》られていたこともあり、長屋の木戸が念入りに泥で汚されていたこともある。

大人たちは一様に、友吉やお安以上に気味悪がって、ひどく怯《おび》えていた。本気で引っ越しを考えている家も、何軒かあった。

「うちの父ちゃんも、夜は厠《かわや》に行けなくなっちまってよ。他所《よそ》へ移ろうかって言い出して」

「厠に行けないのは、兄ちゃんも同じじゃない」

「お安だって、そうじゃないか」

兄妹が、けんかをはじめる。平気そうにしていても、やはり怖いのは一緒なのだろう。

お蝶は、ふたりの前にしゃがみ込んだ。

「あんたたちが夜でも厠に行けるよう、狛犬《こまいぬ》をこの長屋に置いてあげるよ」

「狛犬って、お社《やしろ》にあるやつだろ？　あんな大きなもの、持ってこられるのかい？」

「たしかにちょいと大きいけれど、なに、よく動くからたいした邪魔にもならないさ」

お蝶はにっこりと請け合って、友吉やお安と一緒に、長屋の入口へと戻った。まだ、沙十の話は済んでいないようだ。陣内だけが木戸口で、律儀《りちぎ》に背筋を伸ばしていた。剣の修行を極めた者は、無闇《むやみ》に汗をかかない。以前、千吉からきいた話のとおり、日頃は一緒に歩いていても、陣内はほとんど汗をかかず、表情も小憎たらしいほどに涼しいままだ。

それでも今日は、梅雨明けかと見紛《みまが》うような容赦《ようしゃ》ない照りようで、この炎天の中、木陰に入ることもせず、一刻《いっとき》近くも立ちつくしていたのだ。縹《はなだ》色の単衣はところどころ色を変え、笠の下の顔も心なしか違って見える。

さすがに可哀相《かわいそう》になり、お蝶は少し思案して、陣内ではなく子供たちを向いて言った。

「世話になったお礼に、何か冷たいものでもごちそうするよ。冷水《ひやみず》かところてんか、冷やし白玉《しらたま》の方がいいかね。陣内さん、あんたもどうだい？」

顔を上げた拍子《ひょうし》に、陣内の顎《あご》の先からぽたりと汗の雫《しずく》がたれた。

「いや、私は……」といいながら、喉仏《のどぼとけ》は正直にこくりと上下する。

まったく素直じゃない男だと、お蝶は怒るより先におかしくなった。

「白玉もいいけど、冷水ならうんと旨いのがあるんだ」と、友吉がお蝶の袖を引いた。

こっちだよ、とまた長屋の奥へと戻っていく。お安にも手を引かれ、

「陣内さんもおいでな」

今度はふり向いて、声をかけた。陣内はおとなしく、木戸から離れた。

友吉は、長屋のいちばん奥で止まった。そこは狭い林になっていて、勢いを増した緑の葉叢《はむら》にさえぎられているが、その向こうは武家屋敷だった。この辺りは大小とり混ぜて武家屋敷が多く、この御納戸町もまた、周囲をぐるりと侍屋敷に囲まれていた。

「この奥にあるんだ。ちゃんとついて来いよ」

「あ、ちょっと」

止める暇もなく、友吉は己の膝上《ひざうえ》まで伸びた下草《したくさ》に分け入った。後に続いたお安にも、かわいい声で促され、お蝶はため息をつき、今日は梔子《くちなし》色の単衣の裾を持ち上げた。

「私が先に行きます」

陣内が、お蝶の前に出た。陣内の袴《はかま》が露払《つゆはら》いの役目をし、おかげで着物は汚れずに済んだ。顔の前をふさぐ枝も、当たらぬように押さえてくれているようだ。思いがけない気配りに、お蝶は前を行く男の背中を、意外な気持ちでながめていた。

「ほら、ここだよ」

ふいに林が切れて、ぽっかりと空き地が広がった。六畳間が三つ分くらいの、ごく狭い場所だが、周囲の木々が陽射しをさえぎり、表通りの喧噪《けんそう》すらここだけ何故か遠のいてきこえる。

思わずほっと息をつきたくなるような、涼やかな静けさがそこにはあった。

まん中に小さな祠《ほこら》が祀《まつ》られて、野の花と、茶碗に入れた水が供《そな》えられていた。白や黄の草花はくたりとしおれているが枯れてはおらず、今朝摘《つ》んだものだとわかる。

そして祠の傍《かたわ》らに、井戸があった。

「水伯《すいはく》の井って呼ばれてるんだ。伯ってのは神様のことでよ、水神《すいじん》さまの井戸ってことだ」

水天長屋の名も、この井戸からきているようだ。古びた石を、お蝶の腰辺りまで積み上げた、丸い井戸だった。やはり祠同様、誰かが手入れをしているらしく、石の表はきれいに拭《ぬぐ》われていた。井戸に合わせて作られたらしい木の蓋《ふた》が乗せられて、上に重石《おもし》が置かれている。

友吉は、うんしょとかけ声をかけて、石を持ち上げた。陣内が手伝って、一緒に石と蓋を外す。

開いた口をお蝶がのぞき込むと、冷たく湿った風が、火照《ほて》った頰《ほお》を心地よく撫《な》でた。かなりの深さがあるようで、底は見えない。

蓋の裏側に、長い綱のついた桶《おけ》がとりつけられていて、友吉の指図で、陣内が桶を中に下ろした。やがて底の方から、ぽちゃんと小さな水音がする。手許でしばらく綱を繰《く》り、手ごたえを感じると、陣内は綱を引いた。

「静かに上げてくれよ。でないと、水神さまに怒られちまうからな」

武家への礼より、友吉は井戸の方が気になるようだ。陣内も文句はつけず、黙って従う。

「長屋のおきん婆《ばあ》さんが言ってたんだ。ずっとずっと大昔には、ここに社《やしろ》があったんだって。公方さまのおでましよりも、もっと前の話だよ」

初代家康《いえやす》公が江戸に下るより早く、ここには水神が祀られていて、祠と井戸はその名残《なごり》だと、友吉は得意そうに語った。お安があどけない口調で、兄の後に続く。

「でもね、井戸に水が出たのは、この前なんだよ。それまでは水はなかったの」

「おきん婆さんがこのお安くらいの頃に、井戸はいったん涸《か》れちまったんだ」

「涸れ井戸に、水が湧《わ》いたってことかい？」

ふたりが、こっくりと首をふる。

「この前って、いつの話だい？」

「三月《みつき》くれえ前だったかな。水神さまがお戻りになったたって、おきん婆さんが大騒ぎして」

五十年以上も前に水が絶えてからも、どうやらおきんをはじめとする長屋の年寄たちは、祠と井戸の手入れをしていたようだ。三月前のある日、井戸を掃除していると、冷たい風が吹き上げて、水が戻ったことがわかったという。

「へえ、不思議な話があるもんだねえ」

やがてなみなみと水をたたえた桶が、陣内の手によって井戸の口から顔を出した。

友吉は祠へ走ると、その前で手を合わせた。

「水神さま、お借りします」

供えていた茶碗をとって、入っていた水を祠脇にそっと捨て、ついでにしおれた花も野に返す。お供えの時間が、過ぎたということなのだろう。

桶の水で茶碗をさっと洗い、水を注《つ》いでお蝶の前にさし出した。

「どうぞ。飲んでみてよ」

お蝶は茶碗の水を、ひと口含んだ。張りのある大きな目が、さらに丸く広がった。

「甘い」

お蝶を見上げる友吉とお安に、いっぱいの笑顔が広がった。

茶碗の水は、渇いた喉をまたたく間にとおり、友吉に勧められるまま、お蝶は二杯目を干した。

「驚いた……こんな美味《おい》しい水は、生まれて初めて飲んだよ」

だろ、と友吉がまたにこにこする。水は味がよいばかりでなく、よく冷えていた。夏にこんな冷たい水を飲んだのは、お蝶にはやはり初めてのことだ。

「陣内さんも、飲んでごらんよ」

お蝶はすすいだ茶碗に水を満たし、陣内に渡した。

「旨い……」

やはり瞠目《どうもく》し、よほどからだが水を欲していたのだろう。立て続けに四杯も茶碗をあおり、ようやくひと心地つくと、手の甲で口をぬぐった。

「お侍さん、よっぽど喉が渇いてたんだな」

「いや、すまん。あまり旨かったものだから」

友吉と語り合う陣内からは、いつものとっつきの悪さが失《う》せている。

「なんだ、そんな顔もできるじゃないか」

お蝶に言われて、陣内は気づいたようだ。あわてて顔を引き締めたが、あまりうまく行かなかった。

「その方が、ずっといいよ。男っぷりも数段上がる」

お蝶がとびきりの笑顔を向けると、陣内は眩《まぶ》しそうに目を逸《そ》らした。

お蝶は水天長屋からまっすぐ稽古に出かけ、姉妹は夕餉《ゆうげ》の後に、互いにきいた話を披露し合った。お蝶は、井戸で飲んだ水がどれほど美味しかったか、熱心に語った。

「涸れ井戸に水が湧くなんて、お伽噺《とぎばなし》にはききますけど、本当にあるんですね」

「水が出るようになったのは、三月前と仰いましたわね。今年の三月とすると、心当たりがありますわ。その前の月、なえが揺れましたでしょう？」

「そういえば……あれは結構な揺れでしたね。柏手長屋の近所でも、小火《ぼや》騒ぎが起きて……幸い、大きな火事にはなりませんでしたけど」

なえとは、地震のことだ。地震で地下深くを流れる水脈が変わり、水伯の井戸に繋《つな》がった。ひと月がかりで、涸れた井戸の底に水が溜まったのだろうと、沙十は言った。

「五、六十年前までは、水みちが通っていたのだと思います。此度《このたび》のような地の揺れか、あるいはあの辺りの作事が進んだ折に、筋が変わって滞《とどこお》っていたのでしょう」

「それじゃあ、昔あった水が、また戻ってきたということですね？」

おそらくはと、沙十はうなずいた。

本題は、井戸ではなく幽霊退治だ。お蝶は沙十に、ある案を持ちかけた。

「それは良い思いつきでございますね」

沙十もすぐに同意して、それから四日が過ぎた。

「捕《つか》まえたぞ、お蝶」

朝いちばんに榊家の屋敷を訪ねてきたのは、柏手長屋に住まう雉坊だった。隣には、千吉も控えている。陣内と顔を合わせると、面白くなさそうにちらりとにらんだが、今日は喧嘩をふっかける気はないようだ。

「で、わかったのかい、幽霊の正体は？」

庭に面した縁《えん》にふたりを座らせると、お蝶が意気込んでたずねた。傍らには、沙十も膝をそろえている。

「枯尾花《かれおばな》ではなかったが、まあ、拍子抜けということでは似たようなものか」

ススキの穂が枯れたものを枯尾花という。幽霊の正体なぞこの程度のものだと、雉坊がにやりとする。

お蝶が水天長屋で口にした狛犬とは、雉坊と千吉のことだった。ふたりはお蝶の頼みを受けて谷田屋に泊まり込み、寝ずの番をした。そして昨晩ようやく、幽霊が現れた。

「捕まえてみりゃ、何てことはねえ。ふたり組の、ちんけなごろつきだったよ」

芝居小屋の立ち並ぶ、日本橋《にほんばし》北の堺町《さかいちょう》辺りを根城《ねじろ》にするちんぴらだと、千吉は語った。

日頃、芝居小屋に出入りするから、幽霊の装束《しょうぞく》や顔料を、手に入れるのもわけはない。

ひとりが幽霊を演じ、別のひとりは助っ人にまわる。友吉の一家が見た時は、背後に灯りを置いて、腰高障子の前に幽霊役の者が立ち、別のひとりが脇から戸を揺すっていた。それより前に、谷田屋の表戸に顔料を塗りつけておけば、見物人が腰を抜かしているあいだに、悠々と逃げることができる。

「あいつら、長屋奥の林の中に逃げ込みやがって。おかげで捕まえるのに難儀したぜ」

千吉が、腕の傷をぺろりと舐《な》める。ふたりともひっかき傷だらけなのは、林の中を走り回ったためのようだ。

「林を抜けて、武家屋敷の塀の隙間から出入りしろと、雇い主に言われたそうだぜ」

「雇い主、だって？」

「筋書きを書いた奴は、別にいるようだ」と、雉坊が渋い顔をした。

ふたりの男は、金で雇われていただけだった。雇い主は、三十くらいの侍だという。

「小ぎれいな身なりをしていたというより他は、どこの誰かは知らないそうだ」

その侍から、結構な額を渡されて、逃げ道や手順を説明された。ひと月ばかりようすを見て、首尾よく運べば、さらに倍の礼金を出すと唆《そそのか》されたという。

「肝心の雇い主がわからないんじゃ、あの長屋を張らせた甲斐《かい》が、まるきりないじゃないか」

相手を辿《たど》る手蔓《てづる》が切れてしまえば、嫌がらせをした張本人もその理由も、一切が藪《やぶ》の中だ。お蝶が、あからさまにがっかりする。

「そんなことはありません。相手がお武家とわかっただけでも、大手柄《おおてがら》ですわ」

沙十のはずんだ声は、単なる励ましばかりではなさそうだ。

「まずは水天長屋の周囲《まわり》に絞って、探ってみることにいたしましょう」

「でも、絞るといっても、お姉さま、あの辺りだけで、いったいどれほどの数のお武家屋敷があることか……まさか一軒一軒、訪ねて歩くおつもりですか？」

お蝶は本気で危《あや》ぶんだが、沙十には何か当てがあるようで、楽しそうににっこりと笑った。


それから数日のあいだ、沙十は夫の配下の小者を使い、何事かを探らせていたが、

「まだ目星がつきませんので、もう一度、水天長屋に行ってみようと思います」

その朝、お蝶に告げた。お蝶も快く同行を申し出て、午後の稽古を終えてから水天長屋で落ち合うことにした。

お蝶は高砂町からまっすぐ牛込に向かったが、姉と作蔵は約束の刻限になっても現れず、お蝶は谷田屋の店先で主人と話したり、友吉やお安を相手に時を潰《つぶ》した。

「そろそろ来てる頃かもしれねえぞ。ちょっくら、見てきてやる」

水伯の井戸にお蝶と陣内を連れてきて、また美味しい水をふるまうと、兄妹は一緒に林の中に駆けていった。

ふたりがいなくなると、辺りは急に静かになった。すでに日も落ちてきた頃合だから、はしりの蟬《せみ》の声も心なしか頼りない。まだ時節には早いが、日暮らしの方が似合いな風情だ。

やはり黙っているのが気詰まりになり、お蝶は声をかけた。

「陣内さんは、どういう縁で榊の家に来たんです？」

「私の剣術の師匠を通して、声をかけていただきました。榊の旦那さまとは、二十年来の仲だそうにございます」

「あのお兄さまに、そんな知り合いがいたとはね。当人は、てんで腕が立たないってのに」

お蝶はからからと笑い、思いついたように言った。

「けれど陣内さんなら、婿《むこ》養子の口くらい、あったんじゃないのかい？」

陣内は、今年二十五歳。見目もよく堅物《かたぶつ》な男なら、養子のもらい手はいくらでもありそうだ。

「話はあったが、どこも奥向きの役目の家で。私は剣より他に能がなく、お断りいたした」

「で、お兄さまの誘いに乗ったんですか」

「旦那さまは、私の腕を買ってくださった」

陣内には、剣で身を立てたいとの望みがあったのだろう。若党は主家の用事をいくつもこなすものだが、安之は陣内の気性を知ってか知らずか、妹の護衛より他に役目を与えなかった。

「お家に抱えられるのも初めてで、勝手がわからず気ばかり張り詰めて……」

あ、とお蝶は気がついた。初めて得た職を何とか全うしようと、肩に力が入り過ぎていたのだろう。慇懃《いんぎん》無礼も無表情も、この男の本当の姿ではないのかもしれない。

「おまけに肝心要《かなめ》のお役目が、町娘の目付《めつけ》じゃあ、嫌味のひとつも出るってものだね」

「……そうではない。武家のお血筋で長唄の師匠なぞ、それこそ会《お》うためしがなく……」

おそらく、本音だったのだろう。陣内が、しまったという顔をして、口をつぐんだ。

その顔がおかしくて、お蝶はつい笑っていた。

友吉の声がして、ふり向くと、お安に手を引かれた沙十の姿が見えた。

「いつものこととはいえ、ご苦労さまですね」

お蝶は姉ではなく、お供の作蔵を労《ねぎら》った。

沙十には、行きたい方角の逆を行く癖がある。慣れているとはいえ、作蔵も相応の歳だ。この暑さの中で、いつか倒れやしまいかと、お蝶は毎度はらはらしている。

「今日は舟は、使わなかったんですか？」

この牛込は、外濠《そとぼり》に面している。沙十の癖を知っているお蝶は、先日の来訪の際には、迷わず舟を雇った。

「いやね、船着き場からここまで来るのに、一刻半もかかっちまって」

「いったい、どこをどう辿《たど》れば、そんなことに……」

「どうやら今日は、ただ迷っていらしただけではないようで。おそらく、何か思いつかれたんでしょう。この辺の侍屋敷を、確かめているようにも見えましたがね」

「まさか本当に、一軒一軒訪ね歩いたわけじゃないでしょうね。もっとも、牛込中の武家屋敷をまわっても、こんなに長くはかからないと思いますがね」

お蝶はこぼしたが、当の沙十は疲れた顔も見せず、友吉から茶碗を受けとっている。

「甘露《かんろ》とはまさに、このことですわね」

沙十も水の美味しさを大いに讃《たた》え、それからやはり友吉に案内させて、長屋のおきん婆さんを訪ねた。祠と井戸についてあれこれと問い、最後に差配の家にまわり、長屋の持ち主である名主《なぬし》の所在を確かめた。

全てを済ませた時には、とっぷりと日は暮れていた。作蔵は、慣れたようすで提灯《ちょうちん》をとり出して、差配の家から借りた火種《ひだね》で蠟燭《ろうそく》に火をつけた。

沙十は堀端《ほりばた》に舟を待たせており、船着き場までの道を四人は辿った。

月は雲間に隠れている。作蔵の持つ提灯だけが、闇の中にかすかに揺れる。

この辺りは、町屋が少ない。それが途切れると、武家屋敷の塀ばかりがどこまでも続き、人の気配も絶える。塀の内の広い庭から、まだ盛りではない虫の声がするだけで、池の鯉《こい》だろうか、ぽちゃんと小さな水音がした。

しんがりについていた陣内が、ふいに足を止めた。ざっと草履《ぞうり》の音をさせ、からだの向きを変える。

「どうしたんだい」

お蝶がふり向くと、陣内は闇を透かすように、後ろに目を凝《こ》らしている。

「どうやら、良くない者のようですわね」

沙十の表情が、ぴりりと緊張した。こちらが明るいと、かえって的になる。心得ているらしい作蔵が、提灯を吹き消した。見えずとも、からだが覚えているのだろう。

身丈《みのたけ》に合わない杖《つえ》から、二本の棒をとり出して繋ぎ合わせ、すばやく沙十に渡す。

その先に懐剣《かいけん》をはめながら、沙十が命じた。

「お蝶さんは、隠れていてください。作蔵、頼みましたよ」

へい、と作蔵は、近くにあった松の幹の陰に、お蝶を連れて身を隠す。

ひたひたと近づいてくる足音が、沙十と陣内の前で止まった。

「おまえたち、何者だ」

陣内が誰何《すいか》した。同時に、雲が切れて、弓形の細い月明かりに相手が浮かび上がった。

五人の男が、沙十と陣内の前に立ちはだかっていた。ともに顔の下半分を布で覆《おお》っているが、三人は袴《はかま》をつけた侍で、残るふたりは町人の出立《いでた》ちだった。

相手に応える気はないようだ。前にいた町人風のふたりが、いきなり斬りかかってきた。

一歩前に出た沙十が、びゅん、と薙刀《なぎなた》をひとふりする。片方から悲鳴があがり、辛《かろ》うじてかわしたひとりに、刀を抜きざま陣内が斬りつけた。

さらに大きな声があがり、お蝶は思わず、ひあっと松の陰で首をすくめた。

「今宵《こよい》の鳴りは、いまひとつだな。ちょいと湿りが過ぎるようだ」

「相変わらず呑気《のんき》ですね、作蔵さんは。少しは心配しても、罰《ばち》は当たりませんよ」

そう言いながらも作蔵の落ち着きっぷりは、お蝶にとっては何よりも心強い。後ろにいた侍のひとりが、怪我を負ったふたりを下がらせて、立ち去るよう身ぶりで伝える。いちばんからだの小さなその男が、おそらくは頭領なのだろう。残るふたりの侍に合図を送り、それぞれが沙十と陣内の前に立った。逃げたふたりより、数段は強そうだ。

陣内は腰を落とし、刀を正眼《せいがん》につけた。相手がたちまち、陣内との間合いを詰める。兄の安之ほどではないが、それでもかなり上背がある。そんな相手が小柄な陣内に、のしかかるように迫る。

ひとたび、互いの刃がぶつかって離れ、息をつく間もなく、すぐに相手が動く。お蝶は我知らず、作蔵の袖を握りしめていた。

速いというより、無駄がない。素人《しろうと》のお蝶にもわかるのだから、相当の手練《てだれ》と思われた。

もう一度高い音がして、ふたりの刀が互いの眼前で、絡《から》まるようにして止まった。おそらくは剣の力量が拮抗《きっこう》しているのだろう。陣内と侍は、ぎりぎりと睨《にら》み合ったまま動けずにいる。

一方の沙十は、ふたり掛かりでじりじりと追い詰められている。お蝶はもう気が気ではなく、松の幹から半身を出して見守っていた。

ふいに頭領らしき、小柄な男が動いた。沙十ではなく、まっすぐにお蝶と作蔵のいる松を目がけてくる。

「お蝶さん、逃げて！」

からだを返した沙十を、残るひとりがさえぎる。その場を動けぬ沙十を尻目に、侍がお蝶の眼前に迫る。作蔵をつきとばし、お蝶の腕をむんずと摑《つか》んだ。

「おまえが、お蝶か」

「え」

「榊安《やす》右衛《え》門《もん》から、預かったものをこちらに寄越せ」

「おとっつぁんからって……いったい、何のことだい？」

「死んだ父親が、おまえに遺したものがあるはずだ。しらを切るつもりなら、ゆっくりと白状させてやる。来い！」

腕を乱暴に引かれたとき、ようやく相手の刀を外した陣内が、頭《かしら》の男に躍りかかった。

「ぐっ！」

殺気に気づき、咄嗟《とっさ》にからだを横にかわしたが、陣内の刃は男の右腕を裂いていた。

さらに己の相手をやり過ごした沙十が駆けつけて、頭の男は舌打ちをして退却を命じた。

沙十もやはり、賊の肩に怪我を負わせたらしい。逃げ足のおぼつかないふたりを、陣内が追う素振《そぶ》りを見せたが、先程まで陣内と剣を交えていた大柄な侍が、これをはばんだ。

「どけ！」

叫んだ陣内には応じず、相手は刀をふり上げた。二度、三度と、刀の鳴る音が響く。

しかしいったん刃を外し気が削《そ》がれたためか、陣内からは先刻の気迫が失せていた。剣先は微妙にぶれ、動きには明らかに切れがない。沙十はそのようすを、じっと見詰めていた。

相手もそれ以上、長引かせるつもりはないようだ。時間稼ぎが済むと、ふいにからだを返し、脱兎《だっと》のごとく逃げ去った。

「やれやれ、さすがにちょいと、寿命が縮んじまった」

薙刀の鞘《さや》である空の杖にからだを預け、のんびりと作蔵が言った。

とたんに緊張の糸が切れ、お蝶がへなへなと膝をつく。

「お蝶さん、大丈夫ですか？」

駆け寄った沙十の手を、お蝶はきゅうっと握りしめた。

「お姉さま、おとっつぁんがあたしに遺したものって、いったい何の話でしょう……」

途方に暮れる妹の背を、沙十はそっと撫でた。

さらに数日の後、姉妹はふたたび牛込を訪れた。

今日は御納戸町には立ち寄らず、水天長屋から西にあたる武家屋敷の前で足を止める。

「どなたのお屋敷ですか、お姉さま」

「辻伴右衛門《つじばんえもん》さま。十人目付のおひとりですが、辻宗達《そうたつ》という名の方がよく知られているお方です」

旗本《はたもと》・御家人の監察役を務める目付衆は、定められた員数から十人目付と呼ばれる。

役料一千石の旗本屋敷は数百坪はあり、門内に招じ入れられたお蝶は、まずその広さに目を見張った。

「榊安之殿のご妻女と、妹御ですな。話は南町奉行さまから伺《うかご》うております」

座敷に現れた主は、四十過ぎのふくよかな男で、身に合った温厚な笑みで客を迎えた。

「私どものような身分の者が、高名な宗達さまに直々に教えを乞うのは恐れ多いことは存じますが、何卒よろしくお願い申し上げます」

「茶の道に、身分の隔《へだ》てなどありません。どうぞ精進なさいませ」

辻伴右衛門は、江戸千家《せんけ》流の茶道の師匠として名高く、茶人としての名を宗達といった。

沙十は夫の上役である南町奉行を通じて、宗達の弟子になることを願い出た。

「実は、ぜひお師匠さまに、お願いしたいことがございます」

長々しい挨拶を済ませると、沙十はそう切り出した。

「わしの茶を、所望か？」

「いいえ、それこそ勿体《もったい》のうございます……ただ、こちらの井戸の水を、ひと口飲ませていただけないかと」

穏やかな宗達の面《おもて》が、さっと翳《かげ》った。沙十は気づかぬふりで、にこやかに続ける。

「こちらのお屋敷には、甘露の井という井戸があり、真夏でもよく冷えた、たいそう甘い水が湧くと伺いました」

「あれは、だめだ」

それまでとは打って変わった、きつい答えが返ってきた。

お蝶がそっと窺うと、宗達は明らかに動揺している。

「あの水は、当家の宝で……誰にでもふるまえる代物では……」

「はい、存じております。ご老中の中にもいく人もご贔屓《ひいき》がいらっしゃって、上さまのお耳にも入ったそうにございますね。こちらへのお成りの話も、出ているとか」

「さよう。それほど大事な水であるから、滅多な者に供するわけにはいかぬのだ。これればかりは、諦《あきら》めてもらおう」

沙十はしばしのあいだ、宗達の顔をながめ、そして言った。

「宗達さま、甘露の井は涸れても、水伯の井がございます。水天長屋の者たちに、水を分けてほしいと言えば、それで済むことです」

宗達の目が、大きく広がった。

「い、いったい、何の話だ……」

「水天長屋から間借り人たちを追い立てて、井戸ごとそっくり己《おのれ》のものにしようとするのは、決して良い策とは思えません」

沙十は、宗達をしっかと見詰めて言い切った。

宗達の茶人としての名声は、甘露の井戸があってこそのものでもあった。

だが、地震のために水脈が変わり、甘露の井の水は水伯の井へ流れるようになった。

井戸を失えば、己の名声も堕《お》ちる。宗達はそれを何より恐れ、我家の名水が涸れたことはひた隠しにして、水伯の井戸ごと長屋の敷地を買いとろうとした。

人を介して打診してみたが、名主は首をふらない。それならば、是が非でも売りたくなるように仕向けようと、家来に命じてならず者を雇い、あのような騒ぎを起こしたのだ。幽霊で裏店の者たちを怖がらせ、表店には商いに障りがあるよう嫌がらせを仕掛ける。すべては水天長屋から、人を立ち退かせるための企《たくら》みだった。

「そのような作り話を、誰が信じると思う。何よりわしがやった証《あかし》しなぞ、どこにもないではないか！」

たしかに宗達の名は、どこにも出てこなかった。長屋を買いたいと申し出たのが誰なのか、容易には辿り着けぬよう細工を施し、名主でさえ相手の名を知らなかったからだ。

武家が町人長屋を欲しがるとは、妙な話だ。おそらく水天長屋には、他にはない値打物がある。それは水伯の井戸しかないはずだ。沙十はその見当で、夫の伝手《つて》や配下の小者を使い、牛込界隈《かいわい》で「水」に関わりのありそうな武家の噂を集めてみた。

そして、甘露の井とともに、まっ先に名前のあがったのが、辻宗達であった。

「相手を宗達さまとして、名主からの糸をもう一度辿ってみると、今度は見事に繋がりましたわ」

「知らん……わしは何も知らん！」

沙十が語った種明かしをきいても、宗達は頑迷《がんめい》に己の罪を認めようとしない。それまで黙って控えていたお蝶が、口火を切った。

「そっちが知らぬ存ぜぬを通すなら、こっちにも考えがありますよ。甘露の井は涸れちまったと、行く先々で吹聴《ふいちょう》して歩きましょうか。水天長屋の幽霊騒ぎと一緒にね」

「……このわしを、脅《おど》すつもりか……」

「まさか、本当のことを触れて歩くだけですよ。でも噂ってのは、足が早い上に尾ひれがつく。上さまのいるお城に届く頃には、どう伝わっていますかね」

宗達の肩が、がくりと落ちた。膝を掴んだ両腕は、ぶるぶると震えている。

「あの水はわしの、辻家のものだ。それをとり返して、何が悪い」

「いいえ、あれはもともと、水伯の井をうるおしていた水です。宗達さまはそれを、しばらくのあいだ借りていらしたということです」

名のある茶人とは思えぬ哀れな姿に、沙十は慰《なぐさ》めるように言葉をかけた。

「宗達さま、ここから水天長屋は目と鼻の先。差配に話を通して、ご家来衆に汲《く》みに行かせれば良いだけの話です」

「私が何より憂えているのは、あの水のことだ。決して己の欲得のためだけに、あの長屋を手に入れようとしたのではない」

水伯の井戸に出入りするのは、貧しく学もない長屋の者たちだ。汗まみれの職人や泥だらけの子供が使えば、せっかくの清らかな水が汚されてしまう。それが何よりも怖かったと、宗達は呻《うめ》くように告げた。うなだれた宗達に、お蝶が言った。

「先生はあの井戸に、行ったことがおありですか？」

「……一度だけ、ある。水伯の井の噂をきいて、夜更けにこっそりと見に行った」

「だったら、知らないのも道理ですね。年寄りはもちろん、こんな小さな子供にいたるまで、長屋の衆はあの井戸を、本当に大事にしているんですよ」

お蝶は、水を飲ませてくれた時の、友吉とお安のようすを語った。おきん婆さんをはじめとする年寄りは、井戸が干《ひ》涸《から》びてからも祠ともども掃除を欠かさなかった。だからふたたび水が湧いても、すぐに飲むことができたのだ。

「後生ですから、もう一度あそこへ行って、どうかその目で確かめてみてください」

そうすればあの井戸を、長屋の衆からとり上げようという気も失せるはずだ。

お蝶は畳に手をついて、頭を下げた。

「そうだな……明日にでも、行ってみようか」

お蝶の姿をしばしながめ、やがて宗達はそう呟《つぶや》いた。

小舟町《こぶなちょう》への出稽古の帰り道だった。

提灯をかざして前を行く陣内が、橋を渡りはじめたところで立ち止まった。

「いえ」と言ったきり、陣内は川の向こう側にじっと目をこらしている。川縁《かわべり》にある舟宿から、数人の侍が出てくるのが、店先の提灯に浮かんでいた。

「知り合いかい？　なら、ひとっ走り行っておいでよ」

「しかし……このあいだ無頼の者に襲われたばかりというのに、お蝶さまを残しては……」

ためらいながらも、しきりに対岸を気にしている。侍たちはすでに、繁華《はんか》な通りとは逆に向かって歩き出しており、その姿は闇に消えつつある。

「なら、あたしはあの店にいるよ。あそこのおかみさんとは、知り合いでね」

お蝶は来た道をふり返って、一軒の飯屋を示した。この界隈は居酒屋などが立ち並び、まだ宵の口だから人通りも多い。心配はいらないと、お蝶はしきりに勧める。

「では、お言葉に甘えて……くれぐれもあの店からは、出ないようにしてください」

陣内は念を押し、急ぎ足で橋を渡った。

同じ頃、榊家では、しばらく役目で忙しかった安之が、久しぶりに妻とのんびりと向かい合っていた。おっとりとして見える夫婦だが、話の中身は剣呑《けんのん》だった。

「あの日、おまえたちが牛込にいたのは、いわばたまたまだ。やはり連中は、お蝶をどこかで見張っているのか」

「そうかもしれません。ただ、雉坊さまはおそらく、お蝶さんからきいていたでしょうし」

「やはり、そこに行き着くか」

安之が、重いため息で応じた。沙十もまた、憂いの混じった顔を夫に向けた。

「もうひとつ、気になっていることがありますの。戸山陣内ですが、お蝶さんを任せて、本当に間違いはないものかと……」

「腕に、不足があったか？」

「そうではございません。ただ……この前の斬り合いの際、陣内は仕舞の辺りで、明らかに手を抜いておりました」

「まことか？」

平素には微笑しかたたえぬ安之の顔が、にわかに険しくなった。

「人柄も腕も申し分ない。己の門人の中では抜きん出ていると、先生が自ら太鼓判《たいこばん》を押した。むろん戸山家も調べさせたが、何ら怪《あや》しいところはなかったのだが」

先生とは、安之が昔通っていた道場の主だ。腕の立つ者が欲しいと頼み込み、それなら格好の者がいると、戸山陣内を紹介されたのだった。

「私にも、はっきりそうとは言い切れません。少なくとも、先日は陣内のおかげで、お蝶さんは事なきを得ましたから」

「そうだな。陣内については念のため、もう一度探ってみよう」

お願いいたします、と沙十はようやく、いつものやわらかな微笑を浮かべた。


「これはいったい、どういうことだ？」

陣内が、店内の客と女主《おんなあるじ》を睨みつける。

そのまん中には、卓につっ伏して眠りこけているお蝶がいた。

「この短いあいだに、いったいどれだけ呑ませたんだ！」

「たしか、盃《さかずき》で三杯ほど……銚子《ちょうし》一本も呑ませちゃおりやせん、本当でさあ」

「あたしもねえ、まさかお蝶ちゃんが、こんなに酒に弱いなんて知らなくて……」

客らしい職人と飯屋のおかみが銚子を示し、てんでに言い訳を口にする。

初見の相手でも、お蝶は物怖《ものお》じしない。客たちと気軽にしゃべり、得意の長唄まで披露して、勧められるまま機嫌よく呑んでいたようだ。

「まったく、嫁入り前の娘が、何という有様だ」

店の者たちに手伝わせ、お蝶を背中に背負うと、陣内は店の外に出た。

「夜分とはいえ、八丁堀でこのような姿を見られては、榊家の名誉に関わるではないか。本当に厄介なお嬢さまだ」

肩越しに伸ばされたお蝶の腕が、眼前でふらふらと揺れ、目のやり場に困る。腹立ち紛れに大きなひとり言を唱《とな》えると、細い指先がぴくりとなった。

「厄介で、悪うござんしたね」

陣内はぎくりとしたが、まだ半分寝ぼけているのだろう、呂律《ろれつ》は明らかに怪しい。

「らいたい、あたしゃ、お嬢さまなんぞじゃあない。あらしは町娘のお蝶なんら」

「ああ、わかっているさ。真っ当な武家の娘は、町場の呑み屋でぶっ倒れたりしない」

酔っ払い相手だと、ついつい言葉もぞんざいになる。

「らったら、さまでなく、お蝶さんら。わかったか、陣内」

「いきなり呼び捨てか」

酔っ払いほど、始末に負えないものはない。半ば自棄《やけ》を起こして、陣内は怒鳴った。

「わかりましたよ、お蝶さん！　これでいいんだろう？」

「おし、それでいい……おやすみ……陣内さん……」

背中の重みが急に増し、耳許をあたたかな息がくすぐる。お蝶はくうくうと、子供のような寝息を立てている。

「まったく、こんな女子《おなご》は初めてだ」

小さくひとり言ちて、お蝶のからだをよいしょと背負いなおす。

夏空を清流のように渡るのは、淡い光をたたえた天《あま》の川《がわ》だった。

手《た》折《お》れ若紫《わかむらさき》

お蝶《ちょう》は稽古《けいこ》仕舞《じまい》の後に飲むお茶を、何より楽しみにしている。稽古にはついつい気を入れるから、夏は特に喉《のど》がかわく。弟子を帰して冷たい麦湯《むぎゆ》を喉に流し込むと、つくづくこの世の極楽を感じる。

「はああっ、この一杯はたまらないね。日々このために、生きてるようなもんだよ」

まるで大盃《たいはい》の酒をあおるように、ごくごくと喉を鳴らし、満足げなため息を吐く。嫁入り前の娘には、甚《はなは》だ慎《つつし》みに欠ける振舞《ふるまい》だが、陣内《じんない》はかすかに眉《まゆ》をしかめたものの何も言わず、己《おのれ》も麦湯を口にした。

戸《と》山《やま》陣内が榊家に来て、ひと月が経つ。さすがに慣れてきたようで、あるいは半ば諦《あきら》めもあるのだろうが、お蝶への文句も前よりぐっと少なくなった。

陣内の正面には、どこか不機嫌そうな千吉《せんきち》が胡座《あぐら》をかいていた。陣内とお蝶をふたりきりにさせるのが、どうにも我慢ならないようで、毎度邪魔しに来るのである。

最初の出会いがまずかったせいか、このふたりはどうも反《そ》りが合わない。陣内が避けているため諍《いさか》いには至らぬものの、傍《そば》に寄るだけでぴりぴりとした気配が伝わってくるが、お蝶はあまり気にしていない。無言でにらみ合うふたりをよそに、二杯目の麦湯を茶碗に注《つ》いだとき、ご免ください、と外から声がかかった。

あけ放された戸口の向こうに、お店者《たなもの》風の男が立っていた。

「こちらは長唄《ながうた》師匠をなすっている、お蝶さんのお宅でしょうか？」

「ええ、そうですよ。あたしに、何かご用ですか？」

男は菱垣廻船《ひがきかいせん》問屋、鳴海屋《なるみや》の手代《てだい》だと名乗った。

「実はうちの若旦那《わかだんな》が、ぜひとも長唄を教わりたいと申しておりまして、できれば出稽古をお願いできないかと、お伺いしました。これはほんのご挨拶代わりで」

商家の手代らしく丁寧な物腰で、ひときわ大きな菓子包みをさし出した。

鳴海屋は、品川町裏河岸《しながわちょううらがし》にあるという。日本橋《にほんばし》から一石橋《いちこくばし》のあいだ、北側の河岸についた名で、俗に北河岸と呼ばれる。日本橋に近いなら、通うのもそう手間ではない。応じようとしたところで、思わぬ横槍が入った。

「ちょっと待てよ、お蝶ちゃん。いくら大店《おおだな》の息子とはいえ相手は若い男だ。うかうかと出稽古なんぞを、承知するのはどうかと思うぜ」

「さよう。そもそも女師匠が男弟子をとることは、御上《おかみ》も公には認めておりません」

日頃の不仲が嘘のように、千吉と陣内が、息を合わせて止めにかかる。

「いまさらそんなことを言われても、もう何人もとっちまってるし」

「男のお弟子は皆、棺桶《かんおけ》に片足突っ込んでるような爺《じい》さんばかりじゃねえか」

千吉の言い分はもっともで、お蝶の弟子は嫁入り前の若い娘が多く、残りを占めるのは年配の男女ばかりだ。ほとんどが商家のご隠居で、暇にあかせて長唄を習いにくる。

「でも、せっかくの申し出だもの。一遍くらいは足を向けないと。喉や撥《ばち》さばきを確かめて、納得がいかなけりゃお断りするさ」

お蝶の評判をききつけて、若い男が教えを乞《こ》いに来ることはめずらしくない。だが、そのどれもが、目当ては長唄ではなく女師匠の方だったから、お蝶はきっぱりと断った。

おそらく今度も同じ手合いかと思えたが、手代は自信ありげに告げた。

「若旦那はたいそう良い喉をしておりまして、三味線《しゃみせん》のたしなみもございます。きっとお師匠《しょ》さんのお眼鏡《めがね》にかなうかと存じます」

「へえ、それは楽しみだね」

手代と日取りを決めようとしたが、貼《は》りついているふたりは承知しない。

「お待ちください。お蝶さんは榊家のお身内なのですから、やはり旦那《だんな》さまやご新造《しんぞう》さまに相談なされた方が」

「そうだよ、お蝶ちゃん、それからでも遅くないって！」

稀《まれ》に見る仲の良さで、ふたりはしつこく異をとなえ、その勢いに手代の方が根負けした。

「後日あらためて、お返事をいただきに参りますので」と、腰を折って帰っていった。

先方には気の毒だが、この話は立ち消えになりそうだ、とその場の誰もがわかっていた。

お蝶の兄の安之《やすゆき》が、まず許すはずがないからだ。

「鳴海屋の倅《せがれ》だと！　いかん、いかんぞ、お蝶。おれは断じて許さんからな」

いつもはぼんやりに見える安之が、妹が絡むと血相を変える。案の定のなりゆきに、お蝶はやれやれとため息をついた。

一家三人の夕餉《ゆうげ》の席で、兄嫁の沙十《さと》は、常のごとくおっとりと成り行きを見守っている。

「よりによって鳴海屋とは、迂闊《うかつ》に踏《ふ》み込めば、人身御供《ひとみごくう》にもされかねん」

「お兄さま、鳴海屋をご存知なんですか？」

「まあな、菱垣廻船問屋としては江戸で三指には入ろうし、あそこの主人は、とかく噂にのぼる男だからな」と安之は、鳴海屋の主人について語った。

主人の勘兵衛《かんべえ》は、小さな飛脚問屋《ひきゃくどんや》から身を起こし、一代で江戸屈指の大店に育て上げた。そのたぐいまれな商才を世に謳《うた》われる一方で、時折とんでもない大博奕《おおばくち》を打つという。店と己《おのれ》の命を担保に、大枚の借金をして船を買ったり、船足の早さで群を抜いていた菱垣廻船に勝負を挑んだりと、いずれも傍目《はため》には無鉄砲甚《むてっぽうはなは》だしい賭《か》けだが、これにことごとく勝って、ここまでのし上がってきた。

その豪胆《ごうたん》無比な気性をあれこれ取り沙汰《ざた》されて、渡世人《とせいにん》だとか罪人だったとか、その前身にもいくつかの噂があった。

「なかなか面白そうなお方ですわね」

沙十は夫の話にそう応じ、食事が済んだのを見計らい、女中に茶を運ぶよう言いつけた。

「何が面白いものか。船人足はもともと荒い連中が多いが、鳴海屋抱えの者たちはひときわ柄《がら》が悪い。番頭や手代も同様で、店の内はやくざ一家とまるで変わらんそうだ」

「あの手代さんは、ごく月並みでしたけどね。それにお兄さま、長唄の弟子を乞うたのは、そのやくざなご主人ではなく息子の方ですよ」

「その息子が、親父に輪をかけて厄介《やっかい》なのだ！」

安之の広い額に、青筋が何本も浮く。

「鳴海屋の倅は養子でな。主人の勘兵衛は子がいなかったから、十年ほど前だったか、旗本《はたもと》の次男坊をもらい受けた。これがまたとんでもない悪《あく》たれで、いったい何を血迷ったものかと当時は結構な噂になった」

幼い頃から喧嘩《けんか》に明け暮れ、武家の倅でありながら、町奉行所の世話になったのも一度や二度ではない。生家の旗本家でもほとほと手を焼いていたから、鳴海屋の申し出には、諸手《もろて》を上げて承知したという。

「すでに二十五、六になっているはずだが、いまだに昔の癖が抜けず、昔の歌舞伎者《かぶきもの》のようなぞろりとした格好で、町をうろついているときく」

そんな身持ちの悪い男が、大事な妹に目をつけたことさえ汚らわしい。安之の気勢は上がる一方だが、沙十は夫を制するようにやんわりと言った。

「でもお蝶さんは、鳴海屋さんのお誘いに、興を惹《ひ》かれたのではございませんか?」

若い男の下心には、これまでいく度もがっかりさせられてきた。その場で断ってもおかしくないはずが、鳴海屋へ一度は足を運ぼうとした。何か理由《わけ》があるのではと、沙十は推量を口にした。

「大店の息子にしては、ものをわきまえているようにも思えて。そのひとつが、これですがね」

三人の前には、女中が運んだ茶と菓子がある。お蝶はその菓子皿を手にとった。『扇屋《おうぎや》』という店の葛羊羹《くずようかん》だった。葛羊羹は夏の風物だが、扇屋のものは殊になめらかで餡《あん》の味も良く、その割に値は安い。鳴海屋の手代は、これをびっくりするほどたくさん携《たずさ》えてきた。長屋の者たちにも大いに喜ばれ、残りを榊の屋敷に持ち帰った。

大店の土産といえば、立派な菓子折りが相場だが、中には箱ばかりが仰々《ぎょうぎょう》しくて味はいまひとつな代物も多い。それにくらべれば扇屋の葛羊羹は、よほど気が利いている。

「それにね、お姉さま、こちらが渋れば、他所《よそ》より高い心付けを言い出すものでしょう？　でも手代さんは、一度もお金の話を持ち出さなかったんです」

「お蝶さんの見立てでは、鳴海屋は案外行き届いた店ではないかと、そういうことですね」

にっこりと沙十は笑ったが、安之の妹大事にはまるで効を奏《そう》さなかった。

兄からきつく命ぜられ、翌日お蝶は、鳴海屋への断り状をしたためていた。

読み書きは達者とは言えない。四半刻《しはんとき》かけても三行も書けず、途中で沙十が顔を出した。

「いまお客さまが相談事に見えたのですが、できればお蝶さんにもご一緒していただけないかと思いまして」

　苦手な文《ふみ》から逃げ出す口実が見つかって、お蝶はこれ幸いと喜んで応じた。

　客は神田通新石町《かんだとおりしんこくちょう》の筆墨硯問屋《ひつぼくすずり》、相華堂《しょうかどう》の主とその娘だった。

「実は、この娘の許嫁《いいなずけ》が、五日前にお縄になりまして。そのことでご相談に伺いました」

　お琴《こと》という娘をながめ、姉妹はなるほどと目顔でうなずき合った。娘は傍目にもわかるほどやつれがひどく、まぶたは泣きはらしたように厚ぼったく腫《は》れている。

　お琴の許嫁は、浅草諏訪町《あさくさすわちょう》で大きな袋物《ふくろもの》問屋を営む遠州屋《えんしゅう》の長男で、名を覚之助《かくのすけ》といった。相華堂と遠州屋は、主人同士が連歌《れんが》の会で知り合って、親しく行き来する間柄だった。

　お琴と覚之助も、互いに顔を見知っていて、やがてふたりは親の知らぬ間に恋仲となったが、もとより反対する理由もない。お琴が十九、覚之助が二十四と、歳まわりもちょうど良い。話はとんとん拍子《びょうし》に進み、近々結納《ゆいのう》を交わす運びとなっていた。

「その覚之助さんは、何の廉《かど》でお縄になったんですか?」

　お蝶がたずねると、主人は言い辛《づら》そうに口ごもり、娘は唇《くちびる》を結んでうつむいた。

「それが……子供に……九歳の女の子に、良からぬ悪戯《いたずら》をしたと……」

　相華堂が喘《あえ》ぐように絞り出し、姉妹は思わず息をのんだ。しばし声も出なかったが、やがて沙十が促して、相華堂は仔細《しさい》を語った。

「その女の子というのは、遠州屋さんと同じ浅草諏訪町の杉田屋《すぎたや》という店のひとり娘です。やはり同じ袋物屋を営んでいて、子供の名前はお小枝《さえ》といいます」

遠州屋と杉田屋は同じ通り沿いに建ち、半町《はんちょう》も離れていないという。繁華《はんか》で知られる諏訪町には、袋物や煙草《たばこ》入れを商う店が何軒もあるが、遠州屋はひときわ構えの大きな問屋で、一方の杉田屋は小売だけの商いと、店の格はまるで違う。

家が近所であったから、お小枝は幼い頃から遠州屋に出入りして、面倒見の良い覚之助はよく遊び相手になっていた。お小枝の方でも覚之助を慕い、誰よりも懐《なつ》いていたようだ。

「そんなに可愛《かわい》がっていた子に、どうして悪さなんて……」

お蝶がそう呟《つぶや》くと、それまでうつむいていたお琴が、ぐいと顔を上げた。

「覚之助さんは、決してそんな真似をしやしません。まるっきりの濡《ぬ》れ衣《ぎぬ》です！」

父親は慌てたが、堰《せき》を切ってあふれ出した、お琴の昂《たかぶ》りは止まらなかった。

「あれは……あれはみんな、杉田屋のでっちあげです！　あの子のふた親が仕組んだ騙《かた》りです！　覚之助さんは、罠《わな》に嵌《は》められたんです！」

お琴はひと息にそう叫ぶと、畳に突っ伏して激しく泣き出した。

「覚之助さんは……本当にお小枝ちゃんを可愛がっていたんです。もともとあの人は子供が好きで、だから一緒になったら早く子を授かりたいと、それは楽しみにしていたから……」

お琴が気持ちを収めるには、しばらくの時が要った。やがて落ち着きをとり戻したお琴は、嗄《しゃが》れた声でぽつぽつと語りはじめた。

「あの前の日も、ふたりでそう話してました。そんな覚之助さんが、お小枝ちゃんに無体《むたい》をはたらくはずはありません。何より覚之助さんはずっと、無実を訴えているんです」

沙十はつと考える顔をして、お琴にたずねた。

「杉田屋のでっちあげだと、先程そう仰《おっしゃ》いましたわね。見当のよりどころが、何かあるのですか？」

お琴はこくりとうなずいて、父親とともに杉田屋について語った。

杉田屋夫婦は前々から、お小枝を覚之助にもらって欲しいと仄《ほの》めかしていたという。狙いは遠州屋の身代《しんだい》で、そうと察していた主人は、お小枝を構うのはやめるよう倅に釘をさしていた。だが、己を慕ってくれるお小枝を邪険《じゃけん》にすることは、覚之助にはできなかった。

その人の好さが仇《あだ》となり、杉田屋夫婦の奸計《かんけい》に嵌《はま》ったと、相華堂親子はそう語った。

「てことは、杉田屋は己の娘に、芝居をさせたということですか？」

いくら何でもそれはなかろうと、お蝶が信じられぬ顔をする。まだ九歳とはいえ、お小枝は嫁入り前の娘だ。よからぬ噂が立てば、誰より傷つくのは当のお小枝だ。

「それこそが杉田屋の目論見《もくろみ》だと、遠州屋さんも私どもも考えております」

いわば傷物となったお小枝を、覚之助がもらってくれるなら、お上に頼んで訴えを退《しりぞ》ける。驚いたことにお小枝の両親は、遠州屋にそうもちかけてきたという。

「子供に妙な真似をした男と、一緒になれというんですか？　そんな親があるものかい！」

かっとなったお蝶が、伝法《でんぽう》に言ってのける。沙十も眉間《みけん》の辺りを、上品にしかめた。

「たしかに親の情けに欠ける、あざといやり口ですわね」

「お琴との祝言《しゅうげん》が決まって、杉田屋は焦《あせ》ったのだと思います。だから結納が迫ったあの日をえらび、娘に嘘をつかせ、ひと芝居打たせたのです」

「お小枝って子が覚之助さんを慕っていたなら、うまく言いくるめることは、できない話じゃないね」と、お蝶はうなずいた。

娘が畳に手をついて、父親の相華堂も同じ姿勢をとった。

「お願いです。どうかもういっぺんお調べ直しいただくよう、旦那《だんな》さまに申し上げてくださいまし。お願いします。お願いします」

すでに潰《つい》えた生気を無理にふり絞るように、お琴は懸命に訴えた。

覚之助を捕縛《ほばく》したのは、安之が勤める南町奉行所だった。


その夜、兄が帰宅すると、お蝶は遠州屋の倅の一件をたずねてみた。

「何とかならないんですか。覚之助さんは、やっていないと言っているのでしょう？」

「ちと難しいかもしれんな。なにせ訴えているのが当の娘、お小枝だからな」

この一件を預かっているのは別の与力《よりき》だが、安之もひととおりは知っているようだ。妹から話をきくなり、渋い顔をして唸《うな》った。

「それにな、着物の胸元を乱したお小枝が、泣きながら遠州屋から出てきて、杉田屋まで逃げ帰るところを客や往来の者が何人も見ている。倅がいくら無実を言い立てても、これだけは動かしようがないからな」

「その一切が、親がさせた芝居ってこともあり得るでしょう？」

「お小枝にはいく度も確かめたと、調べに当たった同心《どうしん》は言うておる。そのいずれも話が食い違うことはなく、作り言とも思えぬと申していた」

何せ相手は子供であるから、その分吟味《ぎんみ》も慎重にならざるを得ない。はじめは怯《おび》えていたお小枝に、同心は根気よくたずね、ようやくその口を開かせた。

覚之助に何をされたのか、順を追って話し、幾度きいても齟齬《そご》はなかった。

このお小枝の証言が、何よりも重かった。

「それに杉田屋についても、すでに調べはついておる。たしかに杉田屋は、借金で首がまわらないような有様だが……」

「本当ですか？　それならやっぱり怪《あや》しいじゃありませんか！」

「まあ、待て、お蝶。あの夫婦が、お小枝を可愛がっていたのは間違いないんだ。娘の心に傷をつけるような、そこまで非道な親ではないようだ」

遠州屋にお小枝の嫁入りを持ちかけたのは、たしかに身代や金目当てかもしれないが、一方で、娘のためにはいちばんいいと考えた末ではないか。安之はその見当も口にした。

「恐くはあったが、覚之助を嫌いになったわけではないと、お小枝は言っていたそうだ」

「つまりは杉田屋の申し出を受けるより、覚之助さんが助かる術《すべ》はないってことですね」

釈然《しゃくぜん》としない顔で、お蝶が呟いた。無罪放免とは行かぬまでも、ゆくゆく夫婦になるというなら罪はぐっと軽くなる。いまは世間の非難の的でも、どうにか商売を続けるだけの面目が立つというものだ。

「それにな、お小枝はたいそう器量好しで、大きくなったらさぞ美しい娘になると、界隈《かいわい》でも評判だ。覚之助にとっても、決して悪いばかりの話ではないと思うがな」

頬《ほお》をゆるませる安之を、お蝶はじろりとにらんだ。

「お兄さまが、そんなに実のないお方とは思いませんでした」

「いや、お蝶、何もおまえが怒ることは……やはりどんな娘より、おまえがいちばんきれいだと……」

「そういうことではありません！」

ぴしゃりと兄をはねつけて、お蝶はかっかしたようすで座敷を出ていった。

「叱《しか》られてしまいましたわね」

それまで黙って控えていた沙十が、くすりと笑う。

「遠州屋と杉田屋のことは、私たちにお任せくださいまし」

頼む、と言って安之は、しょんぼりと肩を落とした。

お蝶の気合の入りようはたいそうなもので、長屋での稽古を終えると、一日目は向《むこう》島《じま》へ、二日目は浅草諏訪町へと赴いた。向島には、遠州屋一家が借住まいをしている寮があった。

もちろん沙十もつき添って、陣内と作蔵《さくぞう》も同行した。

先の危難に遭ってから、この半月ほどは何事もなく過ぎた。だがお蝶は、あの夜の賊の言葉が、ずっと胸にわだかまっていた。

死んだ父親から、預かったものを寄越せ——。

男はたしかにそう言った。襲ってきたのも、おそらくは父の遺品のためだ。その見当はついたものの、それがいったい何なのか、お蝶には皆目《かいもく》わからない。榊の屋敷に運び込んだ荷物をあらため、長屋に残してきた行李《こうり》の隅まで確かめてみたが、目ぼしいものは見つからなかった。父からは着物や簪《かんざし》などを買ってもらったが、母が厳しく戒《いまし》めていたから、その数は決して多くはない。

「ひょっとしたら、何か細工が施《ほどこ》されているのかもしれません」

姉の助言で、簪の飾りをつついてみたり、着物をほどいてみたりもしたが、やはり何も出てこない。考えあぐねたまま、日は過ぎていた。

「これは、ひどうございますわね」

遠州屋の店の前に来ると、沙十の表情が曇った。閉じられた大戸には、所狭しと張り紙が張られている。そのどれもが誹謗《ひぼう》中傷のたぐいで、覚之助の咎《とが》を口汚く罵《ののし》ったものだった。これでは向島の寮に、引き込まざるを得ないのも無理はない。

姉妹は前日、遠州屋の主人に会い、杉田屋について話をきいた。

杉田屋は先代が築いた店で、その頃は相応のつきあいがあったという。

「ですが二代目となった息子は、子供の頃から評判のごろつきで、商いにもまったく関心がありません。金使いばかりが荒くて、あれでは借金がふくらむのもあたりまえです」

やはりげっそりとやつれきった主人は、杉田屋をそう評した。先代が亡くなると、二代目は得体の知れない女を家に上げ、おかみに据えた。それがお小枝の母親だった。

遠州屋を通り過ぎ、同じ道の先に、杉田屋の看板が見えた。

薄暗い店内は掃除も行き届いておらず、ろくな品もそろっていない。その店先で主人夫婦は、だらしない格好で座り込んでいた。

沙十は己の素性を明かさず、示談のために遠州屋から遣わされたと告げた。

「あらためて杉田屋さんからお話を伺って、先々についてご相談させていただきたいと、遠州屋さんは申しております」

いかにも身持ちの悪そうなところが、よく似た夫婦は、沙十の申し出を鼻で笑った。

「相談も何も、傷物にされた娘をもらうかもらわないか、それしかないんだ。帰って遠州屋にそう伝えるんだな」

「うちの人の言うとおりさ。本当は覚之助なんぞにやりたかないのを、このままじゃ互いに可哀相だと、善行のつもりで助け舟を出したんだ。あたしらの親切に、どんな文句があるってんだい」

相華堂と遠州屋が語ったとおり、まったくいけすかない夫婦だ。

お蝶は怒りを腹に納め、ひとまず沙十に手綱《たづな》を預けた。

「遠州屋さんが何より気にかけているのは、お嬢さんのお気持ちです」

あんなことがあった後で覚之助と夫婦にするのは、さすがに無理があるのではないか。沙十は穏やかな調子でそう説いた。

「それならば、別のやり方で償《つぐな》わせていただいた方が、よろしいのではないかと。ご無礼とは存じますが、それなりのものを仕度させていただきますので」

沙十が大枚の見舞金を仄《ほの》めかす。主人は涎《よだれ》を垂らしそうな顔をしたが、女房はその袖《そで》をくいと引いた。

「金で話をつけようなんて、あんまり見下さないでもらいたいね。この話は、もともとお小枝が言い出したんだ」

「お嬢さんが、ですか？」

これには沙十も驚いて、思わず女房にたずね返す。

「ああ、そうだよ。こうなった上は覚之助の嫁になりたいと、あの子が望んだんだ。

そうでなければ、誰があんな男に、可愛い娘をさし出すものかね」

おかみは真顔で啖呵《たんか》を切った。そのようすからは、嘘をついているようには見えない。沙十はしばし考え込んで、そして言った。

「お嬢さんと、話をさせていただけませんか？　できれば親御さんのいないところで」

「そいつはどういう了見だ？　おれたちの居ぬ間に、お小枝を手懐《てなず》けようってのかい？」

「そうではありません。親御さんの前では、話し辛いこともあろうかと……」

沙十が言葉を尽くしても、夫婦はまるできく耳を持たない。

「あんたたちは遠州屋のまわし者だ。向こうの都合のいいように、お小枝の言葉をねじ曲げるつもりじゃないのかい」

主人のあまりの暴言に、お蝶がかっとなる。だが、お蝶より早く、背後に控えていた陣内が進み出た。

「いい加減にしろ。武家の奥方に対して、あまりに無礼な物言いであろう」

決して声高ではない、低い声だ。だが、その眼光の鋭さと相まって、効き目は十分にあったようだ。腰の引けた格好で、夫婦が互いに身を寄せ合った。

「あくまでお嬢さまのお気持ちを、確かめたいまでのこと。決して二心《ふたごころ》はございません」

ここぞとばかりに丁寧に、沙十は重ねて頼み込んだ。

「少し、だけなら、構いません……お小枝は、奥にいますから」

いまにも刀に手をかけそうな陣内に怯《おび》えながら、主人は店の奥を示した。


うっすらと紅《べに》をはいたような白い頬に、赤い唇が鮮やかに咲いている。

女のお蝶がどきりとするほど、お小枝はきれいな子供だった。

「可愛い簪《かんざし》だね。あたしの名もね、その簪と同じなんだよ」

子供の銀杏髷《いちょうまげ》に結った頭の上で、蝶の飾りが小さく揺れている。

陣内と作蔵は店に残り、奥の座敷には、お蝶と沙十だけが通った。

濃い桜色の着物は絹で、簪は銀だ。玩具《おもちゃ》や人形も豊富に与えられているらしく、畳の上に雑然と散らばっている。両親もそれなりに良い物を身に着けていたし、小さな構えにしては、過ぎる暮らしぶりだ。だがお小枝は不満げに、あどけない唇を尖《とが》らせた。

「これはもう飽いちまったの。新しいのが欲しいのに、近頃はちっとも買ってくれなくて。でも、覚兄さんのお嫁さんになったら、何でも好きなだけおねだりするつもりなの」

物怖《ものお》じするようすはまるでなく、ませた口調でそう語る。

長唄の弟子の中には、このくらいの歳の子もいる。だからお蝶は、すぐにぴんと来た。


おそらくこの子は、己の美しさをよく承知しているのだろう。

今度はお蝶に下駄を預け、沙十は傍らでやさしい微笑を浮かべている。

「お小枝ちゃんは本当に、覚之助さんのお嫁さんになりたいのかい？」

「ええ、そうよ」

「あんな恐い思いをさせられたのに、どうして許してあげる気になれたんだい？」

「だって男の人って、そういうものでしょ？」

あたりまえのように、お小枝は言った。子供らしくない台詞《せりふ》に、お蝶の目が丸く広がる。

「好きな娘には、ああいう嫌らしいことを、したくなるものなのでしょ？」

生意気な口ぶりではあるが、声には明らかに嫌悪が含まれている。

やはりお小枝は、己で感じているよりも、ずっと傷ついているのではなかろうか。

「それは、おっかさんからきいたのかい？」

「違うわ。覚兄さんに読んでもらった、源氏《げんじ》物語の絵草紙《えぞうし》にあったのよ。あたしは中でも、『若紫《わかむらさき》』がいっとう好きなの」

黄表紙《きびょうし》などが出回って、源氏物語は下々にも広く親しまれている。

青年となっていた光源氏《ひかるげんじ》が、わずか十《とお》ほどの紫の上に心を惹かれ、屋敷に引き取るまでの件《くだり》を描いたものが、第五帖の「若紫」だった。やがて正妻が亡くなると、源氏は紫の上を妻に迎えるが、年端のいかない紫の上にとっては、新枕《にいまくら》は男の暴力としか映らない。お小枝は己と覚之助を、この物語になぞらえているのだろう。

「紫の上ははじめは怒っていたけれど、光源氏を許したでしょ？」

「それでお小枝ちゃんも、覚之助さんを許して、夫婦になろうと思ったんだね」

お小枝の頭を撫《な》でながら、お蝶はもっとも大事なことを、どう切り出そうかと思いあぐねていた。やはりお小枝の口から、きいておかなければいけないことだ。

目をつぶったまま、おそるおそる手をさしのべるように、お蝶はあの日の出来事を、もう一度話してくれまいかと、お小枝に乞うた。

「ええ、構わなくてよ」

案に相違して、お小枝はあっさりと応じた。

「いつものように覚兄さんの膝の上で、ご本を読んでもらっていたの」

親や同心にくり返し語ったせいか、淀《よど》みのない口調だ。だが、やはり思い出したくはないのだろう。抜けない棘《とげ》に触れているような痛々しさとともに、否応《いやおう》のない憎しみが、声の中に含まれていた。

「そのうち覚兄さんが、お小枝は本当に可愛いねって、頭を撫でてくれて……」

その手がいつしか襟元《えりもと》から入り込み、別の手が着物の裾《すそ》を割って足を撫でた。

お小枝はかすかに顔をくもらせながらも、淡々と語った。

途中で恐くなり、やめて欲しいと頼んだが、覚之助の手は止まらなかった。どうにか腕の中から抜け出して、泣きながら遠州屋をとび出して、走って家まで戻ったというのも、南町の調べ書きどおりだ。

話をきいたお蝶が、眉間に皺《しわ》を寄せた。己が乱暴された話を子供が語る、その痛々しさだけではなく、何かが頭に引っかかったのだ。どこがどう気になるのか、それすら判然としない。じっと考え込んでいると、代わりに沙十がやさしい声で問うた。

「お小枝ちゃんはいつも、遠州屋さんの裏口から出入りしていたのでしょう？　どうしてあの日に限って、店から出ようと思ったの？」

これは昨日、遠州屋の主人や使用人からきいたことだ。お小枝が店を通って外に出たのは、事件のあったときだけだった。

「それは……人がたくさんいると思ったから」

「そうですか。たしかにお小枝ちゃんの、言うとおりね」

沙十はにっこりと微笑《ほほえ》んで、話を切り上げた。

杉田屋を出たときは、すでに辺りは真っ暗になっていた。

浅草諏訪町は大川に面し、船着場も近い。八丁堀《はっちょうぼり》までは舟を使った。沙十はいつものことだが、めずらしくお蝶が考えにふけっており、船上はことのほか静かだった。

舟は八丁堀の西を流れる、楓川《もみじがわ》沿いの船着場に着いた。

沙十が舟を降り、上品なため息をこぼした。

「困りましたわ。どちらかが嘘のはずなのに、どちらも真実《まこと》にきこえてなりません」

この日、お蝶が稽古をつけているあいだ、沙十は伝馬町《てんまちょう》牢屋敷へ赴いていた。夫にあらかじめ話を通してもらい、牢にいる覚之助に会うことができたが、許嫁以上にげっそりとした遠州屋の倅は、己の無実を力なく訴えた。

あの日は常のとおり遊び相手をしていたが、お琴の話をしたとたん、お小枝の機嫌が悪くなった。お琴を嫁になぞしないでほしいと、とうとう泣き出してしまったという。

お小枝はもともと癇性《かんしょう》なところがあり、気に入りの玩具をとられたような、子供らしい頑是《がんぜ》ない焼餅《やきもち》だと笑って済ませたが、お小枝は泣きながら階下へ降りてゆき、あの騒ぎとなった。覚之助は、そう語った。

一方のお小枝も、仔細を具《つぶさ》に語り、これもまた虚言を弄《ろう》しているようには見えない。

「思い出したくもないことだと、あの子の声や顔つきは、そう言っていました」

　これぱかりはたしかに曲げようがない。南町が覚之助をお縄にしたのも無理からぬことだ。

「そのお小枝ちゃんの語り口がね、どうにも引っかかってならないんですよ」

　それまで黙念《もくねん》としていたお蝶が、ふいに呟いた。

「たしかに、嘘は言ってない。だけど、何かこう、すっきりしないんだ」

　まるで別の抽斗《ひきだし》をあけて、中をひっかき回しているようだと、お蝶がしきりに首をひねる。

　榊家の屋敷は、もう目の前だ。気を張っていた陣内が、肩の力を抜いてたずねた。

「いったい何が、気にかかるのです？」

「それさえまるきり、わからないんだ。あたしは何が、こうも気がかりなんだろうね？」

「私にきかれても困ります」

　素《そ》っ気《け》なく返した陣内が、急に立ち止まった。お蝶の歩みを手で制し、提灯《ちょうちん》を前に向かって掲げた。道に落ちた光の輪に、男がふたり浮かび上がった。

「榊様のご新造と、妹さんでやすか？」

「おまえたち、何者だ」

陣内が誰何《すいか》したが、ちんぴら風情の柄《がら》の悪い男たちは、にやにやと笑っている。

「お屋敷を訪ねたところ、お出掛けだと言われましてね。ここで待たせてもらいやした。なにね、その妹さんに、ちっとご一緒してもらいてえ、それだけでさ」

お蝶が、大きく目を見張った。父の形見を探している連中は、やはり諦《あきら》めていないのだ。

ふたりの男が、各々懐から匕首《あいくち》を出し、鞘《さや》を払った。

「お蝶さんは、下がってください！」

沙十が、ぴりりと緊張する。作蔵は手妻《てづま》のような早業《はやわざ》で、杖《つえ》を薙刀《なぎなた》に変じ、沙十に渡した。続いて陣内も刀を抜く。沙十と陣内が、前に一歩詰めたときだった。お蝶が、短い悲鳴をあげた。ふたりがはっとふり返ったときは、すでに遅かった。

「動かねえでくだせえよ。このお嬢さんのきれいな顔に、傷がつきやすからね」

ぬかったと、陣内がぎりと奥歯を嚙《か》んだ。

背後から忍び寄っていた別の男が、お蝶を羽交紋《はがいじ》めにして、刃物をつきつけていた。

頰に当たる刃の冷たさに、身の内から震えがくる。お蝶は声も出せず、姉と若党にすがるような眼差《まなざ》しを向けた。

「ひとまず、得物《えもの》を捨ててもらいやしょうか」

囮《おとり》となっていたふたりが、沙十と陣内に促した。薙刀と刀が地に落ちると、三人はお蝶を連れて、逃げる素振《そぶ》りを見せた。思わず陣内が、足を前に踏み出した。

「おっと……動くなと、そう言ったろう。もちろん、声も立てるんじゃねえぞ」

まさか屋敷近くで待ち伏せされるとは、思いもしなかった。静まりかえった武家地だが、周囲は町方の与力同心《よりきどうしん》の組屋敷ばかりだ。ひと声あげれば済むものを、それさえ封じられた。このままお蝶が連れ去られるのを、指をくわえて見過ごすしかないのか。

沙十が懸命に考えていたとき、賊が向かった道の先に、丸い灯《あか》りが灯《とも》った。楓川の方角から角を曲がってきたようで、ゆっくりと灯が近づき、小さな歌がきこえてきた。

〽逢うたその時や　ついころび寝の　帯もとかいでそれなりに
「あれは……『汐汲《しおくみ》』」

お蝶のからからに渇いた喉から、かすれた声が出た。『汐汲』という長唄の、口説きのひと節だ。もっともしんみりと唄をきかせるところを、長唄では口説きといった。

〽可愛がらすの　エエ何じゃやら泣いて別りょか　笑うて待とか
お蝶の耳には馴染《なじ》んだ句だが、それにしても佳《よ》い声だ。若い男のものだが、響きが深い上にやわらかく、こんな危急にあってさえ耳に心地よく届く。

首を抱えられたまま、恐ろしさに固まっていたからだから、ふっと力が抜けた。

逆に賊にとっては、思いもかけぬ災難だったようだ。決して広くはない道で、先を塞《ふさ》がれて往生する。

「待たば来んとの約束を、忘るる暇はないわいな」

相手の提灯の灯りが届き、ひとりの男が姿を現した。

「おやおやおや、こいつはまた、芝居じみた趣向だねえ」

並みよりかなり背が高く、力仕事をしているような精悍《せいかん》なからだつきだ。歳は若いが、ふたりの供を連れていて、主《あるじ》らしい押し出しもある。

だが、そのあまりに奇抜な格好に、お蝶の口がぽかんとあいた。

派手な色柄の着物に、足許まで届く黒い夏羽織《なつばおり》を引っかけている。腰に差した大刀も度の過ぎた長さで、いまにも先を引きずりそうだ。歌舞伎者めいた異装の割に、そう下品に映らないのは、おそらくそのどれもが、上等な紗や絽で織られた代物だからなのだろう。

「暑気も冷めてねえってのに、そんなにくっついて暑くねえかい」

ひと目で変事とわかりそうなものだが、男は驚きもせずにやりと笑った。着物と同じだらりとした立ち姿で、お蝶と賊をながめている。

その視線をさえぎるように、賊のひとりがお蝶と男のあいだに立って息巻いた。

「怪我をしたくなかったら、とっとと道をあけろ！」

男はまったく意に介さず、余計な戸板をどかすように、目の前の相手を押しのけた。

六尺近い大男に押され、賊が無様に尻餅《しりもち》をつく。

「やい、こいつが見えねえのか！　さっさとそこをどきやがれ！」

お蝶を押さえた賊が、匕首をぴたりと頰に当てた。

「手を出すな！　早くそこをどけっ！」

陣内の叱声《しっせい》も背後から響いたが、男は刃物などまるで目に入らぬように、お蝶の前に顔をつき出した。彫りが深く造作《ぞうさく》も悪くないが、表情には締まりがない。ただ、目だけはどこか愛嬌《あいきょう》があって、それが興味深げにお蝶に注《そそ》がれている。

「あんた、佳《い》い女だな。どうだい、そんな冴《さ》えない奴ほっといて、おれと遊ばねえか」

男の頓着《とんちゃく》のなさが、お蝶の緊張を解いた。

それまで勝っていた怯えが消えて、代わりに生来の気の強さが顔を出す。

「あんたの方こそ佳い喉だ。でも『汐汲』は、もう少し節を工夫した方が、面白い唄になる」

ほう、と男が驚いて、ますます興の乗った顔をする。

「そいつはひとつ、じっくりと教わりてえもんだ。もちろん、どこぞでしっぽりとな」

「あいにくと、先客がいてね。口説くつもりなら、先にこの男と話をつけてくれないかい」

「たしかに、そいつは道理だ。さっさと済ませるから、ちっと待っててくんな」

「てめえら、いい加減にしろ！　こいつが見えねえのか！」

匕首の刃の峰《みね》を、跡がつくほど頰に押しつける。さすがにお蝶が、眉をひそめた。

「兄さん、この女、おれに譲ってくれねえかい。金ならいくらでも出すからよ」

男は本当に、懐から財布を出した。やたらと厚みのある革財布の中から、無造作《むぞうさ》に小判を抜き出して、賊の足許に放り投げる。賊の三人がぎょっとして、互いに顔を見合わせた。

先刻地面にころがされたひとりが、おそるおそる膝をつき、小判を拾って数え上げた。

「おい、三十八両あるぜ」

「本当か？　それならあっちより、儲《もう》けになるじゃねえか」

「けど、向こうにばれたら、まずくねえか」

三人の顔つきが変わり、尻がもじもじと落ち着かなくなった。

沙十の頰がぴくりとした。どうやらこの連中は、ただの雇われ者に過ぎぬようだ。

相談をはじめた三人に、男がのんびりと声をかける。

「ひょっとして、足りねえかい？　さっきの茶屋で使っちまってな。それしか持ち合わせがねえんだ。おい、てめえらは、いくら持ってる？」

背中にいたお供のふたりに、財布を出させる。着流し一枚の男たちは、行儀のいい博奕打ちのようで、供というより子分といった方がしっくりくる。

「ひのふのみ……何だ、これっぽっちしかねえのかよ。だが、十二両だから切りはいい。どうだい、五十両でその女、おれに売っちゃくれねえか」

賊の男たちには、雇い主を裏切るに足る額だったようだ。三人が互いにうなずいた。

「ようし、五十両で応じてやろう。だが、まだ動くなよ」

三人はお蝶を連れたまま、楓川に出た。

繋いであった舟にふたりが乗り込み、お蝶を連れた残るひとりも舟べりに足をかけた。

さっきの男が、ことさら呑気そうに声をかける。

「その女、こっちに寄越してくれよ。まさかこのまま、とんずらする気じゃなかろうな」

「そこまで薄情じゃねえさ。ほら、受けとんな」

突きとばされたお蝶のからだを男が抱きとめて、同時に舟が岸を離れた。

だが、そのとき、お蝶のよく知った声が、闇の中に響き渡った。

「いまだ！　ひとり残らずひっ捕えろ！」

たちまち四方八方から、十四、五人もの侍、小者が躍り出た。舟に向かって鉤縄《かぎなわ》が投げられ、舟べりにがっつりと食い込んだ。たちまち岸へと逆戻りした賊の舟に、男たちが次々ととび移る。

「お蝶、無事か！　怪我《けが》はないか！」

「お兄さま……」

配下の指揮を隣家の与力に任せ、安之がお蝶のもとに駆けつける。支えていた男の腕から妹を奪いとり、無事をたしかめると安堵《あんど》の息をついた。

賊の隙を見て作蔵を逃がし、屋敷に走らせたのは沙十だった。

知らせをきいた安之は、近所の与力同心と、その家来たちに加勢を頼んだ。いままで暗がりに息をひそめ、相手の隙ができるのを、じっと待っていたのである。

捕物《とりもの》を心得た、町方役人の手にかかればひとたまりもない。三人の賊は捕えられ、番屋へとしょっぴかれていった。

「お蝶さん、恐い思いをさせてごめんなさいね」

駆け寄ってきた沙十が、お蝶の手を握りしめた。張り詰めていた気がとたんに抜けて、ぽろりと涙がこぼれた。あわてて袂《たもと》で拭《ぬぐ》うと、傍らの陣内が頭を下げる。

「私が、至りませんでした。お蝶さんをお守りするのが、私の役目というのに……」

「まあ、此度《こたび》は事なきを得たのだから、よしとしよう。さ、お蝶、屋敷に帰ってゆっくり休むがよい」

安之に促され、榊家の者たちが行こうとしたとき、長羽織の男がお蝶を呼び止めた。

「おれとの話は、どうなったんだい。長唄を教えてくれる約束だろう?」

安之がむっとした顔で、ずいと前に出た。

「賊の気を惹いてくれたことは有難く思う。だがな、大事な妹を、たとえ方便とはいえ売り買いされたのには我慢がならん。お蝶には、金輪際《こんりんざい》近づくな」

え、と男が声をあげ、腰をかがめた。先刻と同じに、お蝶の顔をまじまじと見る。

「あんた、お蝶っていうのか？ ひょっとして……高砂弁天《たかさごべんてん》のお蝶さんかい？」

「そう……だけど、おまえさん、誰だい。あたしのことを知っててんのかい？」

相手が白い歯を見せて、子供のように顔いっぱいで笑った。

「ああ、ようく知ってるさ。あんたに出稽古を頼んだが、まだ色良い返しをもらってない。扇屋の葛羊羹は、気に入らなかったか？」

「あんた、まさか、鳴海屋の若旦那……」

「四十次郎《よそじろう》ってんだ。よろしくな」

沙十の推測したとおり、三人の賊は博奕仲間で、金で雇われただけだった。

仔細《しさい》は一切知らされず、お蝶をさらってくるよう頼まれて、十両で引き受けた。お蝶を質にして、沙十と陣内の動きを封じる策は、雇い主から与えられたという。

「何にせよ、お蝶ちゃんが無事で良かった」

ひととおりの話をきいた千吉が息をつき、面目ないと、陣内が殊勝に詫《わ》びる。

稽古を終えたお蝶は、今日は長屋の木戸口にある、柏の木陰で涼をとっていた。

いつもの千吉と陣内に加えて、めずらしく雉坊《きじぼう》も顔をそろえている。このところ雉坊は忙しいようで、長屋を留守にすることが多かった。

暦《こよみ》の上ではそろそろ夏も終わりだが、暑さはまだまだ厳しい。

雉坊は坊主頭から吹き出す汗を、ごしごしと拭いながら話題を変えた。

「千吉からきいたが、遠州屋の倅の件はどうなったんだ？」

あれきり手詰まりになっていると、お蝶は正直に告げた。沙十も今回ばかりは、良い知恵が浮かばずにいる。双方のどちらが嘘をついているか、どうしてもわからないからだ。

「あのご新造が見抜けぬのなら、どちらも真実《ほんとう》ということではないのか？」

「坊さん、禅問答じゃねえんだぜ。そんな話があるものか」

千吉はすかさず文句をつけたが、お蝶の頭の中で、何かがひらめいた。

「どちらも真実だとしたら、何より合点《がてん》がいく……でも、それならあれはどうなるんだい」

思案に没頭するあまり、頭の中のあれこれがそのまま口からこぼれ出る。

「……可愛いと頭を撫でて……その手が襟元から入り、着物の裾を割って……」

お小枝の言った言葉を、もう一度なぞってみる。仮にも嫁入り前の娘が、口にすべき台詞ではない。陣内の眉間がしかめられ、しかし説教がはじまる前に、別のところから横槍が入った。

「昼間っから、ずいぶんと色っぽいじゃねえか。そりゃ、なんてえ唄だい？」

縁台に座していたお蝶が顔を上げると、鳴海屋四十次郎が立っていた。着物は違うものの、その派手な色柄と、肩に羽織った絽の長羽織は先夜と同じだ。初見の雉坊と千吉は、突飛《とっぴ》な装《よそお》いにやはり目を見張る。

「長唄を、教えてもらおうと思ってな。その約束だったろう？」

「あの五十両は連中からとり上げて、若旦那にお返ししたと兄からききましたよ」

「そっちじゃなくて、出稽古の話さ。まだ、何の返しももらっちゃいねえぜ」

遠州屋の件にかまけて、断り状は書かずじまいになっていた。安之はとうてい許すはずもないが、四十次郎の声は、長唄師匠としては心惹かれるものがある。どうしたものかと考えていると、鳴海屋の二代目は言った。

「長唄が駄目なら、別の手がある。あんた、おれと一緒にならないか？」

「は？」

「おれはお蝶が気に入ったんだ。声も姿も申し分ねえし、ちょいと気の強いのも、鳴海屋の若い衆を仕切るにはちょうどいい。お蝶ならきっと、いい若内儀《わかおかみ》になれる」

「言うに事欠いて、何ということを」

「ああ、たとえ冗談でも、それっぱかりはきき捨てならねえ」

陣内と千吉が、たちまち盟友に早変わりし、雉坊がにやにやする。

「な、そうしようぜ。晴れて許嫁になれば、与力の兄さんも文句はあるめえ。そうしたらさっき言ってたような色っぽいことも、存分に楽しめるってもんだ」

幼なじみと若党は、卒倒しそうなほど青ざめたが、お蝶の耳には台詞の最後だけが大きく響いた。

「さっき言ってたことを、存分に楽しめる……？」

「ああ、そうさ。恋仲なら、そのくれえはあたりまえだろ」

「そうか、そうだよ！　坊さんの言ったとおりだ。あの子も覚之助さんも、真実《ほんとう》のことを言ってたんだ！」

ぶんぶんと音を立てて頭の中でまわっていた独楽《こま》がぱたりと倒れ、その模様がはっきりと見えた。ちょうどそんな具合だった。それまでずっと気にかかっていたことが、お蝶の中でようやく解けた。

話の見えない四人の男たちが、互いに間抜け面を見合わせた。


翌日お蝶は、浅草諏訪町の杉田屋を訪ねた。

「お小枝ちゃんは、嘘は言っていなかった。たったひとつを除いてね」

今日は傍らに沙十の姿はなく、お蝶とお小枝だけが座敷に向かい合っている。

蟬《せみ》の声がやかましく響く中、お小枝は固い表情でうつむいていた。

「覚之助さんがあんなことをしたのは、お小枝ちゃんにじゃない。相手は許嫁のお琴さんだ。そうなんだろう？」

　事件のあった前日、お琴は遠州屋を訪ねたと言っていた。お琴と覚之助は、以前から恋仲だった。座敷にふたりきりになれば、睦《むつ》み合うのもしごく当然のことだ。

「お小枝ちゃんは前の日に、それを見ちまったんだ。同じことを己に置きかえて、お役人やあたしたちに語ったんだね」

　その日もお小枝が遊びに来ていたが、覚之助に会わずに帰ったことは、遠州屋の使用人が覚えていた。お小枝はおそらく、若いふたりのようすを目にしたのだろう。

　そして源氏物語の紫の上と重ね合わせ、あのような狂言を思いついたのだ。

「お小枝ちゃんは、覚之助さんを好いていたんだね。大好きなお兄さんを、お琴さんにとられるのが嫌だったんだろう？」

　お蝶は、この前のお小枝のようすを思い出していた。

『好きな娘には、ああいう嫌らしいことを、したくなるものなのでしょ？』

　そう口にしたときも、覚之助との仔細を語ったときも、お小枝の物言いは娘らしい嫌悪に満ちていた。あれは受けた行為を忌《い》み嫌ってのものだと、誰もがそうとった。

　だが、お小枝の嫌悪は、別のところにあった。覚之助が己ではなく、別の女を可愛がっていたことが許せなかったのだ。

　お小枝のようすを気遣いながら、お蝶が己の推量を説ききかせても、お小枝は目も合わせない。整ったお小枝の顔が、ひときわ人形めいて見える。

「あたしの考えに、何か不足はあるかい？」

詰問調にならぬよう気を配りながら問いかけると、それまで黙りこくっていたお小枝が、ふいに口を開いた。

「覚兄さんは、どうしてあんな人を選んだのかしら」

「お小枝ちゃん……」

「だって、あの人、ちっともきれいじゃないのに」

たった九歳でも、お小枝は己の容姿の良さを、強く自負している。

その傲岸《ごうがん》なまでの誇り高さに、お蝶は息をのむ思いがした。

「あんな人よりあたしの方が、ずっときれいなのに！　あの人が現れるより前から、あたしは覚兄さんと一緒にいたのに！」

「お小枝ちゃん、もうおよし！」

「あたしのものにならないなら、覚兄さんなんて、いなくなってしまえばいい！」

ぱん、とお小枝の頬が鳴った。ふっくらした白い頬が、みるみる赤く腫《は》れあがる。

「あんたは思い通りにならないものを、片端から貶《おとし》めて遠ざけるつもりかい？　大事な人を悲しませて、己が幸せになれるとでも、本気で思っているのかい？」

「あたしは、何も悪くない！　悪いのはみんな、覚兄さんとあの女だもの！」

もう一遍、今度は反対の頰を打つ。こんな小さな女の子を、叩いたことなど一度もない。

あまりの辛さにくじけそうになるのを、お蝶は懸命に堪《こら》えた。ここが正念場だ。ここできっちり仕込まなければ、お小枝はきっと同じ過ちをくり返すようになる。

呆然と見開かれたお小枝の両の目から、吹き上げるように涙がこぼれた。

お蝶は赤くなった頰を両手ではさみ、お小枝に顔を近寄せた。

「痛いかい？　でも覚之助さんは、もっと痛いんだ。誰より信じていたあんたに、裏切られたんだからね」

己が知らぬうちに、お小枝をどこかで傷つけていたのだろうか。お小枝がこんな嘘をでっちあげたのは、それ故だろうか。牢の中で、そのことばかりを考え続けている。

伝馬町に会いにいった沙十に、覚之助はそう語った。

「もし何かしたなら許してほしいって。大事に可愛がってきたつもりだけれど、至らぬことがあったなら、どうか堪忍しておくれって。覚之助さんの言伝《ことづて》だよ」

「覚、兄さんが……お牢の中で、あたしのことを？」

「あたしにもひとりいるけどね、兄さんてのは鬱陶《うっとう》しいほど妹を可愛いがるもんなんだ。だから妹も、そう悪くないと思うよ」

お小枝の顔がゆがみ、また大粒の涙がこぼれた。お蝶が腕に抱きとると、お小枝は声を放って泣き出した。涙と鼻水で汚れた顔は、お世辞にもきれいとは言い難かったが、子供らしいその姿は、お蝶には何より愛《いと》おしく思えた。

「お蝶さん、ごくろうさまでした」

頃合を見計らい、沙十が座敷前の廊下に現れた。

その後ろには、色を失った杉田屋夫婦と、調べに当たった南町の同心がいた。

「旦那さまも、連れてくるのでしたわね」

ふた親と同心にお小枝を託し、杉田屋を出ると、沙十は、ふふ、と笑った。

「妹もそう悪くないと、旦那さまがおききになれば、さぞお喜びになったでしょうに」

「言わないでくださいね、お姉さま。泣かれでもしたら、それこそ鬱陶しくてかないませんもの」

まだまだ暑いですからねえと、作蔵がのんびりと受けた。

姉妹が家路を辿《たど》っていた頃、鳴海屋四十次郎は客間に顔を出した。

鳴海屋の広い客間は、苔《こけ》のみっしりと生えた、涼しげな庭に面している。

庭が見晴らせる座敷の端近《はしぢか》に、父の勘兵衛がひとりの客と向かい合っていた。

「来たか、四十次郎。紀津屋《きづや》さんに、おまえの首尾をきかしてやりな」

勘兵衛が、己の傍《かたわ》らに座るよう促した。息子ほどではないが、やはり大柄な男で、五十を越えたいまでも闊達《かったつ》なものがみなぎっている。

紀津屋と呼ばれた客は、逆にひときわ小さな男だ。歳は勘兵衛とそう変わらぬのだが、すでに枯れた気配がただよっている。ただ、下がりぎみの細い目だけは、時折やけに鋭く光る。その紀津屋の目が、四十次郎に向けられた。

「榊安右衛門《やすえもん》殿の娘には、お会いになりましたか？」

「ああ、おれの見当より、ずっと佳い女だった」

「おまえの好みなぞ、どうでもいい。さっさと肝心なことを話さねえか」

父親に睨《にら》まれて、四十次郎が薄く笑う。

「あの娘、やはり何も知らねえようだ。父親が遺したものはもちろん、殺されたことさえきいてない」

そうですか、と紀津屋が応じ、一面緑に染まった庭に顔を向けた。

「やはりこちらから仕掛けるしか、手はないということですか」

苔に潤《うるお》された湿った風が、座敷にゆったりと流れ込んだ。

一斤染
いっこんぞめ

暦《こよみ》の上で秋を迎えると、江戸では風邪《かぜ》が流行《はや》り出した。

八丁堀《はっちょうぼり》の榊《さかき》家も、勤め先の南町奉行所《ぶぎょうしょ》から拾ってきたらしい当主の安之《やすゆき》が、まず床《とこ》につき、その床上げを待っていたように妻の沙十《さと》まで寝込んでしまった。幸いどちらも三、四日伏《ふ》せっただけで済んだが、沙十は起き上がれるようになってもなかなか本調子には戻らず、ここ数日は外出を控えていた。その沙十が、出仕度《でじたく》をしていたお蝶《ちょう》を呼びとめた。

「このような折ですから、長唄《ながうた》のご指南はお休みにしてはいかがです？　せめて陣内《じんない》が帰るまでは」

「陣内さんが戻るまでの、ほんの二、三日のことですし、わざわざ大事をとって坊《ぼん》さんと千《せん》ちゃんに代わりを頼んだんですから、案じることはありませんよ」

戸山《とやま》陣内の祖父がこの風邪にやられ、身罷《みまか》ったのは昨日の朝のことだ。もともと中風《ちゅうぶう》で長く寝ついていたのだが、急な訃報《ふほう》を受けて、陣内は本所《ほんじょ》の実家に帰っていた。

昨夜の通夜には、兄とともにお蝶も足をはこび、祖父の忌《いみ》なら十日は休みを与えるところだが、三日で戻ると陣内は言い張った。榊家には陣内の他に若党がふたりいるが、片方がやはり伏せっていて、残るひとりが雑事の一切をこなしており、手が離せない。安之は陣内の申し出を有難く受けて、戻るまでの数日は、お蝶の強い勧めを受けて、妹の護衛の役目を雉坊《きじぼう》と千吉《せんきち》に頼むことにした。

だが、やがてお蝶を迎えに榊家に顔を見せたのは、雉坊だけだった。

「実は千吉も、今朝から寝込んでしまってな」と、雉坊は頭をかいた。

「千ちゃんの腕前じゃ、犬を払うのがせいぜいだもの。坊《ぼん》さんひとりで十分ですよ」

お蝶は気にする風もなく、千吉がきいたら三日はしょげそうな言葉を吐《は》いたが、沙十は病み上りの白い顔を曇らせた。

「雉坊さま、お蝶さんのこと、本当にお頼みしてもよろしいですか」

と、大柄な坊主を見上げた。ひどく真剣なまなざしは底光りするようで、いつも微笑を絶やさない、日頃の沙十には似つかわしくない。

雉坊は大きな目で、ひとたびまっすぐに視線を合わせ、だが、すぐに表情を変えた。

「大船に乗ったつもりでと言いたいところだが、こちらの若党殿には正直及ばぬ。まあ、いないよりはましといったところか」

冗談めかして歯を見せたが、その目はやはり笑っていない。

雉坊と軽口を交わしながら遠ざかるお蝶を、沙十はいつまでも門前で見送っていた。


「へえ、それでいつもの目付役《めつけ》が、どちらもいないというわけか」

稽古《けいこ》を終えた鳴海屋四十次郎《なるみやよそじろう》は、膝《ひざ》をくずして座敷の隅に目をやった。

常ならそこには陣内と千吉が、神社の狛犬《こまいぬ》よろしく張り番をしている。四十次郎がお蝶を嫁にと口にしたものだから、幼なじみと守役は気が気ではないようだ。

「番方なら、おれが代わってやろうか。やっとうの腕なら覚えがあるんだ」

「昔やんちゃをしていた話ならきいてますがね、若旦那《わかだんな》が一緒だと、お兄さまは十人もの守役をつけかねないもの。せっかくですが、ご遠慮しますよ」

「お蝶の兄上には、えらく嫌われちまったな」と、四十次郎がにやにやする。

鳴海屋への出稽古は、兄の安之がどうしても承知せず、四十次郎は五日に一度、柏手《かしわで》長屋のお蝶のもとに長唄の稽古に通うようになった。

最初はいささか危《あや》ぶんでいたが、稽古のあいだの四十次郎は、案に相違してしごく行儀がいい。持って生まれた声の佳《よ》さに加え、三味線《しゃみせん》の筋もよく、意外と素直な性質《たち》らしく覚えも早い。教える側としては申し分のない弟子で、お蝶もついつい四十次郎の稽古には熱が入った。

「お蝶、明日の七夕《たなばた》は、浅草寺《せんそうじ》へ出掛けねえか？」

毎度性懲《しょうこ》りもなく、稽古が終わると無遠慮な誘いをかけてはくるものの、これもたいして面倒にはならない。

「若旦那、この家《や》の内では師匠と弟子だと、そう言ったはずだよ」

「なら、お師匠《つしょ》さん。明日は六角堂《ろっかくどう》へ、立花《たてばな》を見にいこうぜ」

「そういえば七夕の立花は、子供の頃おとっつぁんに連れていってもらったことがあったよ」と、お蝶が懐《なつ》かしそうな顔になった。

立花は針金などで枝をととのえ、花器に立てる様式で、生花《いけばな》の最古の流派である池《いけの》坊《ぼう》が大成させた。毎年七月七日には、浅草寺の境内にある六角堂に池坊の門人があつまって、牽牛《けんぎゅう》と織姫《おりひめ》のために立花を手向けるのが習わしとなっていた。見物人の数も相当なもので、黒山の人だかりとなる。守役の陣内がいれば、たちまち眉《まゆ》をつり上げただろう。

「六角堂の柳は、縁結びで評判だろう？　早く祝言《しゅうげん》をあげられるよう頼みにいこうぜ」

四十次郎の図々しさは筋金入りだが、あいにくとお蝶はその上をいく。

「明日は駄目だよ、井戸さらいがあるんだから」

た。


「……井戸さらい？」

きいた四十次郎が、なんとも間抜けな顔をする。

「そうさ、この柏手長屋でも毎年のことでね。だから遊びにいく暇なんぞないよ」

七夕といえば井戸さらいだと、お蝶があたりまえのように言ってのける。裏長屋では年に一度、七月七日になると、大家の差配《さはい》のもと長屋中総出で井戸さらいが行われた。

せっかく邪魔な張り番が不在というのに、どうも思惑《おもわく》通りに話が運ばない。

次の一手を考えあぐねるように、四十次郎が口を尖《とが》らせたとき、外から声がかかった。


「お蝶、客だぞ」

よく響く張りのある声とともに表障子《おもてしょうじ》があけられて、雉坊が顔を出した。

「ああ、坊さん、お世話さま……と、どちらさんでござんすか？」

雉坊が大きなからだを横にどかすと、ひどくこぢんまりとした姿があった。

商人《あきんど》の身なりだが、穏やかな顔つきと立ち姿が、ことのほか上品に映る。

お蝶にとっては初見だが、客をふり返った四十次郎の目つきが、たちまち険しくなった。

「急にお訪ねして、申し訳ありません。私は相模《さがみ》で干鰯《ほしか》商いをしております、紀津屋《きづや》京兵衛《きょうべえ》と申します」

紀津屋と名乗った商人は、お蝶に向かって行き届いた挨拶をする。

「こちらに、榊安右衛門《やすえもん》さまのご息女がいらっしゃると伺いまして」

「おとっつぁんの、お知り合いですか？」

「はい。私ごときがおこがましいのですが、安右衛門さまとは碁《ご》仲間として親しくさせていただいておりました」

「そうでしたか。どうぞお上がりくださいましな」

朗らかに応じながら、お蝶が客を招じ入れようとすると、四十次郎が腰を上げた。

「それじゃあ、お師匠さん、おれはこれで」

急に不機嫌になった四十次郎は、雉坊と客のあいだを裂くようにして表へ出ていった。

「何だ、あいつ、機嫌が悪いな。ひょっとして、邪魔をしたか」

見当違いの邪推《じゃすい》をしたらしい雉坊が、苦笑しながら玄関前で向きを変えた。

「お坊さま、お手数をおかけしました。ありがとう存じます」

紀津屋京兵衛は、丁寧に腰を折った。

害はなさそうだが初見の男客だ。一応の用心のためなのだろう、なあに、と肩越しにぞんざいに返しながらも、雉坊は戸をあけ放したまま去っていく。

顔を上げた商人は、しばし大柄な背中を見送った。底光りするような冷たい視線には、お蝶はまるで気づかなかった。

「相模からわざわざ、いらしたんですか？」

差し出された手土産《てみやげ》を有難く受けとって、お蝶は客に茶を給した。

「そういえば、いまのお坊さまも、同じ相模の出なんですよ」

「さようですか……相州《そうしゅう》も広うございますからね」

商人は話を逸《そ》らすように、やんわりと断りを入れた。

お蝶の指南所は、長屋のとっつきにあたる。内から井戸が見渡せて、ちょうど昼餉《ひるげ》の前の刻限だから、井戸端には女房連中がたむろして、ことのほか賑《にぎ》やかだ。あけ放された障子越しにそれをながめていた客は、礼を言って茶碗に手を伸ばした。

「江戸には商いの用で、年に二度ほど参ります。このたびは二日前に江戸に着きましたが、安右衛門さまが亡くなられたと伺って……本当に驚きました」

品よく茶をひと口すすり、紀津屋京兵衛は痛ましそうに眉を曇らせた。

「迂闊《うかつ》なことですが、安右衛門さまとは江戸に限ったおつきあいでしたので、まったく存じませんでした。まさか半年以上も前に身罷《みまか》られていたとは……」

せめて線香の一本でも手向《たむ》けたいが、商人の己には八丁堀の組屋敷はいささか敷居が高い。迷っていた折、お蝶のことを思い出したと京兵衛は語った。

「お嬢さまのことは、安右衛門さまからたびたび伺っておりました。声も姿も美しく、日本橋高砂町《にほんばしたかさごちょう》で、高砂弁天《べんてん》と呼ばれていると」

「おとっつぁんたら……親バカもたいがいにしろと、いくたび言ってもきかなくて」

「いえいえ、自慢なさっていたのも無理はありません」

いかにも感心したように、お蝶をとっくりとながめる。

「碁を打ちながら語ることといえば、もっぱらお嬢さまと、亡くなられたお母さまの話ばかりでした」

「そういえば、おとっつぁんはたしかに碁が何より好きで。なのにじじむさく見えやしまいかと、あまり外には言ってなかったんですよ。妙なところに見栄っ張りで」

「たいそう粋なお方でいらっしゃいましたからね」と、紀津屋がにっこりする。

安右衛門は、南町与力《よりき》の役目を退いてから、下谷《したや》の借家に移った。紀津屋京兵衛とのつきあいは二年半ほどで、父が下谷に越してまもなくの頃からのようだ。

京兵衛は下谷のさる旅籠《はたご》を定宿にしており、その隣に風呂屋がある。安右衛門も同じ風呂屋に通っていて、この二階で互いに見知りになった。風呂屋の二階には、碁《ご》や将棋、読本《よみほん》などが置かれていて、暇つぶしの場としては打ってつけだ。ひとりで詰め碁をしていた京兵衛に、安右衛門の方から声をかけてきたという。

「以来、江戸へ来るたびに、碁を打つようになりまして。たびたび下谷のお家にも、お邪魔させていただきました」

今回も下谷の借家に足をはこび、近所の者から安右衛門の不幸をきき知ったようだ。

「歳も互いに近うございましたし、まさかこんなに早く身罷られてしまうなど夢にも……」

父親より老けて見えていたが、京兵衛の方がひとつ下だという。気の合う碁仲間でもあり、江戸での数少ない友人であった安右衛門を失った悲しみを、京兵衛は訥々《とつとつ》と語った。

「まるでおっかさんを追うように、あんなに急に逝《い》かれるとはあたしも思ってなくて……卒中だから、いきなりなのも仕方ないんですけどね」

「卒中、ですか……」

穏やかな京兵衛の目が、すうっと細くなった。

「おかげで死に目にも会えなくて。それだけが心残りで」

客のようすには気づかずに、そのときばかりはお蝶は切なそうに目許《めもと》を翳《かげ》らせた。

「お父上さまの急は、どちらから知らされたのですか？」

「それは、八丁堀の兄からです」

「兄上さまは、どのように？」

「どうって……」

いささか困惑《こんわく》しながらも、お蝶は問われるまま答えた。

安右衛門は夜半、下谷の借家で倒れ、翌朝、通いの下男と女中が見つけたときには、すでに息がなかった。安之は沈鬱《ちんうつ》な面持ちで、妹にそう語った。

「それでお嬢さまは、下谷のお家に行かれたのですか？」

「いいえ、すぐに榊の家に来るようにと、使用人を迎えに寄越して……」

あら、とお蝶は気がついた。

父の悲報を受けたとき、安之は八丁堀の組屋敷から、下谷に走ったときいている。日本橋高砂町はその通り道にあたる。妹に声をかけ、一緒に下谷へ赴いてもよかったはずだ。

あらためて考えると妙な気もするが、父の死に接したときはそこまで考えが及ばなかった。そのまま使用人とともに榊家に着くと、父はすでに死に装束《しょうぞく》を着せられて布団の上に横たわっていた。同じ日の、夕刻のことだ。

「安右衛門さまが亡くなられてから、お嬢さまはあの下谷のお家には行かれましたか？」

「え、いいえ、一度も」

考え込んでいたお蝶が、はじかれたように顔を上げた。

「もともとあの家には、おとっつぁんが生きてた頃も、一度しか行ったことがないんです。あたしらがうろうろすれば、あらぬ噂の種を蒔《ま》くだけだと、おっかさんから止められて」

芸者上がりの妾《めかけ》という身分を、母はきちんとわきまえていたが、一方の父は、誰にでも娘自慢をするような大らかな人柄であった。

「おれの終《つい》の住処《すみか》となる家を見にこいと、おとっつぁんがしつこく誘って、おっかさんも頑固だから行かないの一点張りで、揚句《あげく》の果《はて》に大喧嘩《おおげんか》になっちまったんですよ」

結局、お蝶だけが行くという折衷案で、どうにか事を収めたと、お蝶が思い出し笑いをする。聞き手の京兵衛は、上品に口許をほころばせた。

「さようですか……私もあの家には、安右衛門さまとの思い出が詰まっておりましてね。旅籠から近いこともあり、つい今朝も足を向けてしまいました」

「月命日も近いことですし、次の墓参りの折にでも、兄と一緒に行ってみます」

市ヶ谷《いちがや》にある榊家の菩提寺《ぼだいじ》の名を告げると、紀津屋もまた、ぜひお参りさせていただくと応じた。

「兄上さまとは、仲がおよろしいのですね」

「はい。あたしのことは何かと気にかけてくれます。おとっつぁんより口うるさいのが、玉に瑕《きず》ですが」

「やはりお父上さまと同じ、南町奉行にお仕えなさっておいででしたね」

「与力の内では、未だ下っ端にあたるそうですが」と、つい苦笑いがこぼれた。

日向《ひなた》の猫のような安之に、町与力が務まるものかとお蝶は本気で危ぶんでいるのである。

「南のお奉行さまは、一昨年代替りされたのでしたな。いまの方は岩淵長門守《いわぶちながとのかみ》さまと仰《おつしや》いましたか。文武に優れた立派なお方だと、私のような田舎者《いなかもの》でもききおよんでおりますよ」

岩淵長門守是久《これひさ》は、剣は免許皆伝の腕前で、また、俳人としても名が知られていた。伏見《ふしみ》や堺《さかい》など遠国《おんごく》奉行を歴任し、二年ほど前に南町奉行を任ぜられた。安右衛門はその前年に南町を退《しりぞ》いているから岩淵とは縁がないが、新旧双方を知る兄は、現奉行に軍配を上げていた。

「江戸の街でも評判はいいようですし、お人柄も良い方だと、兄も申しておりました」

公明正大な人物で、肚《はら》のすわり具合もよいと、兄も折にふれてそのように語っていた。

「兄上さまはお奉行さまと、親しくされているのですか？」

座敷に射す、光の加減だろうか。正面にいる客の瞳が、違う色を含んだように見えた。

「さあ、どうでしょうか」と、お蝶は首をかしげた。

まだ所内では若輩《じゃくはい》にあたり、重い役目に就いているわけでもない。奉行と傍近くで接することも、そう多くはないかもしれないと、お蝶は己の推測を述べた。

「そういえば、前にいっぺんだけ剣の手合わせを所望されたそうですが、以来まったく声がかからないとぼやいておりました。からだが大きい割に、腕前は見かけ倒しで」

あんなにもっさりしていては、奉行からの覚えもめでたくなりようがないと、お蝶は冗談めかして笑った。

「安右衛門さまは、剣の腕もおありだったそうですね。若い頃は毎日のように道場に通っていたと、伺ったことがあります」

「虎《とら》ノ門《もん》外《がい》の、的場《まとば》道場ですね」

「兄上さまもやはり、同じ道場に通われておいでですか？」

「いいえ、兄は別のところの門弟でしたが、あまりの才のなさにお払い箱にされましてね」

「おや、さようですか」

「でもそのおかげで、姉との縁ができたんですよ」とお蝶は、ふたりの馴《な》れ初《そ》めを語った。

夜分に着流しでひとり歩きをしていた折に、安之は物取り目当ての数人の浪人に囲まれた。そこへちょうど作蔵《さくぞう》を従えた沙十が通りかかり、得意の薙刀《なぎなた》で賊をなぎ払った。その腕前と度胸に惚《ほ》れ込んで、安之はぜひ嫁にと申し出たという。

「それをさも嬉しそうに、あたしに語るんですよ。あまりの情けなさに、あいた口がふさがりませんでしたよ」と、先日、兄からきいたばかりの話を披露する。

それまであまり表情を崩さなかった紀津屋が、これにはさすがに破顔した。

「的場道場なら、おとっつぁんの口利きで、同じ長屋の枡《ます》職人が通っていますよ」

興を引かれたように、ほう、と客が目を見張った。

新陰《しんかげ》流の的場道場は、門弟百人を抱える大きな構えで、江戸では名が知られている。

安右衛門が通っていた当時とは代替わりしているが、道場主の的場永達《えいたつ》は、かつての門弟たる父に乞《こ》われ、千吉の入門を快く許してくれた。

「町人にやっとうなんて、父らしい酔狂だと思いませんか？」

己に勝ったらお蝶を嫁にやると、父は千吉を焚《た》きつけた。笑い話のつもりで経緯《いきさつ》を述べると、京兵衛は案に相違して、しんみりと言った。

「安右衛門さまは、そういうお方でございましたな。武家だの町人だの、わざわざ垣根を作るのは煩《わずら》わしいと仰って」

おかげで身分を越えた、心安いつきあいができたと、懐かしそうに語った。

「僭越《せんえつ》な申しようですが、私にとっては大事な友でした。急にいなくなられてしまい、寂しさが身に沁《し》みてなりません」

「……あたしもです」と、お蝶も釣られたように、声を落とした。「せめてひと言、お別れを言いたかった。父は最期に、何を考えたんだろう。何を言いたかったんだろうって、いまになってそれが気にかかって……」

父親から預かったものをこちらに渡せ——。

先に襲ってきた賊は、そう脅した。なのにお蝶には、ただのひとつも心当たりがない。それが無性に情けなくて、焦《あせ》りに突き動かされ思わず走り出しそうになるが、肝心の行くべき場所がわからない。お蝶は柄にもなく、湿っぽいため息をこぼした。

「いまさら悔いても、詮《せん》ないことですけど」

「……遅くはないかもしれませんよ」

まるでお蝶の心中を察したみたいに、そう口にした。

「お嬢さまなら、わかるかもしれません。いいえ、安右衛門さまの最期のお言葉を汲《く》みとることができるのは、お嬢さまより他にはいないように思います」

何かよりどころでもあるかのように、妙にきっぱりと言いきって、紀津屋京兵衛は暇《いとま》を告げた。

「今日はお目にかかれて、嬉しゅうございました。ご自慢になさっていたお気持ちが、お嬢さまにお会いしてよくわかりました」

客を送ろうと先に立ったお蝶を、紀津屋はほれぼれと見上げている。世辞は嫌いなお蝶だが、この客の口からこぼれると、何故か嫌らしくきこえない。照れくさそうに笑い、己の着物の袖《そで》をついと引っ張った。

「たぶん、着物のせいですよ。この着物は、おっかさんが若い頃、おとっつぁんが仕立てさせたものなんです」

「さようでしたか……桜色にも見えますが、それより少し濃いようですね」

「一斤染《いっこんぞめ》という色目です。おっかさんが、いっとう好きな色で」

桜色にもうひと差《さ》し紅《べに》を重ねたような、やさしい色だった。男まさりな辰巳《たつみ》芸者にはそぐわないと、身につけるのを控えていた母に、安右衛門が染師と織師に頼み、特にあつらえさせてこれを贈った。

「あたしには同じ色で千代紙《ちよがみ》を染めさせて……子供心にも母とおそろいが嬉しくて、ひどくはしゃいだ覚えがあります。それで姉様人形を拵《こしら》えて、お礼にと父に贈ったんです」

「その姉様人形なら、私も覚えていますよ」と、紀津屋が応じた。

娘から初めて贈られたものだからと、安右衛門はたいそう大事にしてくれた。

「あの人形は、いまはお嬢さまのお手許にあるのですか？」

「いえ、あれは……おとっつぁんのお棺《かん》に、一緒に入れて……」

何かが引っかかり、お蝶はふと口をつぐんだ。頭に浮かんだのは、兄夫婦の困った顔だった。

「安右衛門さまにとっては、それがいちばんよろしゅうございましょう」

にっこりと笑い、紀津屋京兵衛は長屋を辞した。

客の背中を見送りながら、お蝶は別のことを考えていた。


「どういうことだい、紀津屋の旦那」

紀津屋京兵衛の行く先を、鳴海屋四十次郎がふさいだ。柏手長屋の先にある通りで、いままで待っていたようだ。

「あの娘のことは、おれに任せてくれるはずじゃあ、なかったんですかい？」

不機嫌を隠そうともしない四十次郎を、京兵衛は片頬《かたほお》で笑った。

「そう、めくじらを立てなさるな。榊安右衛門殿の娘に、ひと目会うてみたくなった。ただ、それだけのこと」

鷹揚《おうよう》に説く京兵衛に、ちっと四十次郎があからさまに舌を鳴らす。

「何せ、旦那直々のお出張りだ。さぞかしどえらい手掛かりを、つかんでいらしたんでしょうね」

皮肉たっぷりの口調には構わず、京兵衛は前を向いたまま低く呟いた。

「いや、何も。やはり用心すべきは、南町奉行と新陰流の道場主……こちらの見当が、より色濃くなったというだけでした」

「だから言ったたろ。お蝶は何の役にも立たねえと」

「そんなことはありません。あのお嬢さんは、すべての紐《ひも》の先を握っているのですから」

「紐、だと？」

「南町奉行岩淵長門守にも、新陰流的場道場にも……それに私どもにもね」

「すべてに繋がる紐を握っているのは、お蝶だけということか」

「あいにくとご当人は、それに気づいていませんが……ですから少々つつかせていただきました」

とたんに四十次郎の眉間《みけん》が、きゅっと狭《せば》まった。

「お蝶に、何をさせるつもりだ」

「お嬢さんが動けば、すべての紐が揺れる。そしてその先にあるものも、いっせいに動き出す……こちらの探し物が姿を現すかもしれません。それにしても……」

京兵衛がかすかに顎《あご》を引いた。喉《のど》の奥が小さく鳴って、笑っているのだと四十次郎は気がついた。薄気味悪そうに、四十次郎は顔をしかめた。

「旦那がそんなふうに笑うなんて、初めて見るな。何がそんなにおかしいんで？」

「いや、よく似た親娘《おやこ》だと思ってな。姿形は母親似でも、あの他人《ひと》に向ける眼差《まなざ》しだけは、父親にそっくりだ。無遠慮なまでに大らかで、一点の曇りもない」

すうと息を整えて、京兵衛は顔を上げた。その顔はもう、笑っていなかった。

「だからこそ榊安右衛門殿は、命を落とすことになったのですよ」

四十次郎はちらと小柄な商人を見下ろして、嫌そうに顔をしかめた。


午後からは娘相手の稽古であったが、こちらも流行病《はやりやまい》のために常の半分きりしか集まらなかった。お蝶は早めに稽古を切り上げて、弟子を見送ると、向かいの長屋に行ってみた。

とっつきの仕事場では、千吉の父親が枡を削り出していて、母親も仕上げを手伝っている。子供の頃から毎日のように通い慣れ、我家も同然となっている。お蝶はふたりに声をかけ、勝手知ったるようすで奥の間に通った。

座敷には枕障子が立てられて、病人はその陰で横になっていた。お蝶が枕元に寄ると、千吉はものうげに瞼《まぶた》を開いた。

「お蝶ちゃん、来てくれたのか」

「まだ、苦しそうだね。美味《おい》しそうな桃をいただいたけど、食べられるかい？」

紀津屋京兵衛からの土産をさし出す。千吉は熱で火照《ほて》った顔で、小さくうなずいた。

台所に立って包丁で皮をむき、食べやすいようひと口大に小さく切った。料理はあまり好きではないが、母親が寝付いていた頃から台所仕事もすべてこなしてきた。手際には淀《よど》みがなく、甘い香りがただようみずみずしい果実を鉢《はち》に盛る。

「はい、千ちゃん」

釆《さい》の目にした桃を、お蝶は匙《さじ》ですくって口許に運んだ。千吉は幼い子供のように素直に口をあける。お蝶は昔から病知らずで、ここ数年は風邪すらひかない。逆に千吉は、幼い頃からよく熱を出した。そのたびにお蝶が枕辺《まくらべ》に張りついて、あれこれと世話を焼くのもいつものことだった。

「こうしてると、昔のまんまだね、千ちゃんは。子供の頃と、ちっとも変わってない」

そりゃあねえやと言いたげに、千吉は不服そうに下唇《したくちびる》を尖《とが》らせる。熱で目がうるんでいるために、まるで半べそをかいているようだ。お蝶は思わず、ぷっと吹き出した。

「そうそう、ちょうどそんな顔をして、帰ってきたことがあったろう？　近所の悪童《わるガキ》と一戦交えて、けちょんけちょんに打ち負かされてさ、べそをかきながら帰ってきた」

「そんなこと、忘れちまった」

すねたように、目だけであさっての方を向く。

「あたしはよく覚えてるよ」と、お蝶は楽しそうに笑った。

昔から千吉は、争いごとを好まない子供だった。その千吉が、からだじゅうに傷をこしらえて帰ってきたのである。仰天したお蝶は、いったい何があったのか、誰にやられたのかとしつこくたずねたが、千吉は土手で転んで下まですべり落ちたと答えた。

千吉の下手な嘘など、すぐに見抜ける。本当のことを明かすようお蝶は詰め寄ったが、べそをかいているくせに、千吉は口だけは頑固に閉ざし続け、己の両親にも仔細を語らなかった。

「千ちゃんがあたしに嘘をついたのは、後にも先にもそれきりだもの」

千吉の眉がぴくりとしたが、お蝶は気づかなかった。懐かしそうに、先を続ける。

「悲しいやら腹が立つやらで、何日も千ちゃんと口をきかなかったね」

「そういや、金輪際縁切《こんりんざい》りだと言われたな……あれには正直参った」

乾いた唇から、苦笑交じりの吐息《といき》がもれた。

「ずっと後になって、喧嘩相手から理由《わけ》をきいて、千ちゃんらしいなって思ったよ」

「……あの時分から道場通いをしてりゃ、あんな奴に負けやしなかったのにな」

残念そうに千吉がこぼし、そういえば、とお蝶が言った。

「昼前におとっつぁんの碁仲間が訪ねてきてね。この桃もその人の土産なんだよ」

「碁仲間って、誰だ？　お蝶の知ってる奴か？」

それまでぼんやりしていた千吉の目が、急に険しくなった。

「あたしにとっては初顔だけどね」おかげで父の思い出語りができたと、お蝶が目を細める。「千ちゃんの通ってる、的場道場の話も出てね」

「本当か！」

びっくりするような大声で返されて、お蝶はぎょっとした。

「どうしたってのさ、千ちゃん。何か気に障《さわ》ることでもあるのかい？」

張りのある目に見下ろされ、千吉は困ったように枕の上で横を向いた。

「いや、ただ……知らねえ奴をうかうかと、家にあげるのはどうかと……その商人が、本当に安右衛門の旦那の見知りかどうか、わからねえじゃねえか」

「だって、見知りだったからこそ、おとっつぁんのことをあれこれ話せたんじゃないか」

「そうだけど……ただでさえ妙な輩《やから》につけ狙われてんだ。用心するに越したことはねえ」

「わかってるよ。千ちゃんたちがどんなに案じてくれているか、よく承知してる。でも、だからこそ、このままじゃいけないように思えてさ」

「どういうことだ?」と千吉の頭が、またお蝶の方を向いた。

「変な連中に囲まれて、坊さんに助けられたことがあったろう?」

あのときは金目当てと思えたが、いまになってみると、あれがはじまりだったのかもしれない。それを含めると、お蝶は都合三回、怪しげな連中に襲われたことになる。

日頃は平気そうに振舞ってはいるが、敵の正体が見えないからこそ、いっそう怖い。だが、このまま皆に守られながら、ただ賊に怯《おび》え続けるのはもっと我慢がならない。

「おとっつぁんがあたしに遺したものがあるなら、それを探し出したい。最後に何を告げたかったのか、その言葉をきいてみたい。あたしが連中より先に見つけることができれば、相手の鼻を明かしてやれる」

千吉を上から見据え、お蝶は己を鼓舞《こぶ》するようにそう告げた。

危ないからよせと、喉許《のどもと》まで出かかった声を、熱と一緒に千吉は呑み込んだ。お蝶がこんな目をしたときは、何を言っても無駄だとよくわかっているからだ。

「だが、お蝶ちゃん……いったい何をするつもりだ？」

「実をいうと、これといった当てはないんだけどね。とりあえずおとっつぁんが借りていた下谷の家を、今日にでも見にいこうと思ってるんだ」

思いついたら、すぐに動かねば気が済まない。その性分も、千吉は承知している。止め立ては早々に諦めて、そのかわり必ず雉坊を連れていくようお蝶に言い含めた。

「あの坊さんだけは信じていい。決して坊さんの傍を離れるなよ」

熱で上気した頰のためだろうか、千吉は必死ともとれる表情だが、お蝶は逆ににっこりした。

「坊さんがこの長屋に来て、せいぜい三月《みつき》だってのに、本当に仲良くなったんだね」

千吉は虚を突かれたような顔で、しばしお蝶をながめ、そうだな、と呟《つぶや》いた。

かつて安右衛門が借りていた家は、下谷山崎町《やまざきちょう》にある。下谷は上野《うえの》山《やま》と隅田《すみだ》川《がわ》に挟まれた低地で、江戸屈指の大名寺である広徳寺《こうとくじ》や、幡随院《ばんずいいん》など、周囲には寺が多かった。

一度行ったきりだったが、お蝶は道筋を覚えていた。

「ほう、風流な一軒家じゃないか」と、雉坊はまず声をあげた。

瓦《かわら》屋根の平屋に板塀を巡らせて、小さな茅葺《かやぶき》屋根を載せて枝折戸《しおりど》をつけた門や、そこから覗《のぞ》く玄関や前庭も、造り過ぎておらず趣味がいい。粋《いき》を身上としていた父親が、好みそうな家だった。

「だが、どうやら空家になっているようだな」

人の気配はなく、入口は固く閉ざされている。どうしたものかとながめていると、隣家の者がちょうど外出先から帰ってきた。

「まあ、お隣の……あいにくあたしも、四月《よつき》前にここに移ってきたばかりで、半年前のことは何も知らないんですよ」

妾奉公《めかけぼうこう》をしているらしく、きっちりと化粧を施して身ぎれいにしている。坊主と町娘という組み合わせに、最初は怪訝《けげん》な顔をしていたが、隠居した町方与力が住んでいたことは、近所の者からきき及んでいたらしい。娘だと名乗ると、表情をゆるめた。

「父が死んで、半年近くになりますけど、いまだに空家のままなんですか？」

「少なくともあたしがここに越してからは、人の出入りは見たことがないねえ。大家さんの話じゃあ、借り手はすでに決まってるようですけどね」

先方で何か仔細があるらしく、未だに引越しの目処《めど》が立たないと、大家は言っているそうだ。迷惑そうに、女が眉をひそめる。

「空家ってのは、何かと不用心だろ？　ただでさえこそ泥が入ったらしいし」

「こそ泥ですって？」

大きな声をあげたお蝶に、女は困り顔でうなずいた。

「ええ、あたしがここに来てすぐの頃だけど、あれはこそ泥なぞじゃなく、無頼の者がたむろして荒らしていったに違いありませんよ」

そのひどい有様は、隣家の女もまのあたりにしていた。障子は破られ、畳は返され、床板まで剝《は》がされて、壁や天井も無傷では済まなかった。

「驚いたことにね、庭まで掘り返して行ったんですよ」

この借家には、そう広くはないが東と北に庭がある。父は植木屋に手を入れさせて東には玉石《たまいし》と草木を、北には夏に涼しげな池や苔生《こけむ》した庭石を配し、それぞれの景色を楽しんでいた。だがその庭さえも、まるで大モグラが通った後のように、人の頭くらいの穴があちらにもこちらにもあいていたという。

「あたしもすっかり怖くなっちまって、頼むから新しい人を入れてくれと、大家さんに頼んでみたんですがね、先《せん》のお方に家賃を前金でもらってるからと断られちまいましてね」

さも不満げに怒ってみせたが、とりあえずそれ以降は、何も起こったようすはないという。盗人《ぬすっと》が入ったのがいつかとたずねてみると、三月の終わりだと女は答えた。

しばし頭の中で考えて、お蝶はごくりと唾《つば》を呑んだ。日を数えると、お蝶が最初に賊に襲われたのは、それからすぐということになる。嵐が去った後のような有様も、父の遺品を探していたとすれば辻褄《つじつま》が合う。

「でもね、やっぱり人の住まない家というのは、よくありませんよ。もう十日くらいになるかねえ、ここんとこ明け方になると、妙な女がうろつくようになって」

「女だと？」

それまでお蝶の後ろに控えていた雉坊が、初めて口をはさんだ。

「ええ、うちの旦那は朝が早くて、まだ暗い時分に出るんですよ。見送りがてら木戸の外に出ると、隣の家の前にじっとその女が立ってましてね。こちらに気づくと、逃げちまうんですよ」

そんなことが三度《みたび》続いたと、気味悪そうに女は両腕をさすった。女の旦那の来訪は三日に一度だそうだが、毎度見かけるということは、毎朝のように通っているのだろうと推測を告げる。

「もうかなりの歳ですけど、身なりからすると、柳原《やなぎわら》土手で商売している類《たぐい》じゃないかと」

「夜鷹《よたか》ということか！」

この男には珍しいほど、声が張り詰めている。

「どうしたんです、坊さん。何か気になることでも？」お蝶は思わずたずねたが、

「いや」と、雉坊が短く応じる。

「どちらにしても、毎朝家の前に立っているとなると気になるね」

女に礼を言ってその後大家を訪ねてみたが、それ以上の話はきき出せず、また借り手が決まっている家だからと、中を見せてもらうこともかなわなかった。

翌朝、日の出る前に、お蝶は雉坊とともにまた下谷に赴いた。

「では、兄上たちには内緒で出てきたのか？」

「危ない真似《まね》をするなと、たちまち止められちまうもの。ちょうど井戸さらいの日だから、朝早く出掛けても怪しまれずに済んだしね」

日が上るまでにはまだ間があるが、東の空はすでに白みはじめている。どうやら晴れそうな空模様で、牽牛と織姫も今年は無事に逢瀬《おうせ》を果たせそうだと、お蝶は空を仰いだ。

「こっちにとばっちりが来ないようにしてくれよ。ことにお蝶の姉上殿は、怖いからな」

「へえ、坊さんにも、怖いものがあったとはね」

「女は皆怖いものだが、あの姉上は格別だ。あんな怖い女子《おなご》には初めて会うた」

冗談とも本気ともつかぬ口調だが、あのおっとりとした観音《かんのん》さまのような姉の、いったいどこが怖いのだろう。お蝶が訝《いぶか》しげな顔を向けると、雉坊は話を戻した。

「内緒にしたのは、それだけからか？」

「うん……たぶん、もうひとつ」と、お蝶の顔がふっと翳《かげ》る。「お兄さまやお姉さまは、あたしに何か隠してる。きっとおとっつぁんのことで、あたしに言えないことがあるんだ」

その屈託が、お蝶の口を重くしていた。

「兄上たちに隠し事をされたもので、お返しというわけか」

「そんなんじゃないさ。人が嘘をつくのには、それだけの理由《わけ》があるものだもの」

ほう、と隣を歩いていた雉坊が大仰《おおぎょう》な声をあげる。

「お蝶もなかなか、達者なことを言うじゃないか」

「からかわないどくれよ。おっかさんの受け売りなんだから」

ぷいと横を向くと、雉坊は、そうか、と応じた。

「千ちゃんが、たった一遍だけ、あたしに嘘をついたことがあってね」

ちょうど昨日、千吉の枕辺でした話を、雉坊に語った。嘘はよくないと、そればかりを大上段にふりかざし、なかなか千吉を許そうとしない娘に、母は言った。

『お蝶、人が嘘をつくのにはね、それだけの理由《わけ》があるんだ。その辺を斟酌《しんしゃく》しておやり』

幼いお蝶には、母の言葉の真意はわからなかったが、それからしばらく経った頃、お蝶は千吉の喧嘩相手の口から、事の次第をきかされた。

「あたしが妾の子だと、芸者上がりの女の子供だと、悪童連中がさんざん囃《はや》し立てたんだ。相手は三、四人もいたのにさ、千ちゃんはものすごく怒って突っかかっていったって」

「千吉らしいな」

雉坊が、得心したようにうなずいた。

「千ちゃんは、あんな小さい時分から、あたしを守ろうとしてくれてたんだ」

おそらく兄夫婦も同じなのだろう。お蝶が傷つかぬよう、悲しい思いをせぬようにと、その棘《とげ》を用心深くとり除いているのだろう。

「甘やかすのもたいがいにして欲しいけど、それでも大事にされてるってのは悪かない」

「そこまで汲んでもらえれば、兄上夫婦も千吉も本望だろうよ」

「だからあの姉様人形も、同じかもしれない」

「姉様人形？　何の話だ？」

「千代紙を折って重ねた、姉様人形さ。あたしが子供の頃に拵えて、おとっつぁんにあげたんだ」

それは紀津屋京兵衛が去る間際、思い出したことだった。

たった一度、下谷の借家を訪れたとき、お蝶はその紙人形を座敷で見つけた。

「床の間脇の違い棚に、大事そうに飾ってあって。値の張りそうな茶道具や焼物のあいだに、ちんまりと収まってるのが妙におかしくてね」

五つ、六つの頃に拵えたものだ。あらためて見るとたいそう不格好な出来の上、十年ほども経ているために、着物の千代紙は色あせて白い顔は黄ばんでいる。高価な道具と並べるにはあまりにもお粗末で、他所《よそ》へ移すよう乞うと、父は真顔で床の間に置こうとした。

『おれにとっては何よりの値打物だ。たとえ千両万両積まれても、譲るつもりはない』

自慢げにそう語る父の笑顔が浮かび、うっかり涙がこぼれそうになる。お蝶はあわてて目をしばたたいた。

「おとっつぁんの弔《とむら》いが済んだ頃、その紙人形を思い出してね、形見代《かたみ》わりに欲しいと頼んだんだ。けれどお兄さまは、困ったような顔をして……」

いつものほほんとしている兄の表情が、そのときだけは妙にひきつって見えた。

『ごめんなさい、お蝶さん。父上が大事になさっていたと女中からきいて、お彼岸へいらっしゃるせめてものお慰《なぐさ》めにと、私が一緒にお棺に入れてしまいましたの』

　助け舟を出すように、傍らから沙十が口を添え、すまないな、と安之も申し訳なさそうにあやまった。

「あのときは鵜《う》呑《の》みにしちまったけれど、何だか急に気にかかって……」

　糸くずほどの些細なことのはずが、いったん見つけてしまうとひどく気になった。その糸の切れ端は、かたくなに着物の膝元に張りついたまま取れてくれない。

「お蝶は人の話を、言葉どおりに受けとるからな」

「どうせあたしは、考えなしですよ」

　横目でにらむと、雉坊は喉の奥で笑った。

「そうじゃない、褒めているんだ。おれにはそんな真似は、恐ろしくてできないからな」

「……何がそんなに、恐ろしいんだい？」

「たぶん、人の嘘が怖いんだろうな。そっくり信じてしまうと、騙《だま》されたと知ったとき辛いだろう？　だからどんな話でも、はじめから二、三割はさっ引いておく」

「坊さんがそんなに疑り深いとは、思わなかったよ」

　大人の話を初めてきいた子供のように、お蝶が目を見張る。まっすぐなその眼差しを避けるように、雉坊は灰色と藍の混じりあった頭上の空を仰いだ。

「おまえと違って、おれは嘘ばかりついているからな。自ずと他人《ひと》にも、疑り深くなるというものだ」

「お坊さまがそんなんじゃ、閻魔《えんま》さまに舌を抜かれちまうよ」

違いない、と大きな口をあけて雉坊が笑う。ふたりからは右手に見える東の空は、下半分が見事な朝焼けの色をにじませていたが、日の出にはまだ間がありそうだ。

「お蝶、あれじゃないか？」

雉坊が、ふいに足を止めた。指で示す先には、父の住んでいた借家がある。その前に、ぽつんと立つ人影が見えた。

お蝶の足が前に出て、思わず小走りになっていた。

「あの、ひょっとして、前にこの家にいた者をお訪ねですか？」

お蝶が声をかけると、大げさなほどに相手のからだがびくついて、たちまち逃げる素振《そぶ》りを見せた。

「あたし、榊安右衛門の娘です！　父に何か、用があるんじゃ……」

後ろ帯をわし摑みされたかのように、女のからだががくりと止まった。背中を見せていた女が、そろそろとふり返る。

「あんたが、榊の旦那の……？」

お蝶がこっくりとうなずくと、皺《しわ》だらけの顔が、くしゃりとゆがんだ。

「じゃあ、お綱《つな》さんは、おとっつぁんとは昔からの馴染《なじ》みなんですね」

お綱と名乗った女を連れて、お蝶と雉坊は近くの寺の境内に落ち着いた。入ったすぐ脇に小さな泉水《せんすい》がしつらえられて、三人は大きな庭石に並んで腰かけた。

「馴染みなんて、おこがましいよ。あっちは役人、こっちは咎人《とがにん》だったんだから」

女は歯が何本か抜け落ちた口を、きまり悪そうにゆがめた。

隣家の妾の目はたしかだった。お綱はすでに結構な歳の老婆で、だが、他に口を糊《のり》する当てがないのだろう。いまでも厚化粧をして河岸《かし》に立つ、夜鷹を生業《なりわい》にしていた。

若い頃は岡場所にいたが、茶屋が町奉行所の手入れを受けて、お綱もお縄になった。お綱をとり調べたのが、当時、吟味方与力を務めていた安右衛門だった。

それきりの縁だったが、一年半ほど前に、ばったり再会したという。

「柳原土手で、たまたま旦那の袖を引いちまってね。何せ三十年も前に会ったきりだから、はじめはお互い気づきもしなかったけれど」

安右衛門はお綱を買うことはせず、代わりに近くの夜鳴き蕎麦《そば》屋に連れていった。ひと晩に何人も相手をせねば、世過ぎのできぬ商売だ。三杯も蕎麦を平らげるお綱の傍《かたわ》らで、安右衛門は盃《さかずき》を傾け、互いにぽつりぽつりと来し方を話すうち、先に会ったことのある役人だと、お綱は思い至ったようだ。

「前に南町にいたときいて、そういやえらく粋な旦那がいたと、ひょいと思い出してね。旦那の方は、まるきり忘れちまってたけどね」

お綱が、屈託《くったく》なく笑う。

「歳はとっても、粋は相変わらずでね。銭を包んでくれたばかりか、三十年ぶりに会うなんて、これも何かの縁だ。困ったことがあったらいつでも来いと、あの下谷の家を教えてくれたんだ」

夜鷹稼業にも縄張りがあり、土地のやくざ者が仕切っている。妓夫太郎《ぎゅうたろう》と呼ばれる、いわば夜鷹屋で、女たちは自衛や客引きのために彼らの庇護《ひご》が要った。着物から履物《はきもの》、筵《むしろ》までもが夜鷹屋からの借り物で、その見返りは決して安くない。たいそうな上前《うわまえ》をはねられて、手許に残る銭はほんのわずかだ。歳のいったお綱には、良い客がつくはずもなく、雨が続けばわずかな蓄えはたちまち底を尽く。

「そう図々しく押しかけちゃいけないと、肝に銘《めい》じてはいたものの、さすがにひもじさが増すと堪《こら》えきれなくてね、月に一度くらいは、下谷に通うようになっちまった」

お綱が安右衛門のもとに顔を見せるのは、きまって商売を終えた日の出前だった。まだ通いの使用人も来ていない頃だが、安右衛門も朝は早い。嫌な顔ひとつせず、お綱を迎え入れてくれたという。

「いつ行っても、よく来たなと嬉しそうに迎えてくれてさ。あたしにそんな顔を向けてくれる者なんて、誰もいないからね。銭欲しさだけじゃなく、旦那のあの顔を見たいがために、つい足が向いちまった」

と、お綱は、切なそうなため息を吐いた。

「本当に、神も仏もないよ。あんなに良いお方が、あんな酷《ひど》い死に方をするなんて……」

「酷い、死に方……？」

老いた夜鷹の身の上に、すっかり引き込まれていたお蝶がはっとした。

「お綱さん、それ、どういうことです？　おとっつぁんは、卒中で逝ったんじゃ……」

「卒中だって？　そんな馬鹿な！　だって、旦那はあの家で……」

言いかけたお綱が、しまったというように筋張った手で口を押さえた。

「お綱さん、何か……何か知っているんですね？」

詰め寄るお蝶に、お綱はただ首を横にふる。

「ひょっとしてお綱さんは、おとっつぁんの死に際に、その場にいたんじゃないんですか？」

「違う！　違うよ！　あたしが行ったときは、旦那はもう事切れていて……」

とび出した言葉をまた押し込めるように、お綱はふたたび口を覆《おお》ったが、やがてその手が膝に落ちた。お蝶がもう一度乞うと、お綱はようやく重い口を開いた。

「あの日はいくら声をかけても、誰も出てこなくて……それこそ卒中でも起こしたんじゃないかと案じられてさ、中に入ってみたんだ」

枝折戸も玄関も閉ざされていたが、日頃は玄関につっかい棒がかかっている。それがなかったと、お綱は告げた。そして玄関に入ると、足がすくんだように棒立ちになった。

「そりゃあひどい荒らされようで、ひと目で押し込みだとわかった。とにかく旦那の無事が案じられて、夢中で家の中を駆けずりまわったんだ」

廊下には破れた襖《ふすま》が何枚も倒れ、簞笥《たんす》の抽斗《ひきだし》も押入の行李《こうり》も、すべてぶちまけられていた。番屋に駆け込む考えも浮かばず、賊がまだ中にいるかもしれないと、用心することさえ頭からすっぽり抜けていた。お綱はただひたすら、安右衛門の安否を確かめようとした。

「いちばん奥の座敷で旦那を見つけたときには、その場に座り込んじまった……旦那はうつ伏せのまま、ぴくりとも動かなくて……」

寝巻姿の安右衛門の背には、大きな血の染みが三つあった。血は腹の下の畳だけでなく、壁にも床の間にも赤い飛沫《しぶき》のように散って、あまりに凄惨《せいさん》な光景に、お綱はしばし動けなかった。這《は》うようにして近づいて、声をかけながら揺さぶってみたが、安右衛門はすでに息をしていなかった。

「おとっつぁんが、そんな死に方を……」

日が上り、少しずつ大気が温もってきた。なのにお蝶のからだは震えがくるほどに冷たい。両手で己のからだをかき抱くと、雉坊がそれを痛ましげに見遣った。

安右衛門はうつ伏せで倒れていたが、顔は横を向いていた。ぼんやりと半分だけ目をあけていて、その顔を見て、お綱は初めて涙が出たという。

「……瞼を閉じてやって、そのときに気がついたんだ。ちょうど顔の辺りで右手をしっかりと握りしめていて、握っていたのは、お嬢さんの拵えた紙人形でした」

必死で己を支えていたお蝶が、ぱっと顔を上げた。

「おとっつぁんが、あの姉様人形を……？　本当ですか、お綱さん」

「前に一遍だけ、家に上がらせてもらったことがありましてね」

お綱が下谷に着いた頃、激しい驟雨《しゅうう》に見舞われたことがあった。やむまでのあいだ、安右衛門は遠慮するお綱を家に上げて雨宿りさせた。茶と菓子をふるまってくれたのが、ちょうど安右衛門が事切れていた座敷だったと、お綱があらためて涙ぐむ。

「違い棚にあった紙人形が目についてながめていたら、娘の贈り物だとそりゃ嬉しそうに話してくれて、それで覚えていたんです」

似合わぬ派手な着物の袂《たもと》に顔を埋める。

「おとっつぁん……」

「旦那はきっと、最後にひと目、お嬢さんに会いたかったんでしょうね」

千両万両より値《あたい》があると請け合ってくれた、父の笑顔がふいに浮かんだ。

とたんにどっと涙があふれ、たまらずお蝶は両手で顔を覆った。お綱もまた、歳に似合わぬ派手な着物の袂《たもと》に顔を埋める。

ふたりの女が涙を納めるまで、雉坊はただじっと待っていた。

「あんたはその後、どうしたんだ？」

やがてお綱が先に泣きやんで、大きく洟《はな》をすすり上げると、雉坊がたずねた。

声に促されるようにお蝶も顔を上げ、目を袂でぬぐう。真っ赤に腫《は》れた目を、それでも次の言葉を待つように、興味深げにお綱に注《そそ》いだ。

表に人の気配がして、もれきこえる声から通いの女中と下男だと知れた。お綱はふたりと顔を合わせぬよう裏庭から逃げた。商売帰りの姿を見られるのも具合が悪く、お綱はいつも、使用人が来る前にこの家を辞していた。

「それでつい、そのまま逃げちまって……でも、塒《ねぐら》へ戻りしな気がついたんだ。ひょっとしたら、あたしは旦那を殺した下手人を、見ちまったんじゃないかって」

「本当か？」

雉坊が、驚いたようにお綱に顔を向けた。

「旦那のところに向かうときさ。山崎町の角を曲がったところで、浪人らしい三人組と、出会い頭にぶつかりそうになったんだ」

日の出前の時分はまだ人通りが少ないから、誰かとすれ違うことなぞ滅多にない。めずらしいなと思ったが、そのときは気に留めなかった。だが、安右衛門の借家からの帰り道、男たちと出くわした同じ場所で、お綱はふいにその考えにとり憑《つ》かれた。そして時が経つにつれて、疑いは深まっていった。

「あたしが手を触れたとき、旦那のからだはまだ温かかった。賊が去ってから、すぐってことだろう？　他には犬一匹見かけやしなかったし、だから、もしやと思って……」

ぶつかりそうになったのは、向こうがひどく急いでいたからだ。悪事を成して逃げる途中なら合点《がてん》もいく。

「どうしてそれを、番屋に届けなかった？」

大きな目でじろりと睨《にら》まれて、お綱が身をすくませた。

世間並みの町人ですら、番屋や町役人と関わりあうとろくなことにはならないと、よく承知している。何度も呼び出しを受け、無闇《むやみ》に時間をとられる上に、ごろつきと変わらぬ岡っ引きが訳知り顔に出張ってきたりと、面倒を幾枚も積み重ねて背負い込むようなものだ。こそ泥を捕まえた程度なら、わざわざ届け出ることをせず、内済《ないさい》にする者は多かった。

ましてお綱は、法に触れる商売をしている上に、確たる証《あか》しもない。まともにきいてもらえるかどうかすら、あやしいものだ。下手をすれば、己が下手人にされるやもしれず、それが怖かったとお綱は述べた。

「でも本当に怖かったのは、あの浪人たちなんだ。ぶつかりそうになってたたらを踏んだとき、相手のひとりとまともに目が合っちまってさ。空が白んでいたから、妙にはっきりと相手が見えて、その顔が恐ろしくてね」

ひどく垂れた両目と、尖った鼻と薄い唇。そのすべてが長い顔の上で縦横に間延びしたような、一度見たら忘れられない珍しい顔立ちだった。見ようによっては間抜け面なのだが、一瞬合った相手の目がぞっとするほど冷たくて、お綱にはその対比が不気味に映った。

「今日び、お侍だって滅多《めった》に人斬りなんぞしないものだろう？　でもあの男なら、人殺しくらい平気でやってのける。そんなふうに見えたんだ」

曲がりなりにも客商売だ。それなりに人を嗅《か》ぎ分ける鼻を、お綱も持っているのだろう。そして己の捕えた血生臭《ちなまぐさ》いにおいは間違いではなかったと、お綱はまもなく知った。

安右衛門の死が応え、その日から二晩のあいだお綱は夜鷹商いを休んだ。しかしいつまでもそうしているわけにもいかず、三日目にはまた柳原土手に立ったが、そのときに妓夫太郎のひとりが教えてくれた。

一昨日というから、安右衛門が死んだ同じ日の夜だ。年寄りの夜鷹を探していると、三人組の浪人がこの辺りできき回っていたという。縄張りで騒がれるのは厄介《やっかい》だから、早々に追い払ったらしいが、面相を問いただすと、中のひとりはやはりあの男だと思えた。

「それで本当にぶるっちまってね、その日のうちに深川《ふかがわ》に河岸を変えたんだ」

「なるほどな」

雉坊は、やけに大きなため息をついた。代わってお蝶が口を出した。

「でも、お綱さん、どうして今頃になって、また下谷に？　おとっつぁんはもういないのに、ここんとこ毎朝のように通っていたみたいだって」

近所の者からきいたと明かす。目と鼻先は赤いままで、声も少ししゃがれていたが、お蝶の目にはいつもの張りが戻っていた。

「それがね、あの気味の悪い侍を、また見ちまったんだ」

「本当ですか！　いったい、どこで！」

「先月の末、新大橋の辺りで見かけてね。逃げるつもりでいたんだが、そのときはあの男ひとりきりだったし、思い直して後を追ってみたんだ」

「わざわざ深川《ふかがわ》に所替えしておいて、そんな危ない真似を、どうして？」

「だってさ、旦那を殺した下手人かもしれない男が、でかい面でのさばってるとしたら悔しいじゃないか。我慢ができなくなっちまってさ」

それでこっそり後をつけてみたという。侍は新大橋を渡り、浜町《はまちょう》河岸に沿うようにして、日本橋方向に向かった。そして、やがて男は一軒の舟宿に入っていった。

「日本橋に近い、荒布《あらめ》橋《ばし》の西詰めにある舟宿で、『卯刻《うこく》』って提灯《ちょうちん》が下がってた」

これを番屋に知らせるべきかどうか、お綱はこの十日余りのあいだ、ずっと迷っていたのだった。安右衛門の死から、すでに半年が過ぎている。武家はことさら体面を気にするから、変死や不慮の死は、病と届けられるのが慣例で、お綱にもそのくらいの覚えはあった。いまさら安右衛門の死の真相を掘り返したところで、遺された身内にとってはかえって迷惑なのではないか。あれこれと思いあぐね、それでもやはり安右衛門の無念が哀れでならなくて、毎朝のように下谷に足が向いてしまったという。

お蝶の目がまたうるみ、心をこめて骨と皮ばかりの痩《や》せた手をとった。

「ありがとう、お綱さん。お綱さんの気持ちは、決して無駄にしやしません」

きっと父の無念を晴らしてみせる。誓《ちか》うように、お綱の手を強く握った。

「お嬢さん、そんなもったいない……あれほど旦那にご恩を受けていながら、あたしは己可愛《かわい》さに逃げちまって……本当に申し訳ないと、ずっとずっと悔いてました」

お綱がほろほろと涙をこぼし、白粉《おしろい》混じりの雫《しずく》となって流れ落ちる。

「旦那もきっと、お嬢さんに告げたいことがいっぱいあったはずなのにねえ……いまでもあの桜色の着物を着た紙人形が、目に焼きついて離れませんよ」

ぴしりと、お蝶の頭の中に、何かが走った。

その考えにとらわれて、お綱の暇乞《いとまご》いさえ耳によく入ってこない。

ぼんやりするお蝶に代わって、雉坊は気を利かせてくれたのだろう。貧乏坊主には不似合いな銀の小粒を握らせて、お綱に念を押した。

「怪しい侍を見たという舟宿には、金輪際《こんりんざい》近づくなよ。万一顔を合わせでもしたら、無事では済まぬかもしれんからな。大川の向こうで、しばらく大人しくしているんだぞ」

雉坊の大きな目に上から見据えられ、お綱は怯えたように何度もうなずいた。やがて腰を折りながら老いた夜鷹が去っていくと、雉坊はお蝶にも釘をさした。

「お蝶、おまえもだ。お綱が言った舟宿は、おれが探ってやる。だから決して近づくな、わかったな」

だがお蝶からは、何の応えも返らない。

「どうした、お蝶、大丈夫か？」

さっきあれほど泣いたのに、お蝶の顔色は父親の死の真相をきいたときより、さらに色を失っている。座っていた庭石から腰を上げ、だが、すぐによろりとなった。雉坊があわててからだを支え、その腕にすがってお蝶は大柄な坊主を仰いだ。

「どうしよう、坊さん……あれは、桜色じゃないんだ」

「いったい、何の話だ、お蝶？」

「あの姉様人形に着せた、千代紙の色目だよ……おとっつぁんはひょっとしたら、下手人の正体を告げようとしていたのかもしれない！」

「お蝶、落ち着け。わかるように話してみろ」

雉坊はもう一度お蝶を庭石に座らせて、話を促した。

「あれは、一斤染なんだ。おっかさんの好きだった色なんだ」

お蝶の横顔に目をあてていた雉坊が、はっとなった。気づかずに、お蝶は続けた。

「『いっこん』て名を持つ人を、あたしはひとりだけ知ってるんだ。前にお兄さまから、きいたことがあって」

「お蝶……」

「いまの南町奉行、岩淵さまの俳号が、『一今《いっこん》』だって……」

その瞬間、雉坊が、両目を伏せた。

「もしもお奉行さまが下手人だったら……どうしよう、坊さん」

南町奉行は、安之の上役に当たる。うかうかと兄夫婦にも告げられないと、思い惑《まど》うお蝶に、雉坊は何も返さなかった。

「そうか、お蝶ちゃんに、そこまでばれちまったのか……」

灯《あか》りのない座敷には、外からの虫の声だけが響く。枕元に胡座《あぐら》をかいた雉坊の耳に、千吉の細いため息が届いた。熱は引いたようだが、まだ声には力がない。呟くような小声で、千吉は続けた。

「お蝶ちゃんは、どうするのかな。兄上に告げるのを、ためらっていたんだろう？」

「だが、言わずに済む話ではないからな。遅かれ早かれ、兄夫婦にも伝わるだろう」

父の遺体をあらためた安之も、まさか人形の着物の色目が一斤と名のつくものだとは、気づいていなかったのだろうと、雉坊は憶測を口にした。

「あの夜鷹の婆さんにも、すっかりしてやられた。深川に河岸を変えていたとは……道理でいくら探しても見つからないはずだ」

雉坊が、自嘲《じちょう》めいた笑いをもらす。

「ひとまず『卯刻』には決して近づくなと、それだけは言い含めてはおいたが」

油断はできないと雉坊が先を憂い、千吉は別の気がかりを口にした。

「一斤染の人形なんて……そんなものを手にしていたってことは、あれはやっぱり、安右衛門の旦那が持っていたってことか」

「だが、いったいどこに隠したものやら、いまとなっては皆目見当《かいもく》がつかない」

ふたりの話が途絶えると、また虫の声だけが座敷の内を占めた。

七夕の今宵は、長屋の者たちは夕涼みがてら木戸の表に出て、天《あま》の川《がわ》をながめている。お蝶を八丁堀に届けると、千吉の両親が外に出たのを見計らい、雉坊は枕元を訪れた。

「おれが嘘をついたのは、後にも先にも一度きりだと、昨日、お蝶ちゃんに言われたよ」

「ああ、おれにもそんな話をしていたな」

相槌《あいづち》を打ちながら、雉坊は灯りとりを仰いだ。

「おれが嘘に嘘を重ねていると知ったら……今度こそ縁を切られちまうのかな」

雉坊は何も応えず、ふたりの男はただじっと虫の声だけをきいていた。

龍の世直し

庭をわたる風が、草木を揺らすたびにさらさらと乾いた音を鳴らす。

茶碗を置いた沙十《さと》は、縁《えん》の向こうをながめ、心地良さそうに目を細めた。

「やはりお天気が良いと、気持ちようございますわね。昨日の大雨がまるで嘘のような」

昨日は一日中、盥《たらい》をひっくり返したような雨が降った。床上まで水浸《みずびた》しになった町屋もあるときくが、町方役人の屋敷は内証が豊かな分、普請《ふしん》がしっかりしているし、幸い八丁堀《はっちょうぼり》の両袖《りょうそで》に広がる町屋では、それほどの被害にはならなかった。

「今日の長唄《ながうた》指南は、どうなさいますか？　まだ水がひけていない道もありましょうから、歩くのはたいそう難儀だと思いますが」

「そうですねえ……」と、向かい側にいるお蝶《ちょう》は、気のない返事をする。

打てば即座に響くような、日頃のお蝶には似つかわしくなく、庭に目をあてたままぼんやりしている。沙十はそっと、小さなため息をもらした。

「昨日の大雨で、大川に鯨《くじら》が上ったそうにございますよ」

「はあ……え、鯨？」

「あら、きこえていらしたのですね」

くすくすと沙十が笑い、お蝶も冗談だと気づいたようだ。形のよい唇《くちびる》を尖《とが》らせる。

「お姉さまったら、坊《ぼん》さんみたいなおふざけはやめてくださいな」

「昨日は雨でお休みしましたが、今日は高砂町《たかさごちょう》へはいらっしゃるのですか？」

さっきと同じ問いを、沙十が重ねた。

「弟子がどのくらい集まるかわかりませんが、ひとりでも足を運んでくれれば、稽古《けいこ》をつけるつもりです。昼餉《ひるげ》を食べたら、高砂町に行ってきます」

「道が悪いですから、駕籠《かご》を頼んだ方が……ああ、そういえば、お蝶さんは駕籠が苦手でしたね」

「ええ、あんなものに乗るくらいなら、泥饅頭《どろまんじゅう》になった方がまだましです」

沙十はまた笑ったが、それを収めるとお蝶の顔を覗《のぞ》き込んだ。

「お蝶さん、何か心配事がおありなのでしょう？」

「え？」

「このところずっと塞《ふさ》ぎがちでしたから、気になっておりました。旦那《だんな》さまもたいそう案じておいでですし、良ければ話だけでも、きかせてはいただけませんか？」

いつも快活なお蝶だから、わずかな翳《かげ》りでもすぐに目につく。沙十はもちろん、安《やす》之《ゆき》も気がついていて、食事の折などに幾度か問うたが、そのたびにたいしたことではないと、お蝶にはぐらかされていた。

「かれこれ五日前になりますか……この前の七夕《たなばた》の日に、何かあったのではございませんか？」

的の中心を射抜かれたようで、お蝶は内心でびくりとなった。仔細《しさい》はわからぬまでも、それがいつを境にしてかということだけは、沙十は正確に見極めていたようだ。

「雉坊《きじぼう》さまに送り迎えを頼んで、二日目のことです。あの日は長屋の井戸さらいがあるとのことで、朝早くお出かけになりましたね。ようすがおかしくなったのは、あの日からです……もしや雉坊さまと、何か揉《も》め事でも……？」

「いいえ、坊《ぼん》さんは何も……傍《そば》についていてくれただけで、何の関わりもありません」

「さようですか」と、沙十はひとまず胸をなで降ろした。

「すみません、心配をかけちまって」と、お蝶が肩を落とす。「お話ししないといけないと思いながら、どうにもふんぎりがつかなくて……」

「よほどのわけが、あるようですね」

頭が重くてたまらないとでもいうように、お蝶はかくりと首をうなずかせた。

沙十に言い当てられたとおり、悩みの種は七夕の日、夜鷹《よたか》のお綱《つな》と出会ったことだ。

お蝶の父、榊安右衛門《さかきやすえもん》の死の真相をお綱から知らされて、同時にお蝶はあることに気がついた。父が死にぎわに握り締めていた一斤染《いっこんぞめ》の紙人形は、「一今《いっこん》」という俳号を持つ南町奉行《ぶぎょう》を示すものではないかと、その考えに行きついた。

南町奉行の岩淵長門守《いわぶちながとのかみ》は、兄の上役にあたる。この事実を告げるべきかどうか、お蝶は未《いま》だに迷い続けていた。理由は、安之の身を案じてのことだ。

いくら呑気《のんき》な兄でも、父の仇《かたき》かもしれぬときけば放ってはおくまい。父の死について、もう一度調べ直すか、あるいは奉行に直截《ちょくせつ》に確かめようとするかもしれない。そのとき当の南町奉行はどうするだろう。もし——、もしも本当に岩淵長門守が父を殺《あや》めたとしたら、それに勘付いた息子もまた、始末しようとするのではなかろうか。

兄の安之は切れ者というには程遠く、おまけに剣術の才もない。一方の南町奉行は、免許皆伝の腕前ときく。鷹が鼠《ねずみ》を狩るごとく、造作《ぞうさ》もなくやられてしまうに違いないと、不安ばかりが先に立ち、兄夫婦に告げるのはどうしてもためらわれた。

「お兄さまにだけは、知られてはいけないように思えて」

「旦那さまに内緒にしたいのでしたら、私の胸に留めます。誰かに明かすだけでも、気持ちが楽になりましょう」

「でも、お兄さまへの内緒事を作れば、今度はお姉さまがお辛《つら》いでしょう。それでは己《おのれ》の荷を肩代わりさせるようで申し訳なくて」

「お蝶さんは、私や旦那さまのことを、気遣ってらしたんですね」

妹のやさしさに触れて、沙十の口許《くちもと》がほころんだ。

「お蝶さんと私、ふたりで半分ずつ背負えば良いのですもの。気に病むことなぞありません」

「お姉さま……」

にっこりと微笑《ほほえ》まれ、ふっと肩の力が抜けそうになる。だが、姉の穏やかな顔が、よく似た風情の兄の顔と重なったとたん、また不安が頭をもたげた。

お蝶の迷いを察したのだろう。ちょうど廊下を渡ってくる足音がきこえたのを汐《しお》に、沙十はひとまず話を切り上げた。


「どうしました、ふたりそろって」

廊下に膝《ひざ》をついたのは、戸山陣内《とやまじんない》と作蔵《さくぞう》だった。

「いや、たまたま廊下のとっつきで行き合っただけで、用向きは別でやして」

と、作蔵が頭をかく。いつもなら作蔵は、庭から縁越しに要件を伝えるのだが、昨日の大雨で、庭は泥の海さながらだ。仕方なく、廊下を渡ってきたようだ。

作蔵が先を譲り、陣内があらためて沙十に一礼した。

「私もご挨拶に参っただけで……たびたびで申し訳ありませんが、これから戸山の家に戻らせていただきますので」

「そういえば、今日はおじいさまの初七日《しょなのか》でしたね」

本来なら祖父の忌《いみ》で、いまだに実家に留まっていてもおかしくはないのだが、お蝶の身を案じてのことだろう、陣内はたった三日で舞い戻ってきた。この生真面目な若党に、沙十は笑顔を向けた。

「構いませんよ、お蝶さんには私と作蔵がつきそいますから。戻りは晩になりますか？」

「それが……実は明日もう一日いただけたらと、そのお願いにあがりました」

陣内は、いかにも申し訳なさそうに畳に目を落とした。

「戸山の家の辺りは水に弱く、我家が古いこともあって、大雨のたびにあちこち手直しをせねばなりません。家では私より他に、大工仕事をできる者がなく……」

「陣内さんが、大工仕事をするんですか？」

あまりに意外で、お蝶がつい口を出す。

「兄にはお役目がありますし、何より生来の不器用者で、先には私と祖父の役目でした。祖父が亡くなったいまは、ほかに男手もないものですから」

陣内の父は早くに亡くなり、戸山家は長兄が継いでいる。祖父の初七日の法要は、菩提寺《ぼだいじ》で行われる。雨漏《あまも》りが障《さわ》ることもないが、家の恥をさらすのが恥ずかしくてならないのだろう。穴があったら入りたいとでもいうように、陣内は肩をすぼめた。

陣内の生家は、大川を渡った本所《ほんじょ》にある。本所深川《ふかがわ》の一帯は低地になり、また堀が縦横に張りめぐらされているために、水害をこうむりやすい土地柄だった。

加えてわずか三十俵《ぴょう》二人扶持《ぶち》の戸山家は、武家屋敷とは名ばかりの、いまにも斜めに傾《かし》いで倒れそうな、たいそうみすぼらしい家だった。陣内の祖父が亡くなったその日、兄とともに通夜《つや》に出向いているお蝶は、戸山家のようすを思い出し納得顔になった。

「わかりました。旦那さまには、私からお伝えします」と、沙十が応じた。

火事と同様、雨風がひどい日は町方役人は忙しくなる。安之もまた、昨日から南町奉行所に詰めていて、まだ戻っていなかった。陣内はほっとしたように腰を上げかけたが、

「少しお待ちなさい。いま、香典《こうでん》を包みますから」と、沙十が引き止めた。

「通夜の折に、十二分にいただきましたから、どうぞお気遣いなく」

陣内は辞退したが、大雨の見舞いのつもりもあるのだろう。沙十は待つように言いおいて立ち上がり、思い出したように作蔵に目をやった。

「作蔵、おまえはどうしました？　もしや実家《さと》で、何かありましたか？」

「いえ、小幡《こはた》の皆さまは何事もなく、お嬢からの見舞いの品を、たいそう喜んでらっしゃいやした」

沙十の実家、小幡家は牛込《うしごめ》にある。神田川《かんだがわ》に続く外堀に近いこともあり、沙十は今朝早く、大雨の見舞いがてら作蔵を行かせたのだった。

「ただ、小幡のお屋敷の前で、お浜《はま》さんに会いまして」

「母のもとに行儀見習に来ていた、笠間屋《かさどんや》の娘のお浜さんですか？」

「へい。何やらご亭主のことで、困ったことが持ち上がったようで。他に相談できる者がおらず、小幡のお家に足を向けたようですが、それならお嬢に話してみてはどうかと、連れてきちまったんでさ」

「そうでしたか……わかりました。すぐに参りますから、客間にお通ししてくださ い」

へい、と作蔵は頭を下げて、廊下をまた戻っていく。沙十も陣内に香典を渡すと、その後を追うように座敷を出ていった。

「陣内さんは、すぐに出なけりゃならないのかい？」

沙十に続いて行こうとした陣内を、お蝶が引き止めた。

「いえ、法事までには、まだ間がありますが、何か」

「いただきものの栗饅頭《くりまんじゆう》があるんだ。ご霊前のお供《そな》え物に、ちょうどいいと思って。栗がひときわ大きくて、餡《あん》からはみ出しそうなくらいでさ」

「お気遣い、痛み入ります」

「何なら、ひとつ味見してお行きよ。いま、お茶を淹《い》れるから」

縁に座したままの陣内を、お蝶が座敷に招じ入れた。

「いえ、奉公人《ほうこうにん》の私が、こちらのお嬢さまに茶を淹れていただくわけには……」

「長屋の稽古場では、いつもあたしが淹れてるじゃないか」

「……それはそうですが、お屋敷の内ではやはり、きちんとけじめをつけませんと」

陣内が口にする建前なぞ、お蝶はまるできいていない。台所まで遠いのが、広い屋敷の欠点だとこぼしながら、台所へ立とうとする。陣内がこれを押しとどめ、自ら女中を呼びにいった。すぐに顔を見せた女中に、お蝶は茶と栗饅頭を頼み、残りをお供え用に包むよう言った。

「じっと待つより、ちゃっちゃとやっちまう方が、性に合ってるんだけどね」

「お屋敷住まいのお嬢さまは、何でもちゃっちゃと片付けてはいけません」

陣内が、いつものようにしかつめらしく応じる。やがて女中が、ふたり分の茶と栗饅頭を運んできた。

お蝶にしきりに勧められ、陣内が饅頭をひと口かじる。

「本当に、大きな栗ですね。これは旨い」

「だろ？　こんなに大きいと、ついうれしくなっちまうよね」

この数日絶えていた明るい笑みに、陣内はほっとしたように表情を和《やわ》らげた。

「このところ、気落ちしているように見えましたが、少しは調子が戻られたようですね」

「あたしは何でも顔に出ちまうから……」

陣内にまで心配をかけていたのかと、お蝶が済まなそうに眉尻《まゆじり》を下げる。

「それは構いませんが……私の居ぬ間に、何かありましたか」

労《いた》わるような響きに釣られ、お蝶は素直にうなずいて、ふと思いついたようにたずねてみた。

「陣内さん、そのう……たとえ話として、きいてもらいたいんだけど」

「はい」

「もし……もしもだよ、陣内さんの仕える主人が、親の仇だったとしたら、陣内さんはどうする？」

陣内は思案に困るというように、端正な顔を曇らせた。

「……私の主人は、榊の旦那さまになりますが」

「だから、たとえ話だよ。もし仮にお兄さまが、親の仇かもしれないとわかったら、陣内さんならどうする？　やっぱりお兄さまを討とうと思うかい？」

陣内は、またしばらく黙り込み、用心深く口を開いた。

「旦那さまのお人柄は、承知しているつもりです。ひとまず真《まこと》か否かを確かめて、もし真であれば、殺《あや》めた理由《わけ》をたずねます」

「その理由《わけ》とやらに納得がいけば、陣内さんは許せるのかい？」

「どうでしょうか……それればかりは、私にもわかりません」

「そう……やっぱりそうだよね」

「ですが叶《かな》うなら、剣で落着をつけたいと、そう思います」

剣で身を立てたいと言っていた、いかにも陣内らしいやり方だった。

「陣内さん相手じゃ、勝負なんてはじめから決まってるよ。お兄さまの剣は、お話にならない腕前だもの。そのせいで、道場からも追い出されちまったんだろ？」

一方の陣内は、同じ道場から免許皆伝を受けている。陣内を雇い入れた経緯《いきさつ》を話してくれたとき、当の安之がへらへらしながら明かしたことだ。

「いや、それは……旦那さまが道場を去られたのは、決して腕が劣るためではありません」

「別に義理立てしなくたっていいよ。剣の稽古をしてる姿なぞ見たこともないし、賊に襲われて、お姉さまに助けられたくらいだもの」

陣内は、何か言いたそうにしていたが、主人の昔を軽々しく口に出すのはためらわれたのだろう、安之の話を切り上げて本題に戻した。

「いまのたとえ話は、もしや亡くなられたお父上、安右衛門さまのことにございますか？」

そうだと認めることもできず、お蝶は困ったように畳に目を落とした。陣内はその先を追及するような真似をせず、逆に済まなそうに詫《わ》びた。

「出過ぎた口を利いて、申し訳ありません……ちょうど似たようなことを、思い悩んでいたものですから……」

「似たようなこと？」

「もしも、仲の良かった幼なじみが悪事を働いていたとしたら、お蝶さんならどうなさいますか？」

お蝶が、きょとんとした。

「幼なじみというと……あたしの場合は、千《せん》ちゃんてことかい？」

「はい」

「千ちゃんじゃ、腹の内をひっくり返してみたところで、埃《ほこり》くらいしか出そうにないよ」

「ですから、たとえ話です」と言いながら、陣内の目は真剣だった。

「そう、だねえ……千ちゃんが何か悪さをしてるなら、ひっぱたいてでもやめさせるところだけど」

「それでも止め立てができぬときは、どうされますか。旦那さまに申し上げて、捕えさせますか。それとも、そのまま見逃しますか？」

うーん、とお蝶が考え込む。正義か情か、ひとつに決めろと言われても、すぐには答えが出ない。手探りで言葉を探すように、お蝶にしてはめずらしく慎重な口ぶりになった。

「正直、一度なら見逃すかもしれない……けれどその後も悪事をやめないようなら、やっぱり捕まえてもらうよ……千ちゃんのそんな姿、いつまでも見たかないもの」

「やはり、そう考えますか……ありがとうございます。おかげで、胸のつかえがいく分楽になりました」

滅多に表情を崩すことのないこの男にはめずらしく、秋晴れの空のような清々《すがすが》しい笑顔になった。もともとが容姿の際立った男だ。ついみとれながら、景気づけにお蝶が言った。

「お互い、早いとこすっきりさせたいね。気鬱《きうつ》の種が片付いたら、お祝いにぱあっと酒盛りでも……」

「それはいけません。また、あのような始末になっては一大事ですから」

陣内が、たちまちしかつめ顔に戻る。いつかの夜、銚子《ちょうし》一本で酔い潰《つぶ》れ、陣内に背負われて帰ったことはきいていたが、あいにくとお蝶は覚えていないのだから気にもならない。

「そのときは、また陣内さんが連れて帰ってくれるんだろ？」

「それは、その……はい。お役目ですから……」

あたりまえのように、にこにこするお蝶の前で、陣内は慌てぎみに顔を伏《ふ》せた。

「陣内さんのことは、信じているもの」

陣内がはっと顔を上げ、居住いを正した。

「はい。貴方《あなた》さまの身は、私が命に代えても必ずお守り致します」

さっきまでの迷いはきれいに失《う》せて、きっぱりとした姿だった。

陣内が法事に出掛けると、まもなく沙十が居間に戻ってきた。

「あら、お客さまは、もうお帰りですか？」

「いえ、それが……」と、沙十は困ったように頰《ほお》に手を当てた。「ここまで気を張っていたのでしょう。私の顔を見たとたん、泣き出してしまわれて……ようやく少し落ち着いたのですが、話はまだ何も……」

よほど深刻な事情があるのだろう、明かすふんぎりがなかなかつかないようだ。

「町屋の方ですから、お蝶さんがいれば、少しは気も楽になるやもしれません。ご当人も承知してくださいましたし、一緒にいらしていただけませんか」

長唄稽古は午後からだから障りはない。お蝶は沙十について、客のもとへと向かった。

「市《いち》ヶ谷《や》田《た》町《まち》の金物《かなもの》問屋、旭屋《あさひや》の女房で、浜と申します」

お蝶が沙十の隣に膝を並べると、お浜は形の整った辞儀をした。

相応の店の内儀《ないぎ》らしく、身なりも所作もきちんとしている。多少痩《や》せぎすだが、下がりぎみの目のためか、険しい風情は感じられない。ただ、その目の下にはくっきりと隈《くま》が浮き、ひと晩中眠っていないのだとすぐに察せられた。

「お浜さんは、牛込《うしごめ》の御《お》箪笥《たんす》町《まち》にある笠《かさ》問屋のお嬢さんです。小幡の家にも近く、五年ほど前になりますか、私の実家《さと》に一年ばかり行儀見習に来ておりました」

沙十が嫁《とつ》ぐ前の頃で、歳もちょうど沙十と同じだという。沙十の父親は二百俵《ぴょう》取りの旗本《はたもと》だが、母親はそれよりかなり身分の高い家柄の出で、茶の湯や生花《いけばな》をはじめ、さまざまな作法に通じていた。おっとりとした沙十の品の良さも、この母親あってのものだろう。

このため小幡家には、家の禄高《ろくだか》の割には、嫁入り前の行儀見習を乞《こ》う者たちがことさら多く、十代の娘が常に二、三人はいたという。お浜もその甲斐《かい》あってか良縁に恵まれて、三年前にいまの旭屋に嫁いだ。

「旭屋はたしか、尾州《びしゅう》さま御用達の金物問屋でしたね」

尾州さまとは、尾張徳川《おわりとくがわ》家のことだ。尾張家上屋敷は、やはり市ケ谷にあった。

「はい。包丁や鋏《はさみ》、鎌などが主ですが、毛抜きや釘なぞもあつかいます。江戸店《えどだな》の構えはそう大きくはありませんが、その分、気苦労も少なくて済みます」

旭屋の歴史は古く、店の創始は戦国乱世の頃まで遡《さかのぼ》る、とお浜は言った。いまも本店は尾張にあり、舅姑《きゅうこ》にあたる主人夫婦はそちらで暮らしている。お浜は口にはしなかったが、古い家柄の割に気苦労が少ない理由は、若夫婦だけの気安さ故《ゆえ》だろう。

「夫の房五郎《ふさごろう》もやさしい人柄で、これまで何の憂いもなく過ごしてきたのですが……」

と、お浜の表情が、みるみる翳《かげ》った。

「作蔵から、ちらとききましたが、ご主人に何か変わりがありましたのね。よろしければ、初手からおきかせ願えませんか」

沙十に乞われて、糊《のり》で固まった唇《くちびる》を剝《は》がすように、お浜はようやく重そうに口をあけた。

「去年の十月でした。夫は尾州さまのさるご家来に誘われて、道場通いをはじめたのでございます。商いの上でお世話になっている方ですので、しきりに勧められて断りきれず、はじめはつきあいのつもりもあったのでしょうが、そのうちだんだんと稽古が楽しくなってきたようで、熱心に通うようになりました」

房五郎がとりわけ感じ入ったのは、その道場の内では、身分の垣根がとり払われていることだった。竹刀《しない》を手にすれば武士も町人もなく、まったく同等にあつかわれる。どうやら道場主の方針のようで、門弟たちもこれに賛同する若い者が多かった。稽古の後には一緒に居酒屋にくり出すこともあり、侍《さむらい》の倅《せがれ》も商人も職人もごったになって酒を酌《く》み交わす。驚くほどに隔《へだ》たりのないその光景は、房五郎にとっては何より新鮮に映ったようだ。

五日に一度であった稽古も、やがて三日おきとなり、それでも楽しい遊びを見つけたような夫の姿に、お浜も喜んで送り出していた。

「ですが、年が明ける頃から、夫のようすが目に見えて変わってきて……眉間《みけん》に皺《しわ》をよせ、じっと何事か思案していることが多くなりました。その頃から、妙なことを口にするようになって……」と、ふいにお浜は口をつぐんだ。

「妙なこととは何です？　構いませんから、話してごらんなさい」

沙十がやさしく促しても、やはりお浜の瞳はうろうろとさまよっている。迷いと不安がないまぜになっているその姿に、ふとお蝶が気がついた。

「もしやお兄さまに……町方役人に知られては、まずい話なんですか？」

お蝶の言葉は、的を射ていたようだ。まさにそこを射抜かれでもしたように、お浜は胸の前で両手を握りしめて固まった。それまでも決してよくなかった顔色が、さらに色を失っていく。

沙十はすいと立って、お浜の前に膝《ひざ》をついた。胸に握られたお浜の手を、己《おのれ》の白い両手でそっと包み込む。

「お浜さんやご主人のためにならぬことは、決して致しません。お浜さんがそう望むなら、私は夫にも告げないとお約束します」

「お沙十さま……」

沙十を見詰める目から、ぽろりと涙がこぼれた。沙十の肩に顔を埋《うず》めるようにして、お浜が前のめりになって、嗚咽《おえつ》がこぼれ出た。

「本当は……真っ先に、お嬢さんにご相談、したかった……でも、それで夫が、咎《とが》を得たらどうしようと、怖くて……」

沙十は片手をまわし、お浜の背を撫《な》でている。一年のあいだ小幡家で共に暮らし、沙十の人柄はよく承知している。相談相手として誰よりも先に沙十の顔が浮かんだが、しかし町方与力《よりき》の妻に、滅多なことも漏らせない。家を出たものの、実家の両親にも告げられず、足がつい小幡家へ向いてしまったと、涙ながらにお浜は語った。

「よほどのこととお察しします。お浜さんは、ご主人の身を案じていなさるのですね？」

やがてお浜の嗚咽が鎮《しず》まると、沙十は手拭《てぬぐい》をさし出しながらそうたずねた。

「はい、そのとおりです……昨日になって、恐ろしいことに気がついて……」

お浜は幽霊《ゆうれい》でも思い返すように、ぶるりと身を震《ふる》わせた。沙十の着物の袖《そで》を握りしめ、ひたと目を合わせる。

「夫はもしかすると、世直しをしようとしているのではないかと……」

「……世直し、というと？」

「夫は、房五郎は、御上《おかみ》に弓を引く腹積もりなのかもしれません！」

姉妹は同時に、はっとなった。

「実は決して外に漏らしてはならない不届きが、もうひとつございます」

沙十がまたお蝶の隣に座りなおすと、旭屋の女房はあらためて仔細を語り出した。

「六月の十日を過ぎた辺りですから、ひと月ほど前になりましょう。旭屋は尾州さまの江戸下屋敷に、硝石《しょうせき》を納めることになっておりました」

「硝石、ですって？」

沙十の声がめずらしく高くなり、お蝶は首をかしげた。

「硝石って、何ですか、お姉さま」

「硝石は、ギヤマンの材にもなりますが……もっともよく使われるのは火薬です」

「火薬？　花火に使う、あの火薬ですか？」

「ええ、木炭と硫黄《いおう》に、硝石を混ぜると火薬になるのです」

女の身でありながら、いったいどこでそんな知恵をつけたものかと、お蝶は口をあけた。

「金物問屋の旭屋が、なぜ硝石をあつかっているのですか？」と、沙十が問う。

「江戸に権現《ごんげん》さまがお入りになるまでは、旭屋の先祖は、尾州で鉄砲鍛冶《てっぽうかじ》をしていたのです。戦《いくさ》が治まり、鉄砲も要らなくなって、いまの金物商いに転じました」

「それで鉄砲に要り用だった硝石を、商うことを許されたのですね」

なるほどと、沙十がうなずいた。

戦国乱世の頃、全盛を誇った鉄砲鍛冶たちだが、太平の世を迎えると用済みとなった。その多くが鉄砲鍛冶の技を生かして、金工師や、あるいは花火師などになったが、旭屋の先祖は道具鍛冶に鞍替《くらが》えしたようだ。時代を下るうちに職人から商人となり、いまの金物商いを広げるに至った。火薬の原料である硝石をあつかう許しを、尾張藩から受けているのはそのためだとお浜は語った。

「そういえば尾州さまは、水戸《みと》さま、紀州《きしゅう》さまとならんで、火薬を製する許しを得ているときいたことがあります。御三家の花火がことさら見事なのも、それ故だと」

「はい。春に納めた硝石もやはり、夏の花火のためのものでした。今年ではなく、来年の花火のためです。火薬を製し、花火玉に拵《こしら》えるには相応の月日がかかりますから」

隅田川《すみだがわ》の川開きを皮切りに、夏のあいだ江戸ではあちこちで花火が催される。川開きに両国《りょうごく》で上がるのは、「鍵屋《かぎや》」と「玉屋《たまや》」のいわゆる町人花火だが、この他に、大名たちが抱える花火師が行う武家花火がある。「仙台河岸《せんだいがし》の花火」として人気の高い、伊達《だて》藩などが有名だが、公儀の身内にあたる御三家は、沙十が言ったとおり火薬のための規制がなく、花火もことさら華やかだった。

「尾州さまなら、硝石も他所《よそ》より多く産しておられるのでしょうね」

「おそらくは……ですが、やはりそう多くは手に入らないと、夫や番頭は申しておりました」

硝石を産する鉱山はこの国にはなく、古くはすべて外国からとり寄せていた。しかし鎖国がはじまると、これもままならなくなり、ある特殊な方法で硝石が作られるようになった。厠《かわや》の床下の土には、糞尿《ふんにょう》から生じたさまざまなものが蓄積しており、この土から硝石を作ることができるのだ。しかし一度掘り返してしまうと二、三十年は採取できず、ひどく貴重なものであることには変わりなかった。

「その大事な硝石が……尾張から江戸へ運ばれる道中で、山賊に襲われて……硝石はすべて盗まれてしまったのです」

「なんですって！」

「後生ですから、どうか誰にも漏らさないでくださいまし。これは尾州さまのご家中にも、知られてはおりません」

硝石は、二度に分けて江戸へ運ばれ、襲われたのは最初の便だった。知らせを受けた尾張名古屋の旭屋本店は、倉にある硝石をかき集め、すでに出ていた二便を追いかけさせた。二日遅れの到着とはなったが、尾張藩にもどうにか言い訳が立ち、事無きを得たという。

万一、硝石を奪われたと知れれば、御用達看板をとり上げられて、ことによると重い罰を受けるやもしれないと、お浜は懸命に訴えた。

「わかりました。このことは決して誰にも申しません。お蝶さんも、よろしいですね」

はい、とお蝶も、唇を引きしめてうなずいた。だが、沙十の表情は、それよりさらに緊張の色を帯びている。

「お浜さん、先程ご主人が世直しをするつもりではないかと、そう仰いましたね。もしや硝石が盗まれたことと、関わりがあるのですか？」

見たくないものから目を背けるように、お浜はきゅっとひとたび目をつむった。まぶたをあいたお浜の表情には、悲愴《ひそう》なものがただよっていた。

「そうかもしれないと……昨日になって、初めて思い至りました」

「話してください、お浜さん。放っておけば、ご主人は抜き差しならない羽目《はめ》に陥《おちい》るやもしれません」

沙十の言葉が脅《おど》しではないと、お浜も承知しているのだろう。覚悟を決めたように、顔を上げた。

「先程申し上げたとおり、主人が世直しを口にするようになったのは今年の初めからです」

最初のうちは、道場仲間と身分の別なくつき合うのが楽しいと、そう話していただけだったのが、日を追うにつれ次第に、世の中はそうあるべきだとの愚痴《ぐち》めいたものになり、やがては四民というしがらみに縛りつけられてはいけないという思想へと、房五郎は傾いていった。そしてその矛先《ほこさき》は、いきおい御政道に向けられた。

「御上の統《す》べるいまの世は、間違っている。間違いは正すべきであり、世直しをせねばならないと言いたてて……私の前だけですが、そのように……」

だが、お浜が怖くてならなかったのは、いつしかそれさえ夫が口にしなくなったことだ。

その境目が、硝石が盗まれた頃ではなかったかと、お浜が気がついたのは昨日のことだった。

篠突《しのつ》くほどの激しい雨の中を、ふいの客が訪ねてきた。

客はふたりの侍で、その片方の顔には、お浜も覚えがあった。

「夫を道場通いに連れ出した、尾州さまのご家来でした。おふたりともひどく慌てたようすで、玄関先で何事か話し合ってから、夫と三人で雨の中を出ていきました」

「話の中身は、わからなかったのですか？」と、沙十がたずねた。

「はい……ですが、一度だけ夫が大声をあげて……きこえたのはそのひと言だけです」

「ご主人は、何と？」

「『湿気《しけ》らせてはいけないと、あれほど申し上げたというのに』と……」

瞬間、沙十が息を呑んだ。「……火薬、ですね？」

え、とお蝶は、姉をふり向いた。沙十はお浜を見詰めて、重ねて問う。

「湿気らせてはいけないものとは、火薬ではないのですか？」

「私も、そうではないかと、遅まきながら気がつきました……」

お浜は唇をかすかに震わせながら、ひと言ひと言切るように絞り出した。

それでもそのときは、まさかという思いの方が強かった。だが、その夜、遅くに帰ってきた夫の着物に、お浜はその証《あか》しを見つけてしまった。疲れていたのだろう、房五郎は食事もとらずに寝間へ下がり、お浜は濡《ぬ》れた着物の始末をはじめた。着物を裏返したとたん、ぱらぱらと黒い砂が畳の上に落ちた。袖の中にでも紛《まぎ》れ込んでいたのだろうが、それを指の先で拾い上げ、砂ではないとわかったとき、お浜は愕然《がくぜん》となった。

「それが、火薬だというんですか？」

きいたお蝶に向かって、お浜は泣きそうな顔でうなずいた。硝石をあつかう以上、尾張藩抱えの花火師たちともつきあいがある。旭屋の若内儀《わかおかみ》として、お浜も火薬を目にしたことがあり、においを嗅《か》いでみてすぐにわかったという。

「火薬は湿気ては使い物になりませんから……ご主人たちが慌てていたのは、おそらくそのためでしょう」沙十の顔が、昨日の空のように曇る。

「今年の花火は、とうに終わっています。袖の中に紛《まぎ》れるほどの火薬が、いったいどこにあるのかと思うと……昨夜は恐ろしくて一睡もできませんでした」

「ご主人が、自ら火薬を製することはあるのですか？」

「いえ、そのようなことは……ですが、合わせ方は知っていると思います……」

木炭と硫黄と硝石の割合と製し方。先祖が鉄砲鍛冶で硝石をあつかっている以上、旭屋の若い主《あるじ》としては、その知識は持っていて然《しか》るべきものだ。

「春に硝石が盗まれたのも、夫が関わっていたとすれば、逆に辻褄《つじつま》が合うのです」

品物が火薬の材である以上、運ぶのにも慎重が期された。いつ、どのように運ぶかは、尾張藩でも旭屋の内でも、限られた者しか知らされていないという。

「山賊が硝石を奪ったというのも、思えばおかしな話ですものね」

火薬作りの技がなければ、硝石もただの白い石ころに過ぎないと沙十が説く。

「つまりは、お浜さんのご主人は、己の店の硝石を奪わせて、それで火薬を作って世直しをしようとしていると……」

「そういうことに、なるのでしょうね」

お蝶が辿《たど》りついた結論に、沈鬱《ちんうつ》な面持《おもも》ちで沙十がうなずいた。

「夫を、房五郎を止めるには、どうしたらいいのか。私にはわからなくて……」

近頃の房五郎は、まるで何かにとり憑《つ》かれているようで、お浜が泣いて頼んだところで、耳を貸してはくれぬだろう。店の者たちに打ち明けるわけにもいかず、さりとて己ひとりでは手に余る。お浜の苦境がようやく呑み込めて、お蝶は思わず深いため息をついた。

「これはたしかに、お兄さまには言えませんね」

知ってしまえば役目上、安之は調べに乗り出さなくてはならず、捕まれば房五郎は重い咎を受ける。かといって、この平和な江戸で、物騒きわまりない乱が画策されているのなら見過ごすわけにはいかない。

どうしたものかと、姉妹は途方に暮れた顔を互いに見合わせた。

「お浜さん、他には何か手がかりになりそうなことを、ご主人は漏らしていませんか？」

沙十がたずねると、お浜は少し考える顔になり、そういえば、と話し出した。

「硝石の不始末よりも、もっと前のことなのですが……やはり稽古の帰りにお仲間と呑んできたようで、酒に強い主人にはめずらしく、その日はひどく酔っていました」

話がはずみ、ついつい過ごしてしまったようだ。足許も覚束《おぼつか》ないような有様ながら、房五郎は上機嫌だった。倒れ込むように床についたとき、寝言のように房五郎が呟《つぶや》いた。

「『江戸の空に、王龍《おうりゅう》が舞う』と……夫はそう言いました」

「おうりゅう、ですか？」と、お蝶が首をかしげた。

「私もやはり同じようにたずねましたが、どうやら竜王のことのようです。王龍が江戸の空を舞い、世直しをして下さると、そのように……」

房五郎はそれきり寝入ってしまい、半分夢を見ているのだろうと、そのときは微笑《ほほえ》ましくきいていた。だが、夢でも世迷言《よまいごと》でもないかもしれないと、先夜になってあらためてお浜は夫の言葉を思い返した。

「やはり、ご主人が通ってらっしゃる道場が、大本にあるのかもしれませんね」

沙十がそのように断じ、どこの道場かとお浜にたずねた。

「虎《とら》ノ門《もん》外《がい》にあります、新陰流《しんかげ》的場《まとば》道場です」

「えっ！」

お蝶の大きな目が、さらに丸く見開かれた。

「ご存知なのですか、お蝶さん？」

「……千ちゃんが、通っている道場です……おとっつぁんの口利きで」

沙十はよほど驚いたようだ。「千吉《せんきち》さんと……お父上が」呟いたきり、押し黙った。

『もしも仲の良かった幼なじみが、悪事を働いていたとしたら――』

ふいに頭の中に、陣内のさっきの言葉がよみがえり、お蝶は総毛立った。

「まさか、千ちゃんが……」

お浜が房五郎に感じたような、おかしな振舞《ふるまい》が、千吉にはあっただろうか。

お蝶は懸命に辿ってみたが、浮かぶのは昔から変わることのない、少し頼りなげにも見えるやさしい笑顔ばかりだ。

「でも、そういえば……あたしは己のことに手一杯で、まわりのことなぞまるきり……」

お蝶が口の中で呟いた。先年に母が逝《い》って、年が明けて父も亡くした。倒れないよう、己を支えるのが精一杯で、千吉にも気遣われるばかりであったから、逆にその幼なじみのようすにまでは気がまわらなかった。

「お蝶さん、ひとまず千吉さんにお話を伺って、的場道場にようすを見に行きましょう」

困惑するお蝶を励ますように、沙十が申し出た。

「お浜さん、この話は、ひとまず預からせていただきます。もちろん、決して他言は致しません。よろしいですか」

「はい、どうかよろしくお願い致します」

重過ぎる荷を、ようやく半分降ろしたお浜の顔に、わずかながら明るい色が浮いた。


お浜を見送って昼餉をとると、姉妹は作蔵を連れて日本橋《にほんばし》高砂町へと向かった。朝にくらべてだいぶ水は引いていたが、やはり地面より水溜《みずた》まりの方が多いくらいだ。着物の上からはおった泥よけに、盛大に茶色の染《し》みを散らしながら、どうにか高砂町の柏手《かしわで》長屋に着いたものの、肝心の千吉はいなかった。

「千ちゃんがしばらく戻らないって、どういうことですか？」

千吉の父親、留蔵《とめぞう》は、詰問調子のお蝶にびっくりしたようだ。まるで己が悪さをしたかのように、肩をすぼめた。

「いやね、雑の坊《ぼん》さんのお供で、今朝早く相模《さがみ》へ立ったんだ」

「相模へ、ですか」と、沙十が返す。

「坊さんが世話になっていた寺の住職が亡くなったと、昨日、知らせが届いたんでさ」

「昨日……あの雨の中をですか？」

「へい、その相模の寺から使いが来やしてね。まず木戸に近いうちを訪ねてきたもんで、坊さんの長屋を教えてあげたんでさ」

沙十に向かって、留蔵がていねいに応じる。

「で、何だって千ちゃんが、一緒に行くことになったんです？」

「坊さんはいったん相模に帰って、またすぐに江戸に戻るようだが、帰りに荷物があるから、それを運ぶのを手伝って欲しいって」

「荷物って、いったい何なんですか！」

「いや、そこまでは……お蝶ちゃんはひょっとして、千と約束でもしてたのかい」

半ば喧嘩《けんか》腰《ごし》にも見えるお蝶に、首をかしげる。

「そうじゃない、けど……あたしに挨拶もなしに行くなんて、ふたりとも冷たいなって」

「たしかにな、お蝶ちゃんに断りもないとは、千らしくねえや」と、留蔵はからからと笑う。

相模へ行くなら、八丁堀は通り道になる。屋敷に顔を出しても良さそうなものだが、おそらく雉坊が急いでいたから時を惜しんだんだろうと、父親はなぐさめるように言った。

「坊さんはかねがね、小汚い破れ寺にいたなぞとうそぶいていたが、案外ちゃんとしたお寺なのかもしれねえな」

ずぶ濡れにはなっていたが、知らせにきた寺男の身なりや所作はきちんとしていた。相応に大きな寺の使用人たる風情があったと、留蔵が告げる。

「寺の名もなかなかに立派でね。王龍寺というそうだ」

「王龍寺ですって！」

義理の姉妹が声を合わせ、同時に身を乗り出した。留蔵が仰天《ぎょうてん》し、思わずのけ反る。

「本当なの、おじさん！　雉の坊さんがいた寺は、王龍寺というのかい！」

「あ、ああ、間違いねえよ。訪ねてきた寺男がたしかに、龍の王と書くと教えてくれた」

いったい何をそんなに驚いているのかと、千吉の父親は目をぱちくりさせた。

留蔵に礼を言って外に出ると、沙十がたずねた。

「お蝶さんは、相模のお寺について、雉坊さまからは何も？」

「前にきいてみたけれど、やっぱり小汚い破れ寺だとしか……」

――おまえと違って、おれは嘘ばかりついているからな。

ふいに雉坊の声が、頭の中にこだました。あれはほんの数日前、お綱に会うために、一緒に下谷《したや》につき合ってくれたときだ。己が嘘つきだから、相手をそっくり信じることもしないと、たしかそんなことも呟いていた。

「千ちゃんが通っている的場道場と、雉の坊さんのいた王龍寺は、お浜さんのご亭主の言っていた『世直し』に、関わりがあるんでしょうか」

もしそうなら、あれはお蝶に対する精一杯の断りだったのだろうか。おれを信じるな、いや、千吉を含めたおれたちを信じるなと、遠回しの戒《いまし》めのつもりでいたのだろうか。

そんなはずはない、とお蝶は頭《かぶり》をふった。的場道場も王龍の名も、お浜からさっききいたばかりの、突然ふってわいたような話だ。世直しなぞと言われても、一介の長唄師匠に過ぎないお蝶には、はるか遠くに描かれた絵空事のようなものだ。

――千ちゃんだって、同じはずだもの。

お蝶は胸の中でそう唱《とな》えた。雉坊はともかく、千吉もそれは同じはずだ。同じ長屋で大きくなって、同じ人たちに囲まれて、ずっと同じ景色を見て育った。何から何まで一緒なのに、いきなり右と左に、まったく逆の道を歩む道理はどこにもない――。

そこまで考えて、あ、と唐突に気がついた。千吉とお蝶には、ひとつだけ違うところがある。

――千ちゃんは男で、あたしは女だ。

それが世直しに与《くみ》する、理由になるだろうか。いくら考えても、やはり答えは出なかった。

「大丈夫ですか、お蝶さん」

沙十がお蝶の肩に手をかけた。

「お姉さま、あたしにはもう、何が何だか……」

お浜に同情は寄せたものの、やはりどこかで他人事《ひとごと》だと思っていた。だが、お浜が夫を案ずるのと、まったく同じ痛みに襲われて、お蝶は途方に暮れていた。

顔には出さないが、沙十もやはり困惑《こんわく》しているのだろう。憂いを帯びた瞳で、黙ってお蝶を見返した。

「そうですね。ですが、もしかすると一切が、寄木《よせぎ》細工のようなものなのかもしれません」

「寄木細工……？」

「いまはまだ、すべてがきちんと収まっていないか、あるいは足りない駒もあるのでしょうが、集めた木片《かけら》を正しく繋《つな》げれば、ひとつの形になるはずです」

その駒の中に、父の死は入っているのだろうか。

父の安右衛門もまた、若い頃とはいえ的場道場の門下生だった。千吉が入門したのもそれ故《ゆえ》だ。もとは公儀に仕える役人だから有り得ない話にも思えるが、父もまた世直しとやらに加わっていたのだろうか。だが、もしそうだとしたら、南町奉行の岩淵長門守が、父を殺める理由になるかもしれない。

「的場道場へ行けば、その足りない駒が見つかるかもしれませんが……」

「だったら、これからすぐ行きましょう、お姉さま」

あれこれと思い悩むのは、やはり性に合わない。お蝶は勢い込んで促したが、沙十は同意しなかった。

「いえ、あの道場へ行くのは、明日に致しましょう。もしもの折に備えて、陣内を連れていきます」

お浜の読みどおりなら、的場道場は相当に物騒な場所になる。おまけに相手が剣の玄人《くろうと》の集まりでは、沙十ひとりでは太刀打ちできない。万が一を考えて、沙十は陣内に頼むことにしたようだ。家の修繕が必要ならば、代わりに大工をさし向ければいい。明日の朝早く、作蔵を迎えにやらせると沙十は約束した。

「それにお蝶さんには、いまは大事なことがおありのようですし」

沙十がお蝶の背後を示す。ふり返ると、「お師匠《つしよ》さん！」と声がかかった。

弟子の娘がふたり、やはり泥よけの裾《すそ》を持ち上げながら、木戸をまたいでいるところだった。お蝶と沙十の前に来ると、堰《せき》を切ったようにしゃべり出す。

「良かった、お師匠さんがいて。せっかく来たのに稽古がお休みだったらどうしようって、おまきちゃんと話してたんです」

「あら、おさんちゃんたら、稽古がないなら、すぐに団子《だんご》屋へ行こうって言ってたくせに」

ふたりの娘が賑《にぎ》やかにやり合うあいだにも、次から次へと弟子たちが集まってきた。稽古熱心というよりも、昨日一日雨に降り込められて、退屈しきっていたようだ。お蝶や稽古仲間とのおしゃべりを楽しみに、悪路を押して高砂町へとやってきた。

「ここまで大変だったろうけど、稽古はみっちりつけるからね。でも、こんな日に出てきてくれたご褒美に、終わったら団子を奢《おご》ったげるよ」

世直しとは、もっとも無縁な娘たちが、たちまち歓声をあげた。

翌朝、沙十に命じられ本所に出向いた作蔵は、狐《きつね》につままれたような顔をして八丁堀に戻ってきた。作蔵が事情を語ると、お蝶は間抜けな声をあげた。

「陣内さんまで、いなくなったあ？」

「へい。初七日を終えた昨日のうちに、八丁堀へ戻ったっていうんでさ」

戸山家の建物はたしかに雨漏りがひどく、大雨のたびに修繕は要り用になるが、陣内には榊家での勤めがあり、わざわざ駆り出すつもりはなかったと、作蔵から話をきいた陣内の母親は、かえって当惑していたという。

「どんな大事な用か知れないけれど、わざわざ嘘をつかなくたっていいものを」

雉坊と千吉に続いて、陣内にまで裏切られたようで、お蝶は内心穏やかではない。

「私たちには、明かせぬ用だということなのでしょう」と、沙十は思案する顔になる。「お灸《きゅう》は後で据えるとして……ですが困りましたね。陣内ほどの腕の者は、容易《たやす》くは見つかりませんし、かといって的場道場の方も急がなければなりません」

沙十は、房五郎の着物についていたという火薬が気になるようだ。

「火薬はたしかに、水に濡れると使い物になりませんが、乾けばまた火がつくようになるのです」

房五郎たちが、いつはじめるつもりなのかはわからないが、火薬が濡れたときの慌てぶりから察するに、あまり猶予はないのではないかと、沙十は見当していた。

「お姉さま、とりあえず外からようすを窺《うかが》うだけでもいいから、足を運んでみませんか？　何だか気持ちがざわついて、じっとしていられないんです」

考えるより先にからだが動くお蝶は、落ち着かなげに尻をもじもじさせる。

「そうですわねえ、道もだいぶ乾いたようですし、街歩きのつもりで参りましょうか」

沙十が朗らかに応じて、ふたりは爺《じい》やを連れてそのまま虎ノ門外へと向かった。

「出かけるには、もってこいの日和《ひより》ですねえ」

杖《つえ》を突いた作蔵が、のんびりと空を仰いだ。

一昨日の雨が、塵《ちり》や埃《ほこり》をきれいに洗い流し、秋空はどこまでも高く空気は澄んでいた。

八丁堀から京橋《きょうばし》界隈を抜け、新橋《しんばし》を渡る。そこからまっすぐに西へ行くと、右手に幸橋《さいわいばし》御門、その次に虎ノ御門が見えてくる。

この辺りは武家屋敷ばかりで、町屋は少ない。沙十が小首をかしげ、立ち止まった。

「だいたいの場所は、旦那さまの小者にきいてきたのですけれど」

「お姉さま、そのときにあたしを呼んでくだされば……」

こと方角に関しては、沙十は三歳の子供より劣る。己で確かめてこなかったことを、お蝶はひたすら悔やんだ。人通りもそう多くなく、右も左も同じような白壁ばかりが続く。

「この先の町屋まで、ひとっ走りしてきいてきまさあ」

歳の割には足腰の達者な作蔵が、気軽に言って、姉妹は溜池《ためいけ》を西にのぞむ堀端《ほりばた》で待つことにした。

「先夜、小者から話を拾ってみたのですが」

沙十は安之配下の十手《じって》持ちに、的場道場についてあれこれたずねてみたようだ。

新陰流的場道場は、門弟も多く、名も知られている。だが、以前はそれほど目立つ稽古場ではなかった。どうやら八年前、いまの道場主に代替わりした頃から、弟子の数が急に増えたという。

「いまの道場主の的場永達《えいたつ》さまは、十年にひとりの傑物と称されるほど剣に優れた方のようで、実直なお人柄も買われて先代の養子に入られ、跡を継がれたそうです」

先代の道場主が高齢であったこともあるが、二十五歳で的場道場を譲られたのは、それだけの才があったのだろうと沙十は述べた。実際、その腕前をききつけて、多くの者が入門を乞《こ》い、永達もまた、お浜が言っていたように、身分の別なくあらゆる者に広く門戸《もんこ》を開いた。

「わずか数年のあいだに百人を超す大所帯になったのは、心技ともに兼ね備えられた、永達さまのお力によるもののようです」

「おとつぁんも、永達さまと親しい間柄にあったんでしょうか」

「それはないと思いますが……父上が道場に通っていたのは、だいぶ昔のことですから」

「そう、ですよね」

気がかりがひとつ減ったように思え、お蝶はほっと息をついた。

「何だか色んなことが、ごっちゃになっちまって」

沙十は何かを推し量るように、お蝶をじっと見た。

「お蝶さんの気鬱《きうつ》の種は、もしや父上のことではありませんか?」

すっぱりと言い当てられて、お蝶は二の句が継げなくなった。口をぱくぱくさせていると、ごめんなさいね、と沙十があやまった。

「お蝶さんが話す気になるまで待つつもりでいましたが……悩み事が増える一方では、お辛いでしょう。お浜さんのときのように、少しでも荷を肩代わりできればと」

「お姉さま……」

沙十の気持ちは、いまのお蝶にはことさらに身にしみた。闇雲《やみくも》に深い藪《やぶ》の中を走りまわり、疲れ果てていたところに、一杯の水をさし出されたような心地がする。

己が楽になるばかりでなく、父や岩淵長門守のことも、もしかすると寄木細工の駒のひとつになるかもしれない。

やはり沙十に話した方がいいと、お蝶が半ば腹を決めたときだった。

お蝶の目に、その姿がとび込んできて、あっ、と大声をあげていた。

「どうしたんです、お蝶さん」

「お姉さま、陣内さんです！　陣内さんがいたんです！」

お蝶が指をさしたときには、陣内の姿は角を折れていた。大名屋敷ひとつ分も離れてはいたが、ふたりは小走りで後を追った。幸い、同じ角を曲がってみると、道の先に武家姿のふたり連れが見えた。

「右の方は、たしかに陣内のようですわね」

「隣のお侍は、誰でしょうか」

「私、あの後姿を、どこかで見たように思うのですが……」

沙十が考え込んだ。小柄な陣内と並ぶと、ひどく大きく見える男だが、肉付きはあまりよくない。陣内と見知らぬ侍は、もう一度道を折れ、その通りの中ほどの門を潜《くぐ》った。

あわてて続こうとするお蝶の腕を、沙十が摑《つか》んだ。

「きこえませんか、お蝶さん……いま陣内が入っていったのは、おそらく……」

沙十に促され、お蝶がその場で耳をすますと、気合の入った掛け声と、竹刀《しない》を打つ音がいくつもきこえてきた。

「まさか……」

ふたりはそろそろと歩き出し、そのたびに声はだんだんと近づいてくる。やがて陣内と侍の入っていった門が見えてきた。

「やはり……ここが的場道場のようですね」

「どうして、陣内さんまでがここに……」

門にかけられた厚い檜板《ひのきいた》の銘《めい》に目をこらし、姉妹は茫然《ぼうぜん》と立ちつくした。

——貴方《あなた》さまの身は、私が命に代えても必ずお守り致します。

昨日の陣内の声が、お蝶の耳の中で虚《むな》しく響いた。

朱龍の絆《きずな》

六尺に近い背丈《せたけ》には、長屋の戸口は少し窮屈《きゅうくつ》なのだろう。

頭を屈《かが》めながら入ってきた鳴海屋四十次郎《なるみやよそじろう》は、意外そうな声をあげた。

「今日はお師匠《っしょ》さんひとりきりかい」

護衛の戸山陣内《とやまじんない》がおらず、常に目付《めつけ》に出張ってくる千吉《せんきち》もいない。

「またどこやらで、風邪《かぜ》や葬式が流行《はや》ってんのかい？」

この前も一度、同じことがあった。千吉が流行り風邪で寝込み、陣内が祖父の葬式へ行ったときだ。しかしお蝶《ちょう》が不機嫌そうにじろりとにらみつけると、それ以上軽口をたたかず、おとなしく座敷に上がった。

手にしていた三味線《しゃみせん》を前に、腰から抜いた刀を左脇に置き、稽古《けいこ》前の挨拶をする。

日頃はごろつきのような風情だが、辞儀だけはきっちりと形が整っている。四十次郎が武家の出だということに、このときだけはお蝶も納得がいく思いがした。

すぐに稽古をはじめたが、師匠たるお蝶の調子がどうも上がらない。頭の中に入れ替わり立ち替わり、馴染《なじ》んだ顔がよぎり、そっちに気をとられて腹に力が入らない。

さっき済ませた娘たちの稽古も、まったく同じ体たらくだった。若い弟子たちは互いに目配せをしながらも、常とは違うぴりぴりとしたものを敏感に察していたのだろう。面と向かってたずねるような真似はしなかったが、お蝶より年嵩《としかさ》のこの弟子だけは、じっと無遠慮な視線を当てる。いっそう焦《あせ》りが募り、手許が狂った。びよん、と弦《いと》がとんでもない音を発し、思わず撥《ばち》を持つ手が止まった。

「もういっぺん、三節《みふし》前から……」あわててとり繕《つくろ》おうとすると、

「今日はもう、仕舞《しめ》えにしませんか」四十次郎がさえぎった。

「……すまないね。その方がいいようだ」

己《おのれ》の不甲斐《ふがい》なさに唇《くちびる》を嚙《か》みながら、お蝶は素直に応じた。

お蝶に向かって、さっきと同じに頭を下げる。それで師匠と弟子の間柄は終わりだとばかりに、四十次郎は膝《ひざ》を崩してあぐらをかいた。

「で、お蝶、何があった？」

「……何もないさ」

もとよりこの男には関わりがないことだ。お蝶は素《そ》っ気《け》なく告げた。

「小姑《こじゅうと》みてえな張り番はどうしたい？　きゃんきゃんとうるせえ向かいの犬も、ばかでかい邪魔な坊主もいねえようだな」

「知るもんか。三人ともいっぺんに、いなくなっちまったんだから」

「いなくなった？」

「陣内さんも千ちゃんも坊《ぼん》さんも、あたしの前から勝手に消えちまった」

五日前、千吉と雉坊《きじぼう》が長屋から姿を消し、物騒な疑いのある的場《まとば》道場で、陣内を見かけたのはその翌日のことだ。

「あの連中に、何があった？」

「だから、知らないって言ってるだろ！　ききたいのはこっちの方さ」

四十次郎の遠慮のなさに、ついかっとなった。子供じみた怒りは、ただ不安の裏返しだ。三人の後ろに見え隠れする不穏なものが、いつになくお蝶を気弱にしていた。

「口先だけで大事を謳《うた》って、その実あたしには何も言っちゃくれない。こうも隠し事をされるとは、あたしはよほど頼りにならないんだろうよ」

お蝶の八つ当たりを真顔で受けとめ、四十次郎は言った。

「いい大人なら、隠し事のひとつやふたつある。相手がお蝶なら、なおさらだ」

どういうことかとお蝶は、片眉《かたまゆ》をいぶかるように上げた。

「別にあいつらの肩を持つわけじゃねえが……お蝶の前ではいい格好をしたい、見栄を張りたい、ただそれだけじゃねえのかい？」

「そんな呑気《のんき》なことじゃないんだよ」

お蝶の胸に、くっきりとした焦りが立ち上がる。

しばし待ってみたが、的場道場の門から、陣内がふたたび出てくることはなかった。

さすがに互いに口を利くのも億劫《おっくう》なほどにがっくりし、お蝶は午後からまわるはずだった数軒の出稽古先に、断りの使いをやった。

まる三日待っても、陣内は戻らなかった。沙十《さと》は今朝方、ようやく決心がついたようだ。

「陣内の代わりとなる者を、連れていけばいいだけの話です。幸い心当たりがありますから、今日にでもさっそく頼んでみますわね」

的場道場の師範、的場永達《えいたつ》にはどうしても会わなければならず、あの門を潜《くぐ》るには護衛役が要る。

「お稽古が終わるまでには戻ります。おまえたち、頼みましたよ」

お蝶を柏手《かしわで》長屋まで送り届けると、沙十は榊《さかき》家の若党ふたりに後を任せ、その心当たりのもとへ出掛けていった。ふたりは長屋の外から目を光らせていた。

千吉と雉坊と陣内、お蝶を支えていた綱が次々と切られ、奈落《ならく》に落ちていくような心地がする。あまりの心細さに、怨《うら》み言が口をついた。

「……言ってくれないと、見せてくれないと、わからないじゃないか」

「てめえの弱みなぞ、見せてえ男がいるものか。惚《ほ》れた女にはいい格好をしてえし、だが裏を返せば、情けない己をわかってほしいと願っている」

それまで気もそぞろだったお蝶が、目の前の弟子にようやく目を向けた。

「若旦那《わかだんな》も、そうなのかい？」

四十次郎はそれには応えず、腰を上げた。

「お蝶、ちょいとつき合いな。今日の稽古はおれで仕舞《しめえ》だろ？　気晴らしに行こうぜ」

「そうもいかないよ。お姉さまが、迎えに来ることになっているし」

「行き先を、長屋の者に言付けておけばいい」

脇に置いていたばかばかしいほど大きな太刀を腰に差し、お蝶の手をぐいと引いた。

「これまでさんざん袖《そで》にされたんだ。今度ばかりは、担《かつ》いでも連れていくからな」

いつにない強引さにお蝶は戸惑《とまど》ったが、この男なら本当にお蝶を担いでいきかねない。

こうして長屋にくすぶっていても、良からぬ考えに囚《とら》われるばかりだ。

お蝶は千吉の父親に姉への伝言を託し、外で待っていた若党ふたりとともに、鳴海屋の倅《せがれ》の後ろに従った。

残暑というにはほど遠く、陽射しには未《いま》だ盛夏の勢いがあった。それでも涼味を増した川風だけには、わずかに秋の気配が感じられる。ゆったりとした隅田川《すみだがわ》の流れに、お蝶は心地良さそうに目を細めた。

鳴海屋四十次郎が向かった先は、柳橋《やなぎばし》にほど近い料理屋だった。小体《こてい》だが、一歩中に入ると造作には贅《ぜい》が尽くされている。鳴海屋行きつけの店のようで、仲居は心得顔で二階へと案内した。

川に面した広々とした座敷からは、対岸の本所深川《ほんじょふかがわ》の家並が望める。若党ふたりには別座敷があてがわれ、好きなだけ飲み食いさせるようにと四十次郎は気前よく言って、己も酒と肴《さかな》を頼んだ。

「いい景色だろ。おれはここからのながめが、いっとう好きでね」

仲居が座敷を下がると、四十次郎は、うん、とひとつ伸びをする。真下を川が通る張出《はりだ》しに腰を落ち着け、手すりにもたれた。

のんびりとした姿は大きな猫のようで、その長閑《のどか》さに、ふっとお蝶の気持ちがほぐれた。

「少しは気が晴れたかい。暑苦しい長屋に籠《こも》っているよりは、よほどましだろ」

こちらを向いてはいないのに、察したように四十次郎の声がかかる。相手の手の中でころがされているようで、それが癪《しゃく》に障《さわ》った。

「こんな奢《おご》った料理屋なんぞ、しがない長唄師匠には贅《ぜい》が過ぎるってもんだがね」

「おれも生まれは、しがねえ冷飯食いだ。鳴海屋に養子に来るまでは、やっぱり料理茶屋なぞ縁がなかった」

お蝶の皮肉を、からからと笑いとばす。この男の生い立ちは、町方与力《よりき》の兄からきき知っていたが、本人が口に出したのは初めてだ。

「さっきのお蝶を見て、その頃のことをふと思い出した」

お蝶は思わず、その横顔を見やった。四十次郎は相変わらず、遠くに広がる風景に目を当てている。

「おれもガキの時分は、ちょうどそんなだった。親も兄弟も遊び仲間も、まわりにいた誰のことも信じてなぞいなかった」

四十次郎は、まるでひとり言のようにして、自身の来《こ》し方《かた》を淡々と語った。

生家は三百五十石《こく》の旗本《はたもと》家というから、陣内のような御家人の家にくらべればそれなりに裕福なはずだ。しかしその恩恵にあずかれるのは長男だけで、冷飯食いたる次男の四十次郎は、飯の代わりさえはばかるような窮屈な暮らしを強いられていた。

己の前には、先の閉ざされた狭い道しか見えない。その焦燥《しょうそう》が歳を重ねるごとにふくらんで、それから逃れるように悪仲間とつるむようになった。十歳を過ぎたころには、手のつけられない悪童になっていて、いまと同様、派手な身なりで街中を練り歩き、気に入らぬ輩《やから》を見つけては片端から喧嘩《けんか》をふっかけた。

「あの頃は、力任せにただ暴れまわった。何もかもが怖くて、潰《つぶ》されぬようしゃにむに腕をふり回して、手当たり次第に力でねじ伏《ふ》せた」

「怖いって、何がだい？」

「他人《ひと》か己か、そいつはよくわからねえ。ただ、どちらも嫌いでならなかった」

たまたま負け知らずで、子分ばかりがどんどん増えたが、己の尻《けつ》にくっついているようではどうしようもない。内心ではその子分連中さえ蔑《さげす》んでいたと、四十次郎は語った。

乱暴者に限って実は臆病だと、芸者をしていた母親からきいたことがある。大きな形《なり》をしたこの男も、そうなのだろうかと、お蝶はその横顔に黙って見入っていた。

「十五になるころには、土地のやくざ者でさえ道をあける始末でな。喧嘩相手にも事欠く有様だ。図に乗って、道場破りなんぞをはじめてな」

道場主と一対一の勝負なら、四十次郎の喧嘩剣法がどこまで通用したかわからない。しかしたいがいは、仲間とともに主だった門弟をたたきのめせば十分だった。万一、道場主が敗れるようなことがあれば面子《メンツ》も評判も地に落ちる。だから相手はさっさと金を出して追い払いにかかる。そうやってあちこちの道場から銭を巻き上げては、色街にくり出していた。

「ところがさる道場で、一介の門弟相手に無様に負けた。相手の剣さばきがまるで見えなくてな、気づけば膝《ひざ》をついていた。その後も、木刀でさんざんに打ちのめされた」

相手は四十次郎たちの道場破りを、噂にきいて知っていた。灸《きゅう》を据えるつもりでいたのだろうが、つき従っていた仲間たちが怖気《おじけ》をふるうほど、その責めは執拗《しつよう》だった。そして頭《かしら》が床に倒れ伏すと、仲間は蜘蛛《くも》の子を散らすようにして一目散に逃げてしまった。

——所詮《しょせん》、己をとり巻いていた連中は、こんなものだ。

わかっていたはずなのに、いざ目の前に晒《さら》されると、あらためて自分のくだらなさをつきつけられているようで、砂を噛《か》むような虚《むな》しさに襲われた。四十次郎は、そう吐露《とろ》した。

そのまま四十次郎は道場の門前に放り出されたが、動くことさえできず、大の字になったまま、暮れゆく空をただながめていた。

「それで、道場破りをやめたのかい？」

「まあな、というか……そんなときに親父に拾われてな」

「拾われた？」

人気のない場所で、最初に通りがかったのが、鳴海屋勘兵衛《かんべえ》だったという。

「親父はおれの顔を見知っていてな。『喧嘩四十次郎の、こんな姿を拝《おが》めるとはな』と笑いやがった」

往来で派手に立ち回る姿を、勘兵衛はたびたび見かけていたようだ。連れていた大柄な手代に、ぼろ雑巾《ぞうきん》のような四十次郎を背負わせて、鳴海屋に連れ帰った。

四十次郎はそのまま数日床《とこ》を離れられず、家に帰っても待っているのは、次男の蛮行をもてあます家族の冷たい眼差《まなざ》しだけだ。結局、十日ほど鳴海屋の世話になった。そして帰ろうとしたときに、養子話を持ちかけられたという。

「あたしにはさっぱり腑《ふ》に落ちないね。鳴海屋の旦那は、いったいどこを気に入って、若旦那を跡取りに据えたんだい？」

「違《ちげ》えねえ。おれもまったく同じことを親父にたずねたよ」

お蝶のずけずけした物言いを、四十次郎は機嫌よく受けて、養父の台詞《せりふ》をそのまま告げた。

「おまえは馬鹿で性根が曲がった、どうしようもねえガキだが、人をまとめる力がある。この店の跡取りに入り用なのは、腹の据わった度胸と、仲間を束《たば》ねる力だけだ」

勘兵衛が言った仲間とは、五十人ほどにまでふくれ上がっていた子分たちのことだ。しかし四十次郎は、けっ、と唾《つば》を吐いた。

「何が人をまとめる力だ。おれみてえな奴の尻にくっついているなんざ、ろくなもんじゃねえ。おれが負けたとたん、我先にと逃げやがって……あんな奴ら、仲間でも何でもねえ！」

悪態をつく四十次郎に向かって、勘兵衛は竹皮の包みを放って寄越した。開かずとも、香ばしいにおいで中身が知れた。四十次郎の好物の、鰻《うなぎ》の蒲焼《かばやき》だった。

「昨日はゆで卵、一昨日は団子《だんご》だったか。おまえがここにいるときき つけて、入れ替わり立ち替わり、見舞いに来るようになった。顔を見ていけと勧めたが、合わす顔がないとしょげていたぞ」

「あいつら……」

砂嵐が絶えず吹きすさんでいるような、そんな四十次郎の胸の内に、初めてぽつりとあたたかな火が灯《とも》った。

「何ならあの連中ごと、まとめて鳴海屋《うち》で引き受けてやる。おれの倅《せがれ》にならねえか」

男くさい、大きな笑顔だった。

「豪儀なお人だねえ」

お蝶は、ほうっとため息をついた。

「親父は、おれが生まれて初めて信じた相手だ。それから色んな奴のことも、信じてみようかと、そんな気になった」

大の男が吐くには青くさい台詞だ。承知しているのか四十次郎は、間の悪そうな顔をした。

「おれとしちゃ、恋敵《こいがたき》が減るのは大助かりだが……だがな、あの三人は、お蝶のことを誰より大事にしていたと、そう思うぞ」

「あたしだって信じたいさ！　なのに三人そろって、きなくさいことばかりだ」

「きなくさいって、何がだ？」

「何もかもさ。坊さんのいたという寺も、千ちゃんの通っていた道場も、それに陣内さんだって」

まわり中がいっぺんに、煙を上げてくすぶり出した。たしかに隣にいたはずの者たちが、その黒い煙の中に紛《まぎ》れてしまった。己はただ、煙にいぶされながら立ち尽くしているだけだ。唇を噛むお蝶に、四十次郎は言った。

「寺というのは、王龍寺《おうりゅうじ》のことか？」

「どうして、それを……」

「それと、枡《ます》職人の通っていた道場というのは、新陰《しんかげ》流的場道場だな？」

茫然《ぼうぜん》と見詰めた四十次郎の顔からは、常に張りついている薄笑いが消えていた。

「若旦那……おまえさん、いったい……」

しっ、と四十次郎が唇に指を立てたとき、廊下から仲居の声がかかった。ふたりの前に酒肴《しゅこう》を整え、仲居が出ていくと、四十次郎はくいと盃《さかずき》を傾けて話し出した。

「的場道場には、おれにも因縁《いんねん》がある。おれを叩きのめしたのは、その的場道場にいた奴だ」


「まさか若旦那までが、的場道場に縁があるなんて」

お蝶がため息混じりに呟《つぶや》くと、

「縁というよりも古傷だ」四十次郎は忌々《いまいま》しげに、またぐびりと盃をあおる。「だが、おまえの長屋の枡職人があそこの門弟だとは、ずっと知らなかった。稽古に通う姿なぞ、見たことがないからな……耳に入ったのは、ついこの前だ」

ちっと四十次郎に舌打ちされて、お蝶はふいに気がついた。

「そういえば……ここしばらく、千ちゃんが稽古に出ていくのを見たことがない」

たまに道場通いについてたずねてみても、このところ忙しいからと、中途半端な笑みを返されるだけだった。いつからだろう、とお蝶は思い返してみた。雉坊が来た頃か……いや、もっと前だ。あれはたぶん……。

その答えに行き着いたとき、お蝶は思わずぶるりと身震いした。

「どうした？」と四十次郎が、怪訝《けげん》な目を向ける。

「何でもないよ……その、若旦那が負けた相手ってのは、まさか千ちゃんみたいな町人じゃなかろうね？」

はぐらかすように、お蝶は話の矛先を変えた。ちらりと疑り深い目つきをしながらも、四十次郎はすぐに応えた。

「ばか言うな。歴《れっき》とした侍《さむらい》だ。名や出自は後で知ったが、禄《ろく》の薄い御家人《ごけにん》の倅だった」

「へえ……若旦那を負かすなんて、よほどの腕前なんだろうね」

ちくちくとした皮肉に、四十次郎が顔をしかめる。

「たしかに腕はあるが、あの男の怖さはそこじゃねえ。あいつには、ためらいがねえんだ」

今日び侍はもちろんやくざ者ですら、相手を傷つけるとなれば、わずかながらの迷いも生じる。まばたきするほどの短いあいだだが、その躊躇《ちゅうちょ》を感じとることができる。しかし相手の侍には、その間がまったくなかったという。

「あいつはためらいなく剣をふるう。人を傷つけることも……おそらくは殺すことも厭《いと》わない、そういう男だ」

ごくりと、お蝶は唾《つば》を呑んだ。頭の中に大写しに迫ったものは、父の無残な姿だった。まのあたりにしてもいないのに、畳にうつぶせた血まみれの父親がどうしても消えない。

「あの薄気味の悪い面《つら》は、頭に焼きついて離れねえ。悔しくてならねえのに、いままでも思い出すと、冷や汗が出る」

お蝶の思いに気づかぬまま、四十次郎は続けた。

「ちょっと忘れられねえような面でな。えらく長い馬面《うまづら》にだらりと垂れた両目、鼻と唇が妙に薄っぺらで……」

おや、とお蝶は気がついた。四十次郎が語る顔形を、どこかで見たように思ったのだ。だが、見たはずのその顔が、どうしても思い出せない。

「ぼらみてえな間抜け面なのに、目だけがぞくりとするほど冷たくてな。その釣り合いの悪い感じが何とも……」

あっ、と思わず声をあげていた。見たのではない、きいたのだ。

先日、夜鷹《よたか》のお綱《つな》の話の中にあった。父の榊安右衛門《やすえもん》が殺されて、その直後と思われる早朝の往来で三人の浪人者にぶつかった。お綱が語った中のひとりの顔形は、いまの四十次郎の話と酷似《こくじ》している。もしかすると……。

「おい、どうした、お蝶?」

ようすがおかしいと、四十次郎は気づいたようだ。張りついていた手すりから離れ、お蝶の前に片膝《かたひざ》をつく。嚙《か》みつくように、お蝶はたずねた。

「……名は？　その侍の名を、教えとくれ！」

「尾賀《おが》一馬《かずま》」

「尾賀……一馬……」

　胸に刻《きざ》むように、口の中でなぞる。

「そいつがおとっつぁんを……あたしの父親《てておや》を、殺した男かもしれない」

四十次郎がその両眼《りょうめ》を大きく広げ、二度、三度まばたきした。

「お蝶の親父さんが、あの男に……」

呟いたきり、押し黙った。しきりに頭を巡らせているようすで、じっと何事か考え込む。

「的場道場に行けば、尾賀一馬がいるんだね？」

尾賀一馬は師範代を務めており、いわば的場永達の片腕だと四十次郎は告げた。

「だが、お蝶。それで、どうするつもりだ？」

「どうするって……」

「南町与力の兄上に告げて、捕えてもらうのか？」

はっとお蝶が固まった。急に不安に囚《とら》われたのは、兄の安之《やすゆき》のことではない。南町奉行《ぶぎょう》こそが、お蝶の中ではもっとも疑わしい人物だからだ。お蝶の胸の内を、まるで覗《のぞ》いているかのように、四十次郎が告げた。

「言っておくが、南町に届けても無駄だぞ。的場道場は、南町奉行と繋《つな》がっているからな」

「何だって、若旦那がそんなこと……」

四十次郎は、黙っている。

狛犬《こまいぬ》がかっと口をあけた、派手な模様の長羽織《ながばおり》に似合わない真剣な眼差しだった。

そういえば、さっき四十次郎は王龍寺の名も口にした。目の前のこの男が、急に得体の知れない者に見えてくる。

「お蝶、的場道場には近づくな。あそこはおまえが言ったとおり、きなくさ過ぎる」

相手の真意を探るように、お蝶は相手に目を据えた。梃子《てこ》でも動かぬ固い決心をしているように、四十次郎には見えたようだ。ひどく大きなため息をつく。

「どうしても行くってんなら、用心棒としておれを連れていけ」

「……だって若旦那は、負けちまったんだろ」

「たしかにおれひとりじゃ、太刀打ちできねえ。だから鳴海屋の人足を百人連れていく。いくら凄腕《すごうで》の剣術使いでも、数には敵《かな》わねえ」

鳴海屋の息のかかった船人足は、すべて合わせれば三百に届く。ただ、大半は船に乗っていたり他の港に控えていたりと、江戸に残っているのは百ほどだと四十次郎は説いた。

「向こうも百を超す門人を抱えていると、そうきいたよ」

そのうち二割は子供で、大人にも若輩者《じゃくはいもの》はいる。使える者はせいぜい五、六十だろうと、お蝶の懸念に四十次郎は応えた。

「博奕《ばくち》癖は抜けねえ、女にはだらしがねえ。嘘もつくし怠けるしごろつきだし、いいとこなしのやつらだが、それでも鳴海屋《うち》の連中は、腕っぷしだけは折り紙つきだ」

熱心な素振《そぶ》りは、嘘があるようには見えない。

承知の方に傾きかけたが、しかしきっぱりとした声がこれをさえぎった。

「せっかくのお申し出ですが、ご辞退させていただきます」

ふたりが声の方をふり向くと、廊下に面した障子《しょうじ》がすらりとあいた。

「お姉さま！」

沙十の厳しい面《おもて》からは、いつも浮かべている穏やかな笑みが、きれいに削《そ》ぎとられていた。

「お蝶さんが、無事で何よりでした。若党たちには、きつく灸《きゅう》を据えておきます」

四十次郎の向かい側に、姉妹が並んだ。座敷に腰を落ち着かせると、にこりともせずに沙十が告げる。しかし四十次郎は、悪びれたようすもなくへらりと笑った。

「手厳しいな、姉上さまは。おれがお蝶を、手籠《てご》めにするとでも思ったのかい」

「いいえ。もっとよくないことを、頭に描きました」

「ほう、どんなことだい」

「あなたがお蝶さんを狙う、一味のひとりなのではないかと」

座敷がしんと静まり返り、川面《かわも》を舐《な》める風の音が、一瞬大きく耳に届いた。

沙十と四十次郎は、互いをじっと見据えたまま動かない。

「いくらなんでも、それは……だって若旦那は、あたしたちを助けてくだすったんですよ」

「それもお蝶さんにとり入るための、手口だったかもしれません。違いますか？」

「違うといったところで、信じてもらえなけりゃ証《あか》しようがねえな」

「では、この話は仕舞にいたしましょう。私どもはこれにて。さ、お蝶さん、参りましょ」

沙十はそそくさと、帰る素振りを見せた。いつになくとりつく島のない姉に、お蝶がおろおろする。

「でも、お姉さま、若旦那の申し出は、決して悪い話ではありませんし……」

「用心棒のことなら、ご心配なく。私が薙刀《なぎなた》を習うていた道場に、お願いしてまいりましたから」

沙十のいた道場は、薙刀ばかりでなく、剣術から槍術までさまざまな武術を教えている。その師範と師範代ふたりに、明日、的場道場へ一緒に出向いてくれるよう頼んできた。沙十はそう答えた。

「いくら手練《てだれ》でも、たった三人じゃ話にならねえ」

「私を加えて四人です」

「それでも足りねえ。おれを負かした男なら、ふたりや三人、すぐに斬って捨てる。おまけに道場主の的場永達は、その上をいく腕前だときいている」

「敵方かもしれぬ輩《やから》を百人連れていく方が、よほど危のうございます」

「おれを連中の仲間だと、本気で疑っているのか」

気色ばんだ四十次郎に、沙十は静かに告げた。

「お蝶さんの幼なじみや、当家の若党すらも疑ってかからねばならないのです。他人《ひと》さまに用心するのも、致し方ありません」

常とは趣が違う姉のようすは、やはりそれ故《ゆえ》かと、お蝶は深く得心のいく思いがした。お蝶が傷つき不安をふくらませたのに対し、同じくらい沙十は、己の甘さを悔やみ、あらためて手綱《たづな》を過ぎるほど強く締めなおすつもりでいるのだろう。

それまでひどく真剣な表情で食い下がっていた四十次郎が、ふっと肩の力を抜いた。

「なるほど……姉上さまを説き伏せるには、かくたる身の証しが要る。そういうことか」

「わかっていただければ、よろしゅうございます。それでは、私どもはこれにて……」

「証しならある」

立ち上がりかけた沙十が、その姿のままで止まった。

「おれが敵方じゃねえという証しなら、手の内にある」

「では、拝見させていただきます」

沙十は言って、また畳に座りなおした。

「だが、そいつを晒《さら》すには、こっちも確かめなけりゃならねえことがある」

「何でございましょう」

「あんたの旦那は……榊安之という男は、何があっても信じられるのか？」

「どういう……ことでございましょう」

初めて、沙十の表情が大きく動いた。

「どんなときにもお蝶の味方をしてくれると、本当に請け合えるのか？」

「あたりまえです！」

冴えた沙十の声が、座敷に響いた。

「旦那さまは、誰よりもお蝶さんの身を案じております。たとえ己の命と引き換えにしても、守るおつもりでいらっしゃる」

「だが、あんたがたは武家だろう？　武家は何よりも主《あるじ》大事で、そのためには身内の命すら差し出すことも厭《いと》わない。そうじゃねえのかい？」

武士が忠義を尽くすのは、決してきれい事ばかりではない。それが己の家を、先祖代々続く家名を守る、唯一の手段となるからだ。旗本《はたもと》の家で生まれ育った四十次郎は、それを骨身にしみて知っているのだろう。

「もし、もしもだ。お蝶か己の主か、どちらか選べと言われたら！　下手をすれば榊の家が潰《つい》えるかもしれぬとしたら、それでも妹のお蝶をとるのか！」

奇《く》しくも四十次郎の放った問いは、お蝶がこの数日逡巡《しゅんじゅん》し、どうしても口にできなかった、その真ん中を射貫《いぬ》いていた。もしも南町奉行が本当に父の仇《かたき》なら、兄はどうするだろう。その答えに通じるものだ。お蝶は固唾《かたず》を呑んで、兄嫁の答えを待った。

しかし沙十は、微塵《みじん》の迷いさえ見せず、しっかりとした声音《こわね》で告げた。

「お蝶さんのためなら、夫は喜んで与力株を手放すでしょう。家よりも名よりも、夫は、榊安之は、妹御の幸せだけを願うております」

「お姉さま……」

夫への深い信頼が、その声にも凛《りん》とした姿にも表れていた。己を思う兄の真心が、まっすぐに胸を打つ。うっかり涙ぐみ、お蝶がすんと鼻を鳴らす。

「わかった……それならあんたらに、見せたいものがある」

その底にあるものを見極めようとするように、しばし沙十の瞳を覗《のぞ》き込んでいた四十次郎が、ようやく目を伏《ふ》せた。


「では、その証しとやらを持って、これから鳴海屋四十次郎が来るというのか？」

奉行所から戻った安之は、妻と妹から話をきかされて、まず眉根《まゆね》を寄せた。

証拠の品を持参して、夜五つに屋敷を訪ねたい。四十次郎はそう申し出て、沙十はこれを承知した。

「いったい、何を持ってくるつもりなのだろうな」

それだけは沙十にも、見当がつかなかった。それと、と沙十は、傍《かたわ》らのお蝶へと顔を向けた。

「お蝶さんからも何か、大事なお話があるようですわ」

沙十が促すように微笑《ほほえ》むと、お蝶は兄夫婦の向かい側で背筋を伸ばし、それから畳に三つ指をついた。

「申し訳ありません。お兄さまとお姉さまには、いままで黙っておりましたが」

お蝶はここ数日、胸に秘めていた仔細《しさい》を洗いざらい吐き出した。

七夕《たなばた》の日、雉坊とふたりで下谷《したや》の父の家に出掛け、夜鷹のお綱から父の最期の姿を知らされた。その件《くだり》にかかると、沙十は痛ましそうな眼差しを向けた。

「お蝶さんのようすがおかしかったのは、そういうわけでしたか」

「卒中などと嘘をついて、すまなかった。おまえには、よけいな心痛を与えてしまった」

安之が殊勝に頭《こうべ》を垂れて、隣の沙十もこれに倣う。お蝶は慌ててふたりを制した。

「いいんです、おふたりはあたしを悲しませまいとして、黙ってらしたんでしょう？」

「それもあるが……父上の死に、町方の役目が関わっているかもしれぬと、その疑いもあってな……実は父上亡き後、念のために下谷の家を借り受けていたのは南町奉行所だ。よもや賊が舞い戻って荒らしていくとは思いもせなんだが」

榊安右衛門の死は、明らかにおかしかった。家探しをした跡が如実でありながら、金品の類は残されており、そして刀傷を見た限りでは、かなりの手練《てだれ》の仕業《しわざ》と思われた。事が詳《つまび》らかになるまでは、安右衛門の死の真相は決して口外せぬようにと、南町の与力同心は固く戒《いまし》められていたという。

「お兄さま、その命を出したのは……」

「むろん、お奉行だ」

お蝶の両の眉が、悔しそうにきゅっと寄せられた。

「それにしても、よもやあの紙人形が、お奉行の名を告げていたとは……」

「一斤染《いっこん》めの千代紙《ちよがみ》が、一今《いっこん》の俳号に繋がるなんて」

安之と沙十が、互いに顔を見合わせる。

「旦那さま、岩淵長門守《いわぶちながとのかみ》さまに、何かそのような素振《そぶ》りは……」

いや、と安之は、首を横にふった。清廉《せいれん》で篤実な人柄は、誰にも信頼されており、そのような影は微塵もない。安之はそう答えたが、ひとつだけ憂いを口にした。

「ただ……お蝶の姉様人形は、お奉行の手の内にある」

「そんな……」

お蝶の瞳が、悲しそうに揺れた。何か手掛かりになるかもしれぬ。己が調べてみるからと、岩淵は紙の姉様人形を預かったという。

廊下から女中の足音が近づいて、夕餉《ゆうげ》の膳が整ったと声がかかった。

まるで通夜《つや》のような夕餉を終えて、やがて夜五つになると、榊家の三人は客を迎えた。

客は四十次郎だけではなかった。鳴海屋の主、勘兵衛と、もうひとり、お蝶の知った顔があった。

「そちらさんは、たしか……」

「先日は急にお訪ねして、申し訳ありませんでした」

偉丈夫《いじようふ》な鳴海屋親子と並べると、いっそう小柄に見える。

紀津屋《きづや》京兵衛《きようべえ》と名乗った商人は、その小さな顔に品のいい笑みを乗せた。

「鳴海屋勘兵衛と申します。夜分遅くにお邪魔した非礼は、どうぞお許しください」

畳に膝を正した姿は堂々として、よく日焼けした顔には商人らしさなど微塵も見えない。

勘兵衛は丁寧《ていねい》な辞儀をして、まずは息子に挨拶を促した。

「勘兵衛が倅、四十次郎にございます。これまでの数々のご無礼は、平《ひら》にご容赦《ようしや》を」

四十次郎は、常のような派手な長羽織姿ではない。きりりとした縞《しま》の着物に、糊《のり》の利いた藍《あい》の羽織を身につけて、先刻とはまるで別人のようだ。神妙な顔で、やはり頭を下げた。

「こちらは相模《さがみ》の干鰯《ほしか》問屋紀津屋の主人で、私どもの廻船《かいせん》を贔屓《ひいき》にしてくださっている、お客さまにあたります」

倅に続いて、勘兵衛はもうひとりの商人を紹介した。客の三人は横に並んでいるが、上座に当たる右端に紀津屋が、そして勘兵衛を真ん中にして四十次郎が左を占《し》めている。

「……お蝶は、すでに見知っているようだが」

安之は疑り深い目つきで、己の正面に座す物腰のやわらかな商人を、ちらりとながめやった。

「おとっつぁんとは、碁《ご》仲間だったそうです。この前、稽古場を訪ねてきてくだすって」

「お初にお目にかかります。紀津屋京兵衛と申します」

「そのような碁仲間がいるとは、父からはきかされたことはなかったが」

「年に二度だけの、おつきあいでございましたから」

紀津屋は穏やかに受けて、お蝶に語ったと同じ、安右衛門との関わりを明かした。

安之はひとまず納得したようすで、話の口火を切った。

「何やら、見せたいものがあるそうだな。まずはそちらを拝見しようか」

常にくらべて刺々《とげとげ》しい口調は、相手を警戒しているのだろう。己が仕えている奉行が、実は親の仇かもしれないときいたばかりだ。目の前の商人たちの話を、鵜呑《うの》みになぞするものかと、そう言いたげな猜疑《さいぎ》の色が濃くただよっていた。

「実は、その前にひとつ、お詫びをしなければなりません」と勘兵衛が告げた。

「詫び、だと？」

「はい。私どもは、御先代の安右衛門さまが、無残な最期を遂げられた経緯《いきさつ》を、以前より存じあげておりました」

「何だと……」

「そして、何故そのような無体《むたい》が行われたか、その理由《わけ》も」

下に向かって弧《こ》を描いた安之の目が、きりきりと吊《つ》り上がった。その斜め後ろに座した沙十とお蝶も、同時にはっとする。たまらずお蝶が、声をあげた。

「おとっつぁんがどうして死んだか、本当にご存じなんですか？」

「はい。それに……敵方が何かを探していて、そのためにあなたさまがたびたび狙われていたことも……」と、勘兵衛は、お蝶を見詰めた。

「大店《おおだな》とはいえ、一介の商人に過ぎぬおまえたちが、何故そのような！」

お蝶がついぞきいたためしのない、鋭い声が安之から発せられた。

「お怒りは、ごもっともにございます。私どもも実は、一刻も早くお知らせしとうございましたが……ひとつだけ気がかりがありました」

勘兵衛は、正面から安之をかっきりと見据えた。

「この家の主たる旦那さまが、どちらの側にいるのか、どうしても測り切れませんでした」

「どちらの側とはつまり……おれが父を殺した一派に与《くみ》するのではないかと、そういうことか？」

「ご無礼のほどは、重々承知しております。ですが、私どもは……いえ、この紀津屋さんは、いわば敵方を一網打尽《いちもうだじん》にする切り札を握っているのです」

安之の動向を確かめるまでは、どうしても踏《ふ》み切ることができなかったと、鳴海屋勘兵衛は弁解した。

「もしや……そのために妹に近づいたのですか？」

問うたのは、沙十だった。沙十は勘兵衛ではなく、四十次郎を見ている。

「そのとおりです……隠し事をしちまって、すまなかったな」

沙十からお蝶に視線を移し、四十次郎は申し訳なさそうにあやまった。

四十次郎は榊家と安之を探るために、たびたび八丁堀《はっちょうぼり》をうろついていた。そしてお蝶たちの危難に出くわしたのである。もとより四十次郎は、長唄師匠を乞《こ》うてお蝶に近づこうとしていた矢先であった。

「正直、あれはもっけの幸いでした」と、四十次郎が薄く笑う。

「妹を通して、おれの腹を探らせるつもりだったのか」

安之がじろりとにらむと、申し訳ございません、と父親の勘兵衛が殊勝に詫びた。

「ただ正直なところ、お武家さまの腹の内くらい、読めぬものはございませんな」

「それは鳴海屋、おまえたち商人とて同じであろう」

安之の皮肉に苦笑を返し、勘兵衛は隣に座る四十次郎を示した。

「しかし先程、この倅に説かれましてな……御妹さまとご新造《しんぞう》さまは、心底、旦那さまを信じていらっしゃる。いくら腹の内を探っても埒《らち》があかぬのなら、いっそその気持ちに賭《か》けてみるべきだと」

よけいなことをというように、四十次郎は眉間《みけん》をしかめたが口は控え、代わりに紀津屋が申し述べた。

「実を申しますと、本当ならこちらの皆さまに告げるべき話ではございません……それが御父上の、安右衛門さまのご遺志でしたから」

「父から、何を」と、安之が怪訝な目を向ける。

「榊家の皆さまに禍《わざわい》が降《くだ》ることを、安右衛門さまは何より避けたかったのでしょう。ですが、お嬢さまが危うい目に遭われているとなれば、これ以上口をつぐんでいるわけにもまいりません。その責めの一端は、私にもございますから」

「どういうことだ、紀津屋」

安之が、上から眼力で押さえつけるように、ひときわ小柄な商人をにらみ据えた。

「敵方が血眼《ちまなこ》になって探していた……そのために安右衛門さまを殺《あや》め、お嬢さままでつけ狙った……その品は、私の手の内にあったからにございます」

「何だと！」

安之が叫び、一瞬、座敷が静まり返った。沙十とお蝶は息をすることさえ忘れたように身じろぎもせず、小柄な商人を穴があくほど見詰めている。

「何故、そのようなものが、おまえのところに……」

しばしの間をおいて、安之は喘《あえ》ぐように問うた。

「すべては、安右衛門さまの計らいにございます」

紀津屋は重々しく告げて、その品を安右衛門から託された経緯を語った。

紀津屋京兵衛が最後に安右衛門に会ったのは、亡くなるわずか四日前のことだった。

京兵衛は年に二度、商用のために十日ばかり江戸に滞在する。定宿は下谷にあり、安右衛門が住んでいた借家からも近い。まずは挨拶に伺うのが常で、その上で碁打ちの日にちなどを決めていた。ところが半年前に訪ねたときは、色良い返事をもらえなかった。

「すまぬ……厄介事《やっかいごと》があってな、どうしてもからだがあかんのだ」

安右衛門はすまなそうに告げ、それだけなら今回は運がなかったと諦《あきら》めるところだが、さらに妙なことを言った。

「江戸にいるあいだ、ここには決して近づくな。もし道でわしに会うても、素知らぬふりをしてほしい」

きつくそう釘をさした。安右衛門はあのときすでに身の危うさを感じていて、大事な友を巻き込まぬようにとの心配りだったのだろう。京兵衛は言いつけを守り、下谷の借家には寄りつかなかった。

だが、京兵衛が江戸を立つ前日だった。夜も更《ふ》けた遅い刻限になって、まるで人目を避けるようにして、安右衛門が旅籠《はたご》を訪ねてきた。そして挨拶する間も惜しむように、あるものを京兵衛の手に握らせた。

「京さん、何もきかず、しばらくのあいだ、これを預かってはくれまいか」

「それは、構いませんが……安さん、これは？」

安右衛門がそう望み、京さん、安さん、と呼び合う仲だった。

急なことに、京兵衛は当然ひどくとまどったものの、仔細はわからずともよほどのことだと、ただならぬ安右衛門のようすに、それだけは得心がいった。京兵衛に否やはなかったが、しかし安右衛門が続けざまに並べたてた頼みには眉をひそめた。

「これが何なのか、どのような謂《いわ》れがあるか、一切明かすことができぬ。おまえも決して封を開けてはならないぞ」

「……承知しました」

「それと、わしからこれを受けとったことはもちろん、何かを預かったことすら誰にも口にしてはいけない。相模に帰ったら、人目につかぬところに仕舞い込んでほしいのだ」

「必ず……しかし、安さん……」

にわかに不安が募り、京兵衛は言葉をはさもうとしたが、いまは時がないと安右衛門はそれを許さなかった。

「そして万一わしが死ぬようなことがあれば、これを密かに焼き捨てて、一切を忘れてほしい」

さすがに京兵衛は、息を呑んだ。しかし紀津屋に累《るい》がおよばぬようにするには、それしかないと安右衛門は強く説いた。同時に、安之とお蝶にも火の粉がかからぬようにと、くれぐれも念を押した。

「よいか、わしに何があっても、この品については他言無用だ。倅や娘にも知らせてはならぬし、殊《こと》に江戸町奉行所はいけない」

町奉行所に関わる、何かなのだろうか。安右衛門がもと町方与力であったことを思い出したが、あえて質《ただ》すことはしなかった。

「無理を押しつけて、真《まこと》に相すまん。明朝、江戸を立つおまえより他に、頼める者がいないのだ」

「いまさら水くさいことを仰《おつしや》いますな。ただし、この貸しは大きゅうございますぞ。次に江戸に参った折には、三日三晩は碁の相手をしてもらわねば」

京兵衛が冗談めかして言うと、安右衛門はひどく切ない顔をした。

「そうだな……ぜひともそうしよう。おまえのような碁敵《ごがたき》にめぐり会えて、わしは幸せ者だ」

まるで今生《こんじょう》の別れのようだ――。友の笑顔が、ひどく遠く感じられてならなかった。

京兵衛の不吉な予感は的中した。しかしそれを知ったのは、ずっと後のことだった。

翌朝、託された品を懐に、京兵衛は江戸を立った。途中の宿場でやはり商用をいくつかこなし、四日の後に相模に着いたが、まさかその前夜、すでに安右衛門が身罷《みまか》っていたとは夢にも思っていなかった。

託された品は蔵の奥に納め、努めて思い出さぬようにしていたが、ひと月経った辺りから、だんだんと安右衛門の安否が気がかりになってきた。しかし下手に便りを出しては藪蛇《やぶへび》になり、せっかくの安右衛門の用心を反故《ほご》にする恐れがある。やはりもう一度江戸に出て、確かめた方が良いだろうか。悶々《もんもん》としていた頃に、格好の人物が京兵衛を訪ねてきた。

それが鳴海屋勘兵衛だった。鳴海屋の菱垣《ひがき》廻船は、相模からも荷を乗せる。紀津屋は大量の干鰯を相模から西国に卸しており、鳴海屋にとっては大事な上客のひとりだ。

勘兵衛は年に数度、挨拶まわりと商談をかねて相模の客を訪ねていたが、そのときは初めて四十次郎を同行させていた。

「鳴海屋さんに、こんな立派な息子さんがいらしたとは」

「いや、もとはただの暴れ者でしてね」勘兵衛は笑い、養子の旨も忌憚《きたん》なく明かした。「近頃ようやく、少しはまともになりましたが、正直なところまだまだですよ」

しかし目の前に座す二代目は、ふてぶてしいまでに落ち着いた目の色をしている。さすが鳴海屋勘兵衛が見込んだだけのことはあると、京兵衛は思わず深くうなずいた。

鳴海屋に関する世間での評判は、決して芳《かんば》しいものばかりではない。しかし豪胆《ごうたん》さにかけて勘兵衛の右に出る者はなく、何よりも侠気《おとこぎ》がある。万一、己の頼んだことで厄介が降りかかろうとも、喜んで受けて立つ。勘兵衛はそういう男であり、そして血の繋がりのない四十次郎にもまた、京兵衛は同じにおいを感じた。

思い悩んでいた京兵衛には、鳴海屋親子の姿は何より頼もしく映った。

江戸にいる知人に安右衛門のようすをたしかめさせるにも、危険が伴うかもしれず、下手な人物には頼めない。この親子ならと、京兵衛は見込んだのである。

「実は鳴海屋さん、折入ってお願いしたいことがありましてな」

そのときは仔細を告げず、あまり人目に立たぬよう、榊安右衛門という武家の隠居のようすを見てきてほしいとだけ頼んだ。

　見込みどおり勘兵衛は、よけいなことを一切たずねぬまま、京兵衛の頼みを引き受けてくれた。すぐに便りが届いたが、しかし結果は、安右衛門の死という最悪のものだった。

　あのような別れ方をして、わずか四日の後に死んだという。卒中《そっちゅう》などであるはずがない。

「安右衛門さまは、何者かに殺されたのだ……おそらくは、私に託したあれのために……」

　腹の底から、怒りやら悲しみやらが突き上げた。

　たとえ遺言であろうとも、形見《かたみ》となったその品を焼き捨てて一切を忘れることなぞ到底できない。何の迷いもなく、託された品の封を切った。そして、間違いなくこの品のために、安右衛門は命を落としたのだと確信した。

　事の真相を明かし、安右衛門の無念を晴らす。

　その品を懐にして相模を立ったとき、京兵衛はすでに腹を決めていた。

「何故、そこまで……」

安之が、思わずといった調子で紀津屋にたずねた。

「父の忠告どおりに焼き捨てて、知らぬ存ぜぬを通せば何の面倒もない。わざわざ己の身を危うくするような真似《まね》を、どうして」

臆《おく》しては恥となる、仮に侍同士なら有り得るかもしれない。しかし一介の商人に、そうまでする謂《いわ》れはない。鳴海屋親子ならいざ知らず、穏やかな風情のこの人物には、あまりにもそぐわない。お蝶もまた、同じ思いで商人をながめた。

しかし京兵衛には、そうまでしなければならぬ理由があった。

「安右衛門さまには、大きな借りともいうべき恩義がございました」

と、商人は、二年前の話をした。江戸の知人の店に奉公《ほうこう》に出していた京兵衛の三男が、新吉原《しんよしわら》で刃傷沙汰《にんじょうざた》を起こしたのである。大店《おおだな》の倅だときいて、向こうは初めから金を搾《しぼ》りとるつもりでいたのだろう。やくざ者と組んだ妓楼《ぎろう》の主から、千両に近い法外な見舞金を求められた。払わねば御上《おかみ》に訴えると脅されたが、しかし間の悪いことにちょうどその頃、上方の大きな取引先が潰れ、紀津屋は金繰《かねぐ》りに詰まっていた。

「あのときは、さすがにもう駄目だと、私もいったんは腹を括《くく》りました」

しかしそのときに安右衛門が、妓楼ややくざ者とのあいだに立って、ずっと安い見舞金で事を収めてくれたという。

「そうですか、おとっつぁんが……」お蝶の口許が、ついほころんだ。

「何かお礼をと申し出ましたが、はぐらかされるばかりで……」

『こういうことは碁と同じだ。じっくりと長考させろ』

安右衛門は、そう言ったという。京兵衛は江戸に来るたびにたずねたが、答えはいつも同じだった。結局、何も返せぬままに、安右衛門は逝《い》ってしまった。その強い悔いが、京兵衛を動かしていた。

「『うんと大きな礼を、とくと考える』。そう仰って笑っておられた。江戸へ向かうあいだ、その安右衛門さまの顔が、ずっと胸に張りついて離れませんでした」

「父上らしゅうございますね」

「おとっつぁんたら、いつもそんな調子で……」

目頭を押さえたお蝶に、沙十はそっと手拭をさし出した。

「私がなそうとしたことは、ただ、安右衛門さまへの御恩返しに過ぎません」

「さようであったか」

黙ってきき入っていた安之の顔からは、先刻までの猜疑《さいぎ》の色が消えていた。

「しかしその品は、私ひとりの手には余る代物《しろもの》でした。迷わず鳴海屋さんを、頼ることに致しました」

京兵衛が相模からまっすぐ向かった先は、日本橋北河岸《にほんばしきたがし》の鳴海屋だった。勘兵衛が、何もかも納得ずくの顔でうなずいた。

「して、父から託された品とは？」

「こちらにございます」

京兵衛は、己の懐に手を入れた。とり出したのは、一本の巻物だった。紐《ひも》を解き、畳の上に置くと、一端を転がしながら安之の前に広げた。その背後にいる沙十とお蝶も、身を乗り出さんばかりにして、京兵衛の手許を凝視《ぎょうし》する。

目にしたとたん、うっ、と安之が低く呻《うめ》いた。

晒し木綿《もめん》のような長い紙の上端には、朱《あか》い龍が、その長いからだをうねらせるようにして、端から端まで描かれている。その下には墨で名と身分が示されて、龍よりも赤黒い色の拇《ぼ》印《いん》が押されている。

十七名の名前があるが、墨《すみ》の色も筆跡も、そして印の色形もすべてが違う。

「これは……血判状か……」

安之が呟いて、ごくりと唾を呑んだ。

「さようでございます。これは王龍党の者たちの、誓《ちか》いの証しにございます」

『王龍』という言葉だけが、お蝶の耳の中で大きく響いた。

「王龍党とは、相模のさる村にある、王龍寺という寺に集う者たちがつくった、世直しのための門徒衆にございます」

巻物には、王龍党の文字はない。血判状を目にしたばかりのときはまだ、描かれた龍の意味すらわからなかったと、京兵衛は告げた。しかし朱龍に彩《いろど》られた血の盟約は、ただならぬ気配に満ちている。何か良からぬことが起きる凶兆《きようちよう》のように思えてならず、何より名を連ねているのは、いずれもひと角の富や力を持つ者たちだ。

「公儀の重い役目を担《にな》う方々までが、よもや世直しを謀《はか》らんとしているとは」

安之のひときわ厳しい視線が、長い紙の中ほどに当《あ》てられた。そこには南町奉行岩淵長門守是久《これひさ》の名が示され、間違いなく岩淵の手蹟によるものだと、安之は請け合った。

高位の旗本の名は別に三人あり、他にも名刹《めいさつ》の住職、著名な医者や蘭学者、大商人と、錚々《そうそう》たる顔ぶれだ。そしてお蝶と沙十は、そのうちのふたりを知っていた。

ひとりは新陰流の道場主、的場永達であり、もうひとりはお浜《はま》の亭主、尾州《びしゆう》御用達看板を持つ、旭屋房五郎《あさひやふさごろう》である。

「それにしても、いったいいつどこで父上は、このようなものを手に入れたのであろうか」

「それればかりは私にも……しかしこの王龍党が、安右衛門さまを死に追いやった。それだけはたしかなところです」

と、京兵衛は、王龍党という名に行き着くまでの仔細を語った。

真《まこと》を知るには、ここに記された者たちを探ってみるより他にない。また、どうやら十七人すべてが江戸にいるということだけは察しがついた。京兵衛は鳴海屋勘兵衛に状を見せ、一切を明かして助力を乞うた。見込んだとおり勘兵衛は、ためらうことなく諾《だく》と応じた。その勘兵衛が、話の後を継いだ。

「隠密《おんみつ》の得手に何人か心当たりがありまして、その者たちに調べさせました。するとまもなく、王龍寺の名が浮かんできた。決め手になったのが、朱の龍が描かれた札でした」

十七人全てを確かめたわけではないが、同じ札を持つ者が何人もいた。一見すると龍神の札にも見えるが、いずれも神棚《かみだな》に大事そうに祀《まつ》られていたという。やがて勘兵衛の密偵は、それが相模の王龍寺のものであることをつきとめてきた。

場所が相模であったから、そこから先は、今度は紀津屋が動いた。京兵衛は新吉原の一件以来、家に戻っていた三男を、王龍寺に入れたのである。

並の寺なら、坊主か寺男しか置いてはもらえない。しかし王龍寺は人里から離れた山奥にあり、住職の導慧《どうけい》は徳の高い人物だった。人別《にんべつ》から抜け落ちた、いわゆる無宿者や、貧しさに耐えかねて村を逃げた百姓など、あらゆる者を寺に受け入れ面倒を見てやっていた。王龍寺はしだいに信者を増やし、そのうち導慧の教えを、寺の外にも広めようとする者が出はじめた。彼らはまず江戸に出て信者を集めるようになったが、その本当の教えは、信者のあいだで固く秘された。

「人には身分の分け隔《へだ》てなどない。それが住職の教えだったからです」

京兵衛が、厳《おごそ》かに告げた。いまの世では、決して声高《こわだか》にはできない話だ。公儀《こうぎ》に知れれば、かつてのキリシタン同様、たちまち弾圧の憂《う》き目に遭う。

「王龍党とは……この血判状に名を連ねた者たちが為そうとしていることとは……徳《とく》川《がわ》幕府の転覆《てんぷく》ということか」

安之が沈鬱《ちんうつ》な面持ちを向けると、京兵衛は深く首肯《しゅこう》した。

「あの岩淵さまが、よもやそのような……」

後の言葉を、安之ははばかった。その沈黙を埋めるように、妻の沙十が夫に申し出た。

「旦那さま、紀津屋さんが申したことは真でございます。相手方は、すでに火薬の手配りを済ませております。本気で千代田《ちよだ》のお城に、弓を引くつもりでありましょう」

「何だと……沙十、おまえ、何を知っている」

「申し訳ありません……故《ゆえ》あって、旦那さまには申し上げておりませんでしたが……」

沙十は状の中の旭屋房五郎の名を示し、お浜からきき知った一切を夫に打ち明けた。

「何ということだ……この江戸を、戦場《いくさば》にするつもりか！」
思わずどなりつけた安之に向かい、沙十はもうひとつの辛い事実を告げた。
「それと……もしかすると、雉坊さまや千吉さん、そして陣内も、相手方に与《くみ》してい
るやもしれません」
三人が消えた顚末を沙十が説くあいだ、お蝶はその傍らで、まるで己が罪を犯した
ように深くうなだれていた。その姿に目をやって、京兵衛が重そうに口をあけた。
「実は……先日、お嬢さまの長屋を訪れたのには、理由《わけ》がございまして」
ちらと四十次郎が、紀津屋に視線を走らせた。お蝶については、四十次郎にすべて
預けることを紀津屋は承知していた。それを押してわざわざ出向いたのは、気になる
ことを耳にしたからだ。
「雉坊という名の僧がいると、若旦那から伺いまして」
「……坊さんが、何か……」お蝶の瞳が、不安に揺れた。
「たった一遍だけですが、私は王龍寺を訪ねたことがあります。そこで見かけたお坊
さまに、間違いございません」
寺に入れた三男のもとへ、一度だけ差し入れに行ったことがあるという。京兵衛
は、遠くからながめたその姿を頭に留めていた。お蝶がはっと顔を上げ、次の言葉を
待った。

「王龍寺の住職、導慧さまの片腕と称されるお坊さまです。名を雉叡《ちえい》。雉《きじ》に叡山《えいざん》の叡と書いて、雉叡と呼ぶそうです」

「雉……叡……」お蝶は喘ぐように、その名を呟いた。

「導慧さまは、一年ほど前から病を得て床《とこ》につき、王龍寺を……つまりは王龍党を率いているのは、その雉叡さまにございます」

決して放すまいと、それまで懸命に握りしめていた、雉坊と、そして千吉への信頼の綱が、ぶつりと切れた。お蝶は茫然と目を見開いて、闇へと落ちていくその綱をながめていた。

「お兄さま、この状を、千代田のお城に届けるつもりですか？」

安之が、答えに詰まった。岩淵をはじめ決して軽くはない身分の者たちが名を連ねている以上、迂闊《うかつ》な真似はできない。この状を誰に見せ、相談すれば良いか、熟慮が必要となる。しかし相手は明日にでも動き出すやもしれない。

「お願いです、千ちゃんや坊さんに直《じか》に確かめるまで、状は伏せておいてください」

「いかなお蝶の頼みでも、それればかりは約定《やくじょう》できん」

すまんな、と安之は、眉間《みけん》に苦しげな筋を寄せた。最後の頼みの綱すら失って、お蝶が悄然《しょうぜん》とうなだれる。沙十は痛ましそうに、その姿を見やった。

ひとまず血判状はこちらであずかり、どのように処すべきか二日のあいだに目鼻をつける。安之はそのように言って、鳴海屋親子と紀津屋を帰した。

しかし相手方は、二日の猶予すら与えてはくれなかった。

翌日の夕刻、安之の留守にふたりの侍が榊家の屋敷をたずねてきた。


「間違いない……これはおさんちゃんと、おまきちゃんのものだ」

お蝶がふるえる手で、渡されたふたつの髪飾りをあらためた。ひとつはびらびらのついた簪《かんざし》で、もうひとつは赤い櫛《くし》。どちらも若い娘が身につけるものだ。

「娘ふたりは、こちらで預かっている」

「あの子たちを、かどわかしたってのかい！」

「何ということを……」

お蝶が悲鳴のように叫び、滅多に動じない沙十も顔色を変えた。

「お蝶であったな。おまえと引き替えに、娘たちはすぐに帰そう。代わりにおまえには、一両日のあいだ、我らがもとに留まってもらう」

ふたりの若い侍は名乗ることはせず、ただ的場道場の者だと告げた。ひとりは朴訥《ぼくとつ》そうな丸顔の男で、もうひとりは反対に、もて余してでもいるようなひどく長い馬面《うまづら》だった。

弟子を餌《えさ》にして、正面から堂々とお蝶をさらいに来た。そう告げられて、沙十は言葉を失ったが、お蝶の目は火種を置いたように燃え上がった。

「年端《としは》のいかない、何の関わりもない娘を、てめえらの都合で巻き込んだってのかい！」

どちらもまだ、十三、四の娘だ。怒りがいちどきに、お蝶の頭の天辺《てっぺん》まで噴き上げた。

「本懐を成すためだ。おまえが大人しく従えば、娘たちはすぐに……」

「何が本懐だ！　何が世直しだ！　そんな卑怯《ひきょう》を重ねて直る世に、値《あたい》なぞあるものか！」

火を吹くような啖呵《たんか》を切った。丸顔の男がにわかに血相を変えたが、さらに食ってかかろうとするお蝶の切っ先を、別の声が制した。

「女子供を質《しち》にするのは、乱世よりの倣い。徳川はその筆頭であろうが」

背後に立っていたもうひとりが、初めて口を開いた。安之や四十次郎ほどではないが、かなり背が高い。面長の、ひどく奇妙に映る面相だ。おや、とお蝶が気がついた。初見の相手のはずが、どこかで見たような気がしてならない。

一瞬、落ちた沈黙に、沙十がすばやく割って入った。

「お待ちください。ご入り用なのは妹ではなく、王龍党の血判状でございましょう」

相手の関心を引くように、沙十はあえてはっきりと告げた。

「あの状なら、私どもの手の内にございます。どうぞそちらを、お持ちくださいませ」

「あんなものは、もう要らぬ」

沙十の申し出を鼻で笑い、間延びした馬面の上で、どろりとにごった目が細められた。

「あれが世に出れば、事を成す前に企《くわだ》てが頓挫《とんざ》する。だからこそ血眼《ちまなこ》になって探していたが……もうそのような恐れは、なくなったということだ」

濡《ぬ》れ手拭《てぬぐい》をぺたりと乗せられたように、沙十の背がふいに冷えた。

決起の時期が、極めて近いという意味だ。今夜か明日か、ともかく一刻の猶予もない。

「屋敷の主に伝えよ。妹の身を案じるなら『決して動くな』と。それと、わかっているだろうが、決して後を追うな。我らとて、女を傷つけるのは好まぬからな」

丸顔の方が重々しく申しわたす。安之の妹大事を、知った上でのことだろう。代わりに自分がとの申し出も拒まれて、沙十は承知するより他なかった。

だが、当のお蝶はもうひとりの男に気をとられていた。

「……お侍さん、あんた、名は」

「尾賀一馬」

ぞんざいな口調を咎《とが》めることなく、相手は短く応えた。

「お綱さんの言ってたのと、まるきり同じ顔立ちだ」

夜鷹のお綱が下手人かもしれないと言った、そっくりそのままの顔形の男が、目の前に立っていた。

「あんたが、おとっつぁんを……殺したのかい？」

「確かめたくば、一緒に来い」

尾賀は、薄笑いを浮かべた。

暁《あかつき》の鐘

花の外《ほか》には松ばかり　暮れそめて鐘や響くらん
色は匂《にお》えど散りぬるを　我が世誰そ常ならん
人里遠き鐘の声　諸行無常の世の中に

暗い水面《みなも》に、風情のある声が響く。

日が落ちると、残暑も息をひそめ、堀には秋の気配がただよっていた。

声の佳《よ》さに免じてのことだろう。お蝶《ちよう》の唄う『傾城道成寺《けいせいどうじようじ》』に、舟に同乗する侍《さむらい》たちも文句をつけようとはしなかった。

傾城と名のつくとおり、この唄の舞台は京島原《きようしまばら》の遊郭《ゆうかく》である。しかしその底に敷かれているのは平家物語だった。平家の栄枯盛衰と世の無常、世直しをせんとする男たちを前にして、自《おの》ずとこの唄が口をついた。

弟子の娘たちがかどわかされて、ひとたび怒り心頭に発したせいだろうか。己《おのれ》もこうして危うい身だというのに、恐れや不安は影をひそめ、お蝶は落ち着きをとり戻していた。

事が済むまで、奪い返されぬための用心だろう。八丁堀《はっちょうぼり》を出ると、まもなく舟に乗せられた。屋敷に現れた尾賀《おが》一馬《かずま》と丸顔の男は同行しなかった。門弟を束《たば》ねるふたりには、やるべきことが山積しているに違いない。舟で待っていた三人の若い門弟にお蝶を託すと、足早に去った。

やがて舟は、日本橋魚河岸《にほんばしうおがし》の東側にかかる荒布橋《あらめばし》のたもとに着けられた。北河岸にある鳴海屋《なるみや》とは目と鼻の先になる。四十次郎《よそじろう》が知ったら、さぞほぞをかむに違いない。

船着場からほど近い一軒の舟宿に入る。入口脇の目立たぬ看板に、『卯刻《うこく》』とあった。

――そうか、お綱《つな》さんが言っていた舟宿は、ここだったんだ。

お蝶は心の中で合点《がてん》した。同時に、ちりと胸に痛みが走る。

お綱が言った舟宿は、おれが探ってやる。だから決して近づくな――。

そう念を押したのは雉坊《きじぼう》だ。ここがおそらく、王龍党《おうりゅうとう》のもうひとつの隠れ家なのだろう。

玄関をくぐり、もっとも奥まった一室の引戸をあけると、そこは狭い部屋だった。納戸《なんど》か、あるいは布団《ふとん》部屋だったのだろうが、いまはがらんとして何もなく、何故か板張りの床の奥半分が剥《は》がされている。

「変わりはないか」

「娘ふたりがずいぶんと騒いでいましたが、諦《あきら》めたらしくおとなしくなりました」

見張りらしき男がふたりいて、片方が応じた。ふたりが尻をどかすと、剥がされた床の奥が見えた。二尺ほど低い地面には、驚いたことに大きな切り石が敷き詰められている。隅に真四角の板がはめられて、見張りが取っ手をつかんで持ち上げると、澱《よど》んだ空気が鼻をついた。床下に掘られた地下蔵への入口だった。

「娘ふたり、出ろ」

床に横にしてあった梯子《はしご》が下ろされ、やがて怯《おび》えた顔が穴から覗《のぞ》いた。

「お師匠《つしょ》さん！」

「良かった、おまえたち、無事だったんだね」

地下蔵から出されると、娘ふたりはお蝶にしがみついた。泣き腫《は》らした情けない顔だが、それ以上の無体《むたい》はされていないようだ。お蝶は、心底安堵《あんど》した。

「お師匠さんが、あたしたちを呼んでるってきいて……」

「榊《さかき》のお家の若党だって人が迎えに来て……だから疑いもしなくって……」

泣きじゃくりながら、さらわれた経緯《いきさつ》をてんでに語る。今朝のうちにかどわかされて、半日のあいだここに閉じ込められていたようだ。

「恐くて心細くて、わあわあ泣いちまったけど、中にいるお侍さまが励ましてくだすって」

「ええ、きっとすぐに助けが来るからって。おかげでどうにか凌《しの》げたんです」

「お侍さんって、誰だい？」

「わかりません……中は真っ暗で、声しかきいてないから」

「でも、前にどこかで、きいたような気もします」

興奮しているらしく、ふたりの話はさっぱり要領を得ない。重ねてたずねようとすると、

「もういいだろう、今度はおまえが入るんだ」と、舟で一緒に来た侍が命じた。

「本当にこのふたりは、家へ帰してくれるんだろうね」

お蝶が念を押すと、相手はしかとうなずいたが、逆に娘たちに因果を含めた。

「よいか、この女には今宵《こよい》ひと晩ここにいてもらう。その前によけいな話を漏《も》らせば、おまえたちの師匠は無事では帰らん」

お蝶としても、これ以上弟子に火の粉がかかるのは好まない。

「明日にはきっと、笑い話になっているさ。だからおまえたちは、言いつけどおりにするんだよ」と、弟子に重ねた。

不安そうにお蝶を見上げながらも、ふたりは、はい、と返事した。

「入れ」

侍たちが娘ふたりを連れて出て行くと、見張りが地下蔵の蓋《ふた》をあけた。わざわざいったん閉めたのは、他にもまだ囚《とら》われた者がいるからだろう。

お蝶が下りると、また梯子が上へと引き上げられる。真上にあいた四角い穴が閉ざされると、目の前は闇一色になった。気持ちが急速に冷えて、喉許《のどもと》までせり上がるような不安が突き上げる。

はっきりとはわからないが、広さも高さも、上の納戸と同じくらいありそうだ。裸足《はだし》の足の裏には、ざらざらと石が触る。どうやら床も壁も天井も、切り出された石に覆《おお》われた蔵になっているようだ。何世代も前に作られた古いものらしく、ざらりとした石の感触に、ぞくりと身震《みぶる》いが起こる。歩くこともしゃがむこともできず、ただその場に立ちつくしていたが、

「お蝶さん」

ふいに名を呼ばれ、とび上がらんばかりに驚いた。わっと大きな叫び声を上げ、その場にへたり込む。

「すみません、驚かしてしまいましたか」

蔵のひと隅から、妙に懐《なつ》かしい、きき覚えのある声がした。

「誰、なんだい？」

口から漏れたのは息ばかりで、相手には届かなかったようだ。名乗るより先に、申し訳なさそうな述懐《じゅっかい》がきこえた。

「こんなところに囚われた揚句《あげく》、お蝶さんまで同じ目に……まったく面目しだいもございません」

馬鹿ていねいな口調に馴染《なじ》みがある。四つん這《ば》いの格好で、お蝶はそろそろと近づいた。

「お蝶さんは私がお守りすると、誓《ちか》ったというのに……」

「陣内《じんない》さん、かい？」

「……はい」

情けない声が、お蝶の鼻先から応じた。相手の息遣いすら、かすかに感じる。お蝶は前に向かってそっと手を伸ばした。指の先にざらりとしたものが当たり、わっ、と驚いたような声があがる。

「いく日かここに籠《こ》められて、風呂はおろか髭《ひげ》も月代《さかやき》も剃《そ》れぬままで……」

手に触れたのは、顎《あご》に伸びた無精髭《ぶしょうひげ》のようだ。だが、お蝶は構わず、闇に向かって両腕を広げた。

「陣内さん、本当に陣内さんだ！」

「な、何を……よせ、離れろ、頼むから抱きつくな！」

首ったまにしがみつかれた陣内は、日頃の堅苦しい態度をかなぐり捨てて、滑稽《こっけい》な
ほどに慌てふためくばかりだった。


「まったく、嫁入り前の娘が、あのような軽はずみな真似《まね》を……」

お蝶をどうにか落ち着かせると、例のごとく陣内はいつもの説教をはじめたが、

「良かった。小言が出るようなら、もう心配いらないね」

嬉しそうに返されて、さすがに後が続かない。

「急にいなくなったから、ずっと案じていたんだよ」

「申し訳ない」

「あいつらの仲間になっちまったんじゃないかって、ずいぶんと気を揉《も》んだりもした
し」

的場道場に入っていく姿を見たとお蝶が明かすと、陣内はもう一度同じ詫《わ》びを口に
した。

「実は、仲間になるふりをして、連中を探るつもりでおりました……ですが相手に気

づかれて、このような羽目《はめ》に……」

　的場道場を根城にした王龍党の企《たくら》みを、陣内もつかんだようだ。お蝶の弟子の娘たちに己《おのれ》の素性を明かさずにいたのも、これ以上巻き込んではいけないとの配慮からだった。

「どうしてひとりでそんな無茶を……陣内さんらしくないじゃないか」

　陣内はひとたび黙り込み、妙に歯切れの悪い調子で切り出した。

「もしも仲の良かった幼なじみが、悪事を働いていたとしたら……いつぞや私がそうたずねたことを覚えてますか？」

「ああ、そういえば」

　たしか陣内が、祖父の初七日《しょなのか》を口実に、榊家からいなくなったその日のことだ。

「あれは、ただのたとえ話ではありません……私が竹馬《ちくば》の友と慕《した》うていた者が、的場道場にいるのです。気づいたのは、私が初めて奴らとやり合うたときでした」

「たしか、牛込《うしごめ》の水天《すいてん》長屋に出向いた、その帰り道だったたね。相手は五人いたけれど」

「はい……中のひとりがその男ではないかと、疑いを持ちました」

　驚きと戸惑《とまど》いに途中から剣が鈍り、そのために賊を逃がしてしまったと、陣内は殊勝に詫びた。夜道で、しかも相手は布で顔を隠していた。剣を交えたというだけで、わかるものかとお蝶が首をかしげる。

「奴とは、剣を習いはじめた六歳の頃からまる十年、同じ道場におりましたから」

陣内の家は本所《ほんじょ》にあり、大川を渡った浅草《あさくさ》の道場に通っていた。稽古《けいこ》をはじめてい くらも経たぬうちに、陣内の生まれ持った剣の才は道場でも評判となり、その分、周囲からやっかみを買うことも多かった。貧しい御家人《ごけにん》の、しかも冷飯食いが生意気だと、からだが倍も大きな年長の門弟に、道場を出たとたん数人で囲まれたのも一度や二度ではない。

「そんなとき助けてくれたのは、ひとつ上のその男だけでした」

自身も御家人の三男で、剣の腕も陣内とほぼ互角だった。同じ嫌がらせを受けていたからこそ、見捨ててはおけなかったのだろう。幼いとはいえ、剣の上手がふたりがかりとなれば、相手もおいそれと手出しできない。長じるにつれ、真っ向勝負を挑む者もなくなって、ふたりは浅草の道場で龍虎《りゅうこ》と称された。

しかし陣内が十六のとき、事件が起きた。

「奴がひとりでいたところに、闇討《やみう》ちを仕掛けた者があったのです。相手は十人は下らなかったと、そうききました」

「そんな数じゃ、いくら腕に覚えがあったって、敵《かな》いっこないじゃないか」

「あいつの腕は本物です。雑魚《ざこ》が束《たば》になってかかってきても、蹴散《けち》らすだけの技がある。向こうは半ば脅《おど》しのつもりでいたのでしょうが、腹を立てたあいつは、率いていた男の右腕を斬り落とした……同じ道場の兄弟子で、四千石《ごく》の旗本《はたもと》の息子でした」

「それで何か、咎《とが》めを受けたのかい？」

「表向きは、道場を破門になっただけで済みましたが」

私闘は公儀《こうぎ》から固く禁じられている。しかもたったひとりに多勢を向けるのは、武士としてあるまじきふるまいだ。全てはなかったこととして扱われたが、代わりに父親が突如、それまでの役目を解かれ、事実上は無役の小普請組《こぶしんぐみ》に落とされた。

「悪いのは、向こうじゃないか！　なのにどうして！」

己がことのように憤慨《ふんがい》するお蝶に、小さく笑う気配がする。陣内もそのときは、同じように腹を立てた。しかし友はこう言って、修行を名目に江戸を離れた。

『身分とは、世の中とは、そういうものだ』

達観故《ゆえ》の言葉だと、先頃までそう考えていた。だが、本当は、世の不条理に誰よりも憤《いきどお》っていたのは友だったのだと、陣内はあらためて思い知った。

「世直しをする。こんな腐った世の中など、根こそぎひっくり返してやると……奴からそううきいたとき、私は何も返せませんでした」

自らもまた浅草の道場を去り、安之《やすゆき》が以前世話になっていた道場の門下に入ったと、陣内は話を締めた。いっとき無音の闇が落ち、おそるおそるお蝶がたずねた。

「……陣内さんも、そうなのかい？　身分なぞない、旗本も御家人もない世の中になればいいと、そう思っているのかい？」

虚《きょ》を突かれたように、しばしの間があいて、それから陣内は答えた。

「冷飯食いのままなら、あるいは同《どう》じていたやもしれません。ですがいまは主《あるじ》を持つ身。私は痩《や》せても枯《か》れても武士でありたい。主家の御為《おんため》に働くことこそ、武士の本分です」

「相変わらず、固っ苦しいね、陣内さんは」

そう言いながら、声は嬉しそうに弾《はず》んでいた。

「それに何よりも、奴がすっかり様変わりしていたことが、気になりました」

「様変わりって？」

「もとはあんな、死んだ魚のような目はしていなかった。あれはすでに、侍の目ではない。ただの人斬りのものだ」

だからこそ世直しに加わる気には、到底なれなかったと陣内は明かした。

「陣内さんのご朋友《ほうゆう》は、何ていうんだい？」

「尾賀《おが》一馬《かずま》という男です」

「何だって！」

お蝶の頓狂《とんきょう》な声が、上にまで抜けたのだろう。うるさいというように、どん、と地下蔵の木蓋《きぶた》が鳴った。

「尾賀一馬って……馬面《うまづら》にぼらの目鼻をくっつけたような、あの男かい？」

「いかにも」

あまりに的を射た描写に、笑いを堪《こら》えた陣内が、ごほんとひとつ咳払《せきばら》いする。

「あいつは、あの尾賀って男は……あたしの仇《かたき》かもしれないんだ」

「どういう、ことです？」

陣内は、こればかりは何も知らぬようだ。とまどった声が返る。

「あたしのおとっつぁんは、王龍党の誰かに殺されたんだ。殺したのは、尾賀一馬かもしれない」

「何と！　真《まこと》ですか！」

陣内の大声に、ふたたび暗い天井が、どん、と苛立《いらだ》たしげに鳴った。

「よもや一馬が、そこまで手を汚していようとは……」

「まだ確かめちゃ、いないんだけどね」

肩を落とす陣内に、お蝶が気休めを口にする。

「陣内さんは、他に何かつかんだのかい？」

はい、と神妙な声がした。陣内は仲間に加わるふりで、当たりさわりのない榊家のあれこれを伝えていたが、数日前、進退窮《きわ》まる命が下された。

「お蝶さんをさらって榊家を出ろと……そのような真似が、できるはずもなく」

「言ってくれれば、ふりくらいしてあげたのに」

「とんでもない！」

的場道場を離れる前に、どうしても確たる証《あか》しを手に入れたかった。だからこの舟宿に潜入したと、陣内は語った。

「この辺りに出稽古に来た帰り道、私が知った顔を見かけて、しばし役目を抜けたのを覚えていませんか」

「ああ、あたしが呑み屋で、ぶっ倒れちまった晩のことだね」

少し考えて、あっけらかんとお蝶が応えると、

「さようです」と、苦い声が返る。「尾賀を見つけて、声をかけたのはそのときでした」

「それで尾賀一馬に、近づくことができたんだね」

「はい。はじめは単なる馴染みの店かと思うていましたが、『卯刻』については仲間内でも口にするなとあいつに止められた」

的場道場の門弟の中でも、この舟宿のことは、ごく一部の者しか知らない。だからこそ陣内は、『卯刻』が怪《あや》しいとにらんだ。

「ここに連中の、大事なものがあるのかい？」

「ありました、この石蔵に……私と入れ違いに、運び出されてしまいましたが」

上の方を気にして、声をひそめた。

「火薬です」

あ、とお蝶の口があいた。

「こんな町屋の真ん中に、そんな物騒なものを隠してたってのかい」

道場の内では、万一暴発でもしたら、企みそのものが露見する。また、火薬に湿気は大敵だが、逆に置場所としては引火の恐れが少ない。

「何よりも堀端《ほりばた》なら、運ぶ手間がかからない。だからこそ隠し場所にしたのでしょう」

「そういえば、火薬をいったん湿気《しけ》らしてしまったときいた」

と、お蝶は、やはり王龍党の一味である旭屋房五郎《あさひやふさごろう》の話をした。尾張《おわり》藩御用達の金物《かなもの》問屋だが、主には代々火薬の製法が伝えられていた。川に近い場所だから、大雨で石蔵に水がしみ込んできたのだろうと、お蝶は推測を口にした。

「でも、持ち出された火薬は、いったいどこに……」

「むろん、江戸城です」

ごっくりと、お蝶が唾《つば》を呑んだ。

「けど、どうやってお城に入れようってんだい？」

「王龍党には、御用達商人がいく人も名を連ねています。品を納める際に、長持《ながもち》の底に敷き詰めるなどすれば、城内に入れることはできましょう。あとは城中にいる別の仲間が、火《ひ》縄《なわ》に火をつける。城勤めの家臣の中にも、王龍党の者がおりますから」

「それなら、打ってつけの御仁がいる」

お蝶は陣内に、岩淵長門守《いわぶちながとのかみ》もまた、王龍党の一味だと明かした。

「南町のお奉行が、世直しに与《くみ》しているというのですか！」

「町奉行なら、お城のたいがいの場所は行き来できるんだろ？　もしかしてあの人が、火付けの役目を果すつもりじゃあ」

「いえ、連中は明朝、事を起こすつもりでいる。奉行の登城より前ですから、火付けは城中の仲間に任せるはずです」

「明朝って、それはたしかなのかい？」

「日の出一刻《いっとき》前、暁《あけ》七つ、たしかにそうききました」


目が利かないと、時の感覚もあいまいになる。だが、ふたりが互いに知り得た種《たね》をやりとりしている最中《さなか》であったから、一刻も経ってはいないだろう。

上の方で物音がして、天井の木蓋が外された。

　するすると梯子が下ろされて、「下りろ」と命じる声がする。またひとり地下蔵の仲間が増えるようだ。目が慣れないから、わずかな光がまぶしく感じる。四角い光の中を、用心しいしい、ゆっくりと下りてくる姿をお蝶と陣内は見守った。

　歳はお蝶と同じくらい、まだ若い娘だった。格好からすると、富裕な武家の息女のようだ。娘が下りると、また梯子が引き上げられる。蓋が閉まる瞬間、胸の前で両手を握りしめ、心細げに突っ立っている姿が残像のように目の中に残った。

「大丈夫かい？　怪我《けが》なぞないかい？」

　脅かさないよう、できるだけそっと声をかけたつもりだが、相手がびくりとなったのが気配で伝わる。

「お嬢さんも、連中にかどわかされたんだろ？　あたしたちもおんなじさ」

　お蝶がそう告げると、ようやく警戒を解いたのか、娘がそろそろと近づいてきた。

「あたしは蝶。日本橋高砂町《にほんばしたかさごちょう》で長唄師匠をしています」

「南町奉行所与力《よりき》を務める、榊家のお嬢さまだと名乗った方が、通りがようございますよ」

　すかさず陣内が文句をはさみ、自身もその若党だと名乗る。

「まあ、では父上配下の者の、お身内なのですね」

　娘がひどく驚いて、お蝶は首をかしげた。

「父上さまの配下というと……？」

「はい。私は南町奉行、岩淵是久《これひさ》が娘で、矢緒《やお》と申します」

お蝶と陣内が、仰天《ぎょうてん》のあまり同時に叫ぶ。石蔵の中に大きくこだましたが、三度目ともなると飽いたのか、見張りからは何も返らなかった。

「岩淵って、あの、その、一今《いっこん》さまですか」

「さようです。父の俳号をご存知なのですね」

嬉しそうな声音《こわね》に、互いに相手が見えぬまま、主従ふたりが顔を見合わせる。

「矢緒さんは、どうしてこんなところに？」

「私も仔細《しさい》は存じません。ただ、父の動きを封じるためだと、そうききました」

お蝶とまったく同じ理由で、岩淵の娘がかどわかされた。きいたふたりが、たちまち色めき出す。

「どういうことです？　……さまは、敵方ではなかったのですか？」

「そのはずだよ。だって血判状にちゃんと載っていて、あたしもこの目で見たんだから」

ひそひそと交わされる話に、矢緒が割って入った。

「あの、おふた方、もし仔細をご存知でしたら、教えていただけませんか」

「いえ、その……ご存知だと思っていたら、ご存知じゃないかもしれなくて」

「我らもまだ、すべてを判じたわけではございませんので」

しどろもどろのお蝶に、陣内が言葉を添えると、さっき見た心細げなようすが嘘のように、凜《りん》とした応えが返った。

「ご存知の限りで構いません。私も武家に生まれた身、父や家のためなら、命を賭《と》す覚悟はあります。ですが、わけもわからぬままに逝《い》くのは、やはり口惜《くちお》しゅうございます」

「えらい！　矢緒さん、あんた、見上げた心意気じゃないか！」

感じ入ったお蝶が、抱きつかんばかりの勢いで褒《ほ》めちぎる。

「まさしく武家の息女の鑑《かがみ》。どなたかにも、見習っていただきとうございますな」

「いちいちひと言多いんだよ、陣内さんは。それに矢緒さんも、決して命を粗末にしちゃいけないよ。死んで花実《はなみ》は咲かないからね」

「お蝶さん、武家と町場では、物の習いが違いまする」

えらそうに説教まではじめたお蝶を、陣内がたしなめる。

「何が違うもんかね。誰だって命ひとつで、世を渡っているじゃないか」

「皆が皆、そのように手軽な考えなら、ようございましたがね」

「お手軽で、悪かったね」

お蝶は即座に応酬したが、陣内は決して皮肉だけを口に上《のぼ》せたわけではなかった。

「皆がそうなら、世直しなぞ起こりようがありませんから」

嚙《か》みしめるようにそう言って、陣内は岩淵矢緒に事の経緯を語り出した。

「いまのはおそらく、夜四つの鐘です」

かすかに届く鐘の音に、陣内が耳をすませた。お蝶がここに籠められてから、かれこれ二刻近くが過ぎたことになる。

お蝶と陣内が話を終えて、父が幕府転覆《てんぷく》の企《くわだ》てに関わっていると知った矢緒は、むろんひどく驚いたが、やはり武家の娘らしく腹は据わっているようだ。

「そういえば、朱龍《しゅりゅう》の札というのは、たしかに屋敷の神棚《かみだな》にございました」とだけ応えた。

岩淵が王龍寺の信者であることだけは間違いないようだが、それより先は矢緒にもわからない。ただ、矢緒は、己がかどわかされた理由にだけは心当たりがあった。

「私は三人の兄とは歳が離れていて、ただひとりの娘です。そのためか、父にはいささか過ぎるほどに大事にされておりました」

「あたしのお兄さまも、おんなじさ。うっとうしいくらいの気の遣いようでさ」

岩淵も兄の安之も、武家であり、また公儀抱えの役人でもある。幕府の大事とあらば、身内を捨てる覚悟はあって然るべきだ。それでも矛《ほこ》の勢いが鈍る因《いん》にはなるやもしれない。お蝶も矢緒も、己の存在をそのように受けとめていた。

「あたしらのせいで、連中の企みが首尾よく運ぶってことも、なきにしもあらずなのかね」

「私も、いまとなっては、それが何より恐ろしゅうございます……それならいっそ、ここで自害して果てた方が……」

「死ぬのは法度《はっと》だと、そう言ったろ。それに、矢緒さんがここで死んでも、お父上にわからなければ無駄死にじゃないか」

「さよう。それに懐《ふところ》刀《がたな》がなくては、命を断つ術《すべ》さえありませぬ」

陣内が悔しそうに言ったのは、矢緒の懐剣と同様に、己の二本の刀もまた相手に奪われていたからだ。

「こうして生かしておく以上、事が済んだら帰してくれる腹積もりなのかねえ」

お蝶が闇一色の天井を見上げたとき、階上の戸が開く音がした。

「飯時なのかもしれません。今日はいつもより遅いようですが」

一日に二度、握り飯がさし入れられていたと、陣内が小声で言った。そのとおりの口上が上からきこえ、さらに話が続く。

「お師匠さまが、皆さまをお呼びです」

「おお、ではいよいよ事を成すときが来たか」

応じる見張りの声に、陣内と矢緒が緊張する気配があった。だが、お蝶は、飯を運んできたらしい男の方が気になった。たしかに知った声だ。知らず知らず耳をそばだてていた。

「ここの見張りは、おれたちが替わります。おふたりは道場へお急ぎください」

頼んだぞ、と興奮混じりの声とともに、ふたりの見張りは廊下に出て行ったようだ。地下にいる三人は、固唾《かたず》を呑んで天井を見上げていた。百数えるくらいの間の後に、ぎしりと蓋のあく音がして、橙《だいだい》色の弱い光がさし込んだ。

あと一刻ほどで真夜中になる。燭台《しよくだい》の灯《あか》りは、ゆらゆらと頼りなく石の床に落ちていた。ふいに懐かしい声が、お蝶の頭の上でした。

「お蝶ちゃん」

一瞬、子供の頃に戻ったような奇妙な錯覚《さつかく》に囚《とら》われて、お蝶は茫然《ぼうぜん》と四角い光を見上げた。唯一の光の注《そそ》ぐその穴が、まるで先への光明のようだ。

「お蝶ちゃん、いるんだろ？　何か返してくれ」

「千《せん》……ちゃん」

お蝶がゆっくりと立ち上がり、ふらふらと光の方へと引かれていく。上から見下ろす顔は、灯りの影になっている。それでもお蝶はすぐにわかった。

「千ちゃん！」

隙間風が蠟燭《ろうそく》の火を揺らし、千吉《せんきち》の頭にまだらの影を作った。

すぐに梯子が下ろされて、お蝶と矢緒、陣内の順に、ひとりずつ地上に上がる。

床に置かれた手燭《てしょく》の灯りだけが頼りだったが、千吉の仲間なのだろう、百姓《ひゃくしょう》姿の三十くらいの男が手を貸してくれる。三人を上に引き上げると、男はあらためて与平《よへい》と名乗った。

「お蝶ちゃんがかどわかされたときいて、生きた心地がしなかった。お蝶ちゃんのことだから、また無茶をしてるんじゃねえかと気になってな」

お蝶が無傷であることを確かめると、千吉はどっと安堵《あんど》の息をついた。

少し気弱そうなその笑顔が、途方もなく懐かしい。なのに一方で、つい数日前まで同じ長屋にいた幼なじみとは、まるきり別人のようにも見える。

「お蝶ちゃん、どうした。どっか痛《いて》えのか？　それとも、腹が減ったのか？」

石蔵を出てから、ずっと黙ったままのお蝶を、千吉が心配そうに覗《のぞ》き込む。

とたんに、ぱん、と派手な音がして、その場の誰もが呆気《あっけ》にとられて口をあけた。

だが、いちばんびっくりしているのは、叩《たた》かれた千吉だった。

「お蝶……ちゃん」

打たれた頰《ほお》に手をやって、ただとまどっている。いつもより上がりぎみに見えるお蝶の目から、ぼろぼろっと大粒の涙が噴き上げた。

「生きた心地がしなかったのは、こっちの方さ！　無茶をしたのも、心配をかけたのも、千ちゃんじゃないか！」

泣き顔を隠そうともせず、子供のように盛大に涙をこぼす。千吉がたちまちおろおろと、お蝶の肩に手をおいた。

「すまねえ、お蝶ちゃん……そのう、挨拶もなしにいなくなって……そんなに案じているとは知らなくて……」

どんなになだめても、お蝶の涙は止まらない。千吉が困ったように、お蝶の頭越しに陣内を見やった。

「事の仔細を、知ってしまったんだ。王龍党が何をなさんとしているかも、その企みにおまえと雉坊殿が加わっていることもな」

陣内の言に、千吉の眉《まゆ》が辛《つら》そうにしかめられた。

「そうか……お蝶ちゃんに、ばれちまったのか」

「何だい、その言い草は！」涙をふりこぼしながら、お蝶が食ってかかる。「もう二度とあたしに嘘はつかないと約束したのに……千ちゃんはそんなことも忘れちまったんだろ！」

「覚えてる。覚えてるよ、お蝶ちゃん……だから、ずっとすまないと思ってた。お蝶ちゃんを欺《あざむ》き続けていることが、心底辛くてならなかった」

「だったら、どうして……」

涙に塞《ふさ》がれて、後の言葉が続かない。お蝶に代わって、ふたたび陣内が口を開いた。

「千吉、話してくれ。おまえたちは本当に、世の中をひっくり返すつもりなのか」

「私も、ききとうございます！」と、矢緒が続いた。「父は御上から、重い役目を賜《たまわ》っております。その父が、真《まこと》にご公儀に弓を引こうとしているのですか！」

「困ったな……あまりに込み入っていて、どっから告げたらいいか」

ふたりに責められて、窮《きゅう》したように千吉が下を向く。

「ただ、お奉行さまは大丈夫でさ。企みには、一切与しちゃおりやせん」

「真にございますか！　ですが、父も王龍党に名を連ねていたと……」

「王龍党は、ふたつあるんでさ」

え、と囚われていた三人が、同時に声をあげた。

「というより、ふたつに分かれちまったんだ……安右衛門《やすえもん》の旦那《だんな》が死んだ。それがきっかけで、王龍党はふたつに割れた」

「おとっつぁんが、死んだためって……どういう、ことだい？」

そこまで話すと夜が明けると、千吉は仔細を告げず、だがもうひとつだけ教えてくれた。

「片方の頭が岩淵是久さま、もう片方の頭が、的場永達《えいたつ》さまだ」

陣内がつと考え込んで、気づいたように顔を上げた。

「もしや、此度《こたび》の世直しを行わんとしているのは、的場側の者たちだけなのか!」

千吉がうなずくと、すぐさま矢緒が続く。

「では、父は本当に……」

「岩淵さまはずっと、的場さまを止めようとなさっていた」

ああ、と矢緒が、安堵のあまり涙ぐむ。

「でも、千ちゃんは、的場道場の門弟だろ?」

「うん、そのとおりだ」と、千吉が残念そうに告げる。

「坊さんは、雉の坊さんは、どちらの側なんだい?」

「あの人は、いわば王龍党の総元締めだ。つまりは岩淵さまと的場さまよりも上なんだ」

「だから、坊さんは、どっちの味方かって……」

しっ、と与平が、指を立てた。最前から廊下に面した戸口から離れないのは、用心のためだったのだろう。すぐに廊下を伝う足音がきこえ、板戸が遠慮なく開かれた。

先刻までいた見張りとは別の顔だが、やはり的場道場の門弟らしきふたりの侍だった。

「おまえたち、これはどういうことだ。その者たちを、すぐに床下に戻せ！」

ひと目で事の成り行きを察したようだ。前のひとりが声を張り上げた。

「ちっ、まだ残ってやがったか」

千吉と与平は目でうなずき合うなり、猛然と戸口に向かって体当たりした。うわっ、と叫びざま、戸口にいた門弟ふたりが、千吉と与平ごと廊下を越えて庭に転がった。

「おのれ、千吉、裏切るつもりか！」

千吉に組み伏《ふ》せられた男が、もがきながら必死に抗《あらが》う。

「そんなのいまさらだ！　おれはお蝶ちゃんのためだけに動くと、とうの昔に決めたんだ！」

「千ちゃん……」

真っ暗な庭に、千吉の声がこだまする。廊下に出たお蝶が、胸の中にそれを籠めるように、胸許で片手を握った。

千吉たちに加勢するつもりなのだろう。陣内が庭にとび下りた。動きは軽く、とても何日も閉じ籠められていたとは思えない。生真面目なこの男らしく、いつでも敵とやり合えるよう、暗い床下蔵でも鍛錬《たんれん》をかかさずにいたのである。

だが、千吉は、相手を押さえつけながら背中の陣内に怒鳴った。

「あんたの刀は、そこの縁の下にある！　お蝶ちゃんとお嬢さんを連れてここを出ろ！」

「しかし……」

「こっちは心配ねえ、他の者に見つかる前に、早く！」

重ねて叫んだのは、与平だった。見かけによらず武術の心得があるようだ。当て身を食らわされた門弟は庭に伸びていて、与平はすかさず千吉の加勢にまわった。

「千吉、ひとつ教えてくれ。一馬は……尾賀一馬はどこにいる？」

「今頃は皆、的場道場に集まっているはずだ」

後ろから相手の首を羽交《はが》い絞《じ》めにしていた千吉が、ようやく腕をゆるめた。気絶した門弟が、地面に長くなった。

「あんた、あの人の知り合いなのか」

こくりとうなずいた陣内の面《おもて》には、かすかな迷いがある。剣で決着をつけたいと、陣内は言っていた。いまを逃せば、その機会は二度と訪れないかもしれない。それでも己の役目はお蝶の護衛だと、心得ているようだ。ふたたび千吉に促されると、縁の下から二本の刀をとり出し、お蝶と矢緒に声をかけた。

「参りましょう」

陣内の後ろに従いながら、お蝶の胸に不安が音を立てて押し寄せた。

少し気弱そうにも見えるやさしい顔は、昔と同じだ。なのにやっぱり何かが違う。

「おれはまだ、やらなきゃならねえことがある」

「千ちゃんも、一緒に……」


「お蝶さん、よくぞご無事で！」

「お姉さま……」

南町奉行所の役宅に矢緒を送り届け、陣内とともに八丁堀《はっちょうぼり》の屋敷に戻ったのは、真夜中に近い刻限だった。しかし兄夫婦は、まんじりともしていなかったようだ。お蝶の帰りを知ると、ふたりそろって玄関にとび出してきた。

沙十《さと》の顔を見たとたん、ひと息に緊張が解けて、お蝶が思わず涙ぐむ。だが、傍《かたわ》らにいる兄の大げさな喜びように、涙は落ちる間もなく引っ込んだ。

「お蝶、お蝶、よう戻った！　沙十から知らされたときは、心の臓が止まりそうになったわ。怪我はないか？　何か無体はされなんだか？　よもや門弟たちに不埒《ふらち》な真似など……」

「お兄さま、勝手に心配の種を増やさないでくださいな。あたしは大丈夫ですから」

「陣内も、ご苦労でした。よもやおまえまでが、捕えられていたとは」

沙十は隅に控えた陣内に、言葉をかけた。

「お恥ずかしい限りです。相手方を探らんと、勝手を通した私の手落ちにございます」

恐縮しきったようすで陣内がかしこまる。ひとまず座敷に移り、お蝶と陣内が仔細を告げた。

「お奉行の娘御も、かどわかされていたというのか！」

岩淵は敵側だと考えていた安之には、何よりもそれが驚きだったようだ。岩淵が的場の企みを止めようとしているときくと、滅多に見せぬ難しい顔になった。

「お兄さま、これから的場道場に捕方《とりかた》を踏《ふ》み込ませるんですか？　千ちゃんも、お縄にするつもりですか？」

「それは、千吉しだいだ。真に御上に弓引くつもりなら……」

「千ちゃんは、あたしを助けてくれた！　とうの昔からあたしのためだけに動いていると、そう言ってたんだ！」

「我らを逃がした上は、千吉は少なくとも的場側にとっては裏切者です。動きを共にするとは、考えにくうございます」と、陣内も言葉を添える。

安之は、困ったように眉尻を落としたが、唇《くちびる》はいつになく固く引きしめられていた。

「お蝶、おれはまだ、事の真実《まこと》に辿り着いていない。だからいまは、何も言えぬ」

「お兄さま……」

「おまえがさらわれたと知らされて、先に進めずにいたが……だが、もし岩淵さまの加勢を得られれば、まだやりようがある。連中の企みを挫《くじ》くことができれば、千吉を助ける術もあるやもしれぬ」

安之が、すっくと立ち上がった。

「おれはこれから奉行所へ行く。後を頼んだぞ、沙十」

「かしこまりました」

「陣内、おまえは沙十とお蝶を守れ。良いか、事が済むまで決して目を離すな」

「御意」

陣内が頭を下げる。だが、うつむいたその顔には、やはり屈託《くったく》が刻《きざ》まれていた。

出仕度《でじたく》を手伝うために、安之と一緒に沙十も出ていくと、お蝶は陣内ににじり寄った。

「陣内さん、的場道場へ行きたいんだろ？」

こそりとささやいたお蝶を、陣内がふり返る。

「あたしもさ。あたしもあの道場へ行って確かめたい。尾賀一馬が、本当におとっつぁんを殺した下手人なのか、千ちゃんが、坊さんが、本当は何をどうしたいのか、ちゃんとふたりにきいてみたい」

「正直、私も同じです。一馬が本当に人殺しになり果てたのなら……」と、陣内は言葉を切って、ぐっと膝上《ひざうえ》で両の拳《こぶし》を握りしめた。「あいつを止められるのは、おれしかいない！」

「だったら、一緒に道場へ行こうよ」

「何を馬鹿な……」

「明日の……いや、もう今日だ。あとふた刻もすれば、事ははじまっちまうんだろ？何よりお兄さまや町方役人が出張る前に動かないと、すべてが手遅れになる。あたしは千ちゃんと坊さんを、むざむざ罪人にしたかないんだ。いまならまだ、間に合うかもしれない」

しかしお蝶の身を案じてか、陣内の顔には迷いがある。

「こうまでこっぴどく、巻き込まれちまったんだ。いまさら指をくわえて、人任せになんぞできやしない。てめえの尻《けつ》の落としどころは、てめえで決める！　それが辰巳《たつみ》芸者だったおっかさんから受け継いだ、あたしの心意気だ」

陣内は目を見張り、お蝶をまじまじと見詰めた。そして、堪《こら》え切れぬように吹き出した。

「どうしてそう、物言いに品がないのか」

「悪かったね」

「だが、力はある」

お蝶にうなずいた陣内の目は、しかと定まっていた。

音を立てぬよう気をつけながら、縁《えん》から庭に抜ける。安之はすでに屋敷を出たが、玄関脇には若党が詰めているから表門は使えない。途中で草履《ぞうり》を調達して、裏へと抜けた。裏門に人影はなく、難なく屋敷の外へ出る。しかしほっと息をついたとき、ふたりの背後から声がした。

「どちらへ行かれるつもりですか?」

お蝶と陣内が、いっぺんに総毛立った。

「おねえ、さま……」

「まことに油断も隙もございませんね。陣内、旦那さまはおまえに何と申しました?」

「……決して目を離さず、方々《かたがた》をお守りしろと……」

「わかっていればよろしい。では、参りましょうか」

「参りましょうって、お姉さま、どこへです?」

「行き先は、お蝶さんがお決めになられるのでしょう? 私の見当ですと、虎《とら》ノ門外《もんがい》の的場道場ではありませんか?」

にっこりと笑う沙十の傍らには、常のとおり大ぶりの杖《つえ》を手にした作蔵《さくぞう》が控えている。

「いや、しかし、旦那さまのお言いつけが……」

「陣内、私たちを守るのがおまえの役目ですが、八丁堀にいろとは、旦那さまはひと言も申しておりません」

「お姉さま、よろしいんですか？」

「いま止め立てしても、また屋敷を抜ける算段をされかねませんし」

腹の内を言い当てられて、お蝶が苦笑いを浮かべる。

「それに、私もやはり気になってなりません。何より、こうまでかかずらわった揚句に蚊帳《かや》の外では、巻き込まれ損ですから。やはり落着は、己の目で確かめとうございます」

ぐっ、と陣内の喉《のど》が鳴ったのは、笑いを堪えたためらしい。

「お血筋は違うはずが、よう似ておられる」

義理の姉妹をながめて、陣内はこそりと呟《つぶや》いた。

的場家は裕福な旗本の家柄で、道場のある虎ノ門外の屋敷もまた、拝領屋敷のひとつだった。的場家の次男であった先代がここに道場を構え、当代の永達が養子に入り、これを引き継いだ。

塀の長さから推しても、八丁堀の組屋敷よりもずっと広く、立派な櫓門《やぐらもん》が表を固めている。門外には、弟子らしい門番ふたりが、微動だにせず立っていた。

「あれじゃあ、楽に屋敷の内には入れてもらえそうにないね」

向かいの塀の陰から窺《うかが》って、お蝶が口を尖らせる。

「あれを片付けるのが、まずは先ですか」陣内は言ったが、

「騒がれでもしたら、面倒です。ひとまず裏口を探しましょう」と、沙十は応えた。

表門は西に面していて、東南は隣家に塞がれている。四人は北側の長い塀を、足音を忍ばせて進んだが、先頭にいた陣内がふいに足を止め、しゃがむように合図した。この辺りは白壁や板塀に囲まれた武家屋敷ばかりだから、咄嗟《とっさ》に隠れる場所もない。塀際に屈んだ格好で、何事かとお蝶や沙十も首を伸ばす。

塀の外に、人影が見える。五、六人はいるようだが、月明かりに浮かぶ輪郭《りんかく》が妙だった。葛籠《つづら》のような大きな箱を、それぞれが背に負っているようだ。そう察しをつけたとき、お蝶が思わず小さく叫んだ。

「千ちゃん……千ちゃんだ！」

ふり返った陣内が、静かにと促す。裏門脇の潜《くぐ》り戸から、人影は次々と塀の内に吸い込まれ、やはり荷を負ってそのしんがりについたのは千吉だった。駈け出したくて

たまらないと催促する足を、懸命に押し留める。千吉の姿が消えると、門はまた閉ざされた。中の足音がしなくなると、ようやく陣内が腰を上げた。

「閂《かんぬき》の音がしませんでしたし、中に人の気配もありません」

おそらくは門番も一緒に荷運びを手伝っているのだろうと、様子見に行った陣内が告げた。沙十がうなずいて、四人が足音を忍ばせ裏門に近づく。陣内が用心深く押すと、潜り戸はかすかなきしみを立てて内側にあいた。邸内は静かだが、人の気配はする。

「王龍党の者たちが集まっているのなら、おそらくは道場でしょう。まずはそちらに」

何のためらいもなく、先に立って歩き出した沙十に、お蝶の不安がたちまち募る。

「お姉さま、大丈夫ですか？　塀の内とはいえ、その辺の町屋一丁分はあるんですよ」

常のとおり、また見当違いの方角に行きはしまいかとひやひやする。

「武家屋敷の内なぞ、どこも同じようなものですし」にっこりと沙十は返したが、

「卒爾《そつじ》ながら、私が露払《つゆはら》い役を務めまする。道場は中庭にあります」

この屋敷に出入りしていた陣内が、案内役を買って出る。案の定、沙十とはまったく逆の方角を示し、お蝶と作蔵はやれ助かったとばかりに胸をなでおろした。

陣内は塀の内側に沿うようにして庭を伝い、大きな土蔵の脇で足を止めた。黙って指をさした先に、道場らしき建物が見えた。

中庭は、東西を道場と土蔵、南北を屋敷の壁に囲まれている。道場の外もまた、稽古場として使うためだろう。中庭は何の造作《ぞうさく》もなく、踏み固められた剝《む》き出しの地面がぺろりと広がっていた。

多少古びてはいるが、その辺の町道場にくらべれば、はるかに大きな稽古場だった。声が外へ届かぬようにとの配慮か、雨戸をぴっちりと立てているが、板のゆるんだ隙間からところどころ灯りが漏れて、中からは人の気配がする。腰をかがめた格好で、陣内を先頭にそろそろと近づく。作蔵だけを見張りに残し、三人はそれぞれ雨戸の破れ目や隙間を見つけて中を覗いた。

二百、いや三百かそれ以上か、道場からあふれんばかりの男たちが、姿勢を正してずらりと居並んでいた。皆一様に緊張した面持《おもも》ちだが、列の前と後ろでは、明らかに身なりが違う。前にいるのは侍が多く、町人らしき姿が混じる。おそらくは的場道場の門弟たちだ。だが、その後ろに並ぶのは百姓が大方を占め、ひどく身なりが貧しかった。

道場の上手《かみて》には、皆と向き合う形で顔役らしき三人の男が座し、尾賀一馬の姿もある。やはり的場の門弟と思しき侍姿の男が進み出て、顔役たちに一礼し皆の前に立った。

「かねてよりの我らの悲願を、ついに成すべき時が来た」

道場の内が、そのひと言でぴりりと引き締まった。同時に雨戸がはち切れんばかりの興奮が、外にいるお蝶にも肌で感じられた。決起に際し、士気を鼓舞《こぶ》する声が続く。

ここに千吉もいるのだろうか——。そう思うだけで、お蝶の胸がしめつけられる。彼らはこれから、命を賭しに行くのだ。死ぬかもしれない。しくじって、酷《ひど》い罰を受けるかもしれない。なのに誰の顔も、それを憂えてはいない。

世を直し、国を救う。誰もがその熱に浮かされて、そこには一片の恐れもなかった。

「今宵、雉叡《ちえい》さまをお迎えし、王龍党のすべての者がここに集うた」

その名を耳にしたとたん、お蝶のからだがびくんと弾んだ。

場内の期待と興奮がますます高まる中、下手の戸口から雉坊の大柄な姿が現れた。雉坊を目にしたのは、いつ以来だろう。いくら考えても、お蝶には思い出せない。堂々としたその姿に、ただ、胸がいっぱいになった。

「おれが今日ここに来たのは、導慧《どうけい》さまの遺志を全うするためだ」

響きのよい雉坊の声が、くっきりと届いた。

「皆も知ってのとおり、先ごろ導慧さまが亡くなられた」

顔役たちが脇に寄り場所をゆずり、雉坊はそこにどっしりと胡坐《あぐら》をかいた。

「おれは死に目にも枕辺《まくらべ》におれなかった不肖《ふしょう》の弟子だ。だが、だからこそ、師の最後の願いだけは、何としても叶えてさし上げたい、そう思うておる。そのために師の喪《も》も明けぬうちに、相模《さがみ》の王龍寺から皆を呼び寄せた」

後ろに居並ぶのが、相模から来た者たちなのだろう。てんでにうなずいたり、目顔を交わし合ったりする。

「事を成す前にひとつ、確かめておきたいことがある」と、雉坊は三人の顔役をふり向いた。「的場永達」

は、とひとりがかしこまった。尾賀一馬の隣にいる男で、大柄な尾賀と並べると意外なほどに小さく見える。あれが的場永達かと、お蝶は目を凝《こ》らした。

「千代田《ちよだ》の城に討ち入ると、その心決めは変わらぬか」

「むろん。導慧さまの仰《おっしゃ》った、身分などに囚われぬ平らかな世の中を築きたい。ただその一念で、ここまで参りました。ようやく万端相整うて、今日を迎えるに至ったことは、某《それがし》には無上の喜びにございます」

師匠の意志を裏打ちするように、前を占める門弟たちがしかとうなずく。

「そうか」

顔を戻して、雉坊が立ち上がった。大きな瞳が、かすかに曇る。

「致し方ない。ならば、腕ずくで止めるしかあるまい」

間髪入れず、列の後ろに座していた者たちが、いっせいに立ち上がった。的場の門弟たちはたちまち浮き足立ったが、前に座す的場と尾賀だけは、泰然《たいぜん》とした姿を崩さなかった。

「雉叡さま、これは、どういうことにございますか」

立ち上がった的場の目が、すっと細くなった。

「どうもこうもない。どうあっても、おまえたちを止めよ。それが師の遺言だ」

「しかし導慧さまはくり返し、身分に囚われるなど馬鹿げたことだと、そうお教えに……」

「おまえたちはその教えを、己の都合の良いように、ゆがめてしまっただけだ！」

雉坊は的場に向き直り、大きな目で威圧するように身を乗り出した。

「いいか、身分の別のない世の中にせんとする、その志《こころざし》はたしかに立派だ。だがな、やり方を違えては何もならない」

「やり方と、申しますと？」

「いかな大義があるにせよ、人を傷つけ殺すことを、師が認めると思うのか！」

「血を流さぬ世直しなど、絵空事に過ぎませぬ」

的場永達は、挑むように言い切った。古来綿々《めんめん》と、いくつもの御上が立っては崩れ、そのたびに乱が起き、人が死んだ。そのような流血を、これで最後とするために王龍党は決起したのではなかったのかと、的場は詰め寄った。

「御上などなければ、無用な争いも起こらない。それこそが師の望んだ、平らかな世でござろう！」

怒りのようなものが、初めて的場の頬に浮いた。己の理想が、最上のものと信じて疑わない、幼子のように純粋な信念がそこにあった。だが、雉坊は知っていた。一片の曇りもない世の中など、決して実現するものではない。何故なら、そこに人が在るからだ。

「師が直せと言ったのは、世の中ではない。もっとずっと広いもの——ひとりびとりの、その心だ」

「ここに来て、説教ですか」

的場は鼻にしわを寄せたが、雉坊は構わず続けた。

「身分に囚われ相手を見下し、あるいは逆に己を卑《いや》しむようでは、せっかくの広々とした心を自ら狭めることとなる。人の気持ちは、存分に広げれば大海原《おおうなばら》にも勝る」

海のごとく清濁《せいだく》併せ呑む豊かさこそが、世を平らかに導く。それこそが、導慧の本当の教えだと、雉坊は説いた。

「所詮《しょせん》はお坊さまだ。我ら侍とは、どうあっても相容《あいい》れぬということか。しかし、もう遅い」

的場の表情は、少しも揺らぐことがなかった。

「すでに火薬は、商人たちの手により城中に運び込まれた。暁七つの鐘とともに、火縄に火がつけられる。いまさら止めることは叶いませぬ」

火薬が爆《は》ぜれば、城は大騒ぎとなる。その隙をついて、いっせいに踏み込む手はずとなっていた。

「それが叶うとしたら、どうだ」雉坊の大きな口が、にっと横に広がった。「待たせたな、おまえたち。入って来い」

よく響く声がかけられて、待っていたように下手の戸が外から開いた。
五、六人の男が戸口を塞ぎ、その先頭にいたのは千吉だった。
雉坊の指図で、大きな荷が千吉たちの手によって運び込まれる。どうやら茶箱であるらしく、全部で四つあった。門外で見かけた千吉たちが、背に負っていたものだと、お蝶は見当をつけた。

茶箱のひとつが、的場永達の前に据えられた。運んだのは千吉と、さっき『卯刻』

で会った与平だった。茶箱としては小ぶりだが、中身は茶葉よりずっと重そうだ。

「永達、中をあらためてみろ」

的場が言われたとおり、茶箱の蓋を外した。お蝶たちに横顔を晒《さら》している永達の両眼が、驚愕《きょうがく》に大きく開かれた。

「馬鹿な、どうして……何故これが、ここにある……」

仄暗《ほのぐら》い灯りのもとですら、顔色が変わったのがはっきりとわかった。がっ、と茶箱に片手を突っ込み、黒い塊《かたまり》を持ち上げる。わし掴《づか》みにされたその塊が、的場の指のあいだから、泥のようにぼとりぼとりとこぼれ落ちる。

「まさか……火薬か！」

師匠の手許を凝視《ぎょうし》していた尾賀が、弾《はじ》けるように叫ぶ。

「そうだ」と雉坊は短く応えた。

居並んでいた弟子たちが、茶箱から離れるように、思わずざっと後ろにのけ反《ぞ》る。

「水をたっぷり吸わせてやすから、火がつくことはありやせん」

「千吉、どういうことだ」

尾賀がどろりとした目でにらんだ。千吉は少しもひるまず、きつい目で尾賀をにらみ返した。

「坊《ぼん》さん……雉叡さまが、皆を説き伏せたんだ。城勤めのお役人や御用達商人、御上のお偉方まで。江戸に出てきてずっと、いく度も足を運んで、ひとりびとり辛抱《しんぼう》強く説いてまわった」

「江戸に来て、ずっとだと？」

左手についた濡《ぬ》れた砂鉄のような火薬を拭《ぬぐ》いながら、的場がきき咎《とが》めた。

「そうだ。おれは最初から、おまえたちを止めるために江戸に遣わされた。病に伏された導慧さまの代わりにな。江戸に不慣れなおれを、千吉はよく手伝ってくれた」

雉坊と目を合わせ、千吉の表情がかすかにゆるむ。

ずい、と一歩前に出たのは、尾賀一馬だった。その左手には、刀が握られている。

覗き穴から認めたお蝶が、思わず息を詰めた。

「千吉、末席とはいえ、おまえも我らが同門。なのに師たる永達さまを、欺き通していたというのか」

道場の内に据えられた燭台の火が、千吉を下から照らす。お蝶がかつて見たことのない、別人のような厳《きび》しい顔つきだった。

「騙《だま》していたのは、そっちじゃねえか。あんたたちがやろうとしてるのは、世直しという名の、ただの人殺しだ」

「ほざいたな、千吉。そこに直れ！」

尾賀が刀の鯉口《こいぐち》を切り、大股で歩み寄った。雉坊が制止したが、ふたりから遠く間に合わない。尾賀の右手が柄《つか》にかかり、その瞬間、お蝶は夢中で叫んでいた。

「千ちゃん、逃げて！」

通りの良いお蝶の声は、道場の内を光のように駆け抜けた。尾賀が動きを止め、縁の方をふり返った。抜きかけた刀を戻し、つかつかと歩み寄る。

「まずい、離れろ！」

陣内がお蝶のからだをわし掴みにしながら後ろに逃れ、沙十はすばやくその場を離れる。

同時にお蝶が張り付いていた雨戸が、内側から蹴破られた。雨戸は音立てて庭に落ち、尾賀のぞろりとした影が縁に浮いた。

「陣内か。何故、おまえがここにいる」

中にいる者たちの手で、次々と雨戸があけられて、道場の内の灯りが中庭に届いた。

「お蝶ちゃん！　ご新造さままで。何だってこんなところへ！」

「そうか、やはりおまえが解き放ったのか」

尾賀が、背後にいる千吉を憎々しげに見遣《みや》る。だがそのとき、どこからか人声が響いた。

じっと耳をすませていた尾賀が、はっとなった。「表門か！」踵《きびす》を返したとき、廊下を走る慌ただしい足音が迫り、屋敷の内から門弟がひとり道場にとび込んできた。

「師匠、大変です！　岩淵さまが！」

「岩淵だと？　もしや捕方《とりかた》を従えてきたのか」

「いえ、それが……捕方ではなく、やくざ者のような連中で」

妙な組み合わせに、一瞬、的場が間の抜けた顔になる。

「とにかく数だけは多く、おそらく百ではきかぬかと……」

門弟の話が嘘ではないという証拠に、大勢の足音が、逃げ道を断つように内からも外からも近づいてくる。

やがて道場の入口から岩淵是久が、次いで中庭の側から榊安之が姿を見せた。


「このような刻限に捕物とは、お役目熱心でござるな、南町奉行殿」

皮肉めいた口ぶりとは裏腹に、岩淵を前にした的場の顔が険《けわ》しさを増す。

中庭を突っ切ってきた一方の安之は、目の前にいるはずのない妻と妹、さらには若党の姿を見つけて仰天した。安之が何を言うより早く、お蝶は額の上に拝《おが》み手をかざし、沙十は意味深長な眼差《まなざ》しを送り、ていねいに辞儀をした。それで全てを察したのだろう。苦虫を嚙み潰《つぶ》すような顔をしながらも、安之はそのまま道場の縁先へと歩を進めた。

岩淵と安之の後ろからは、ぞろぞろと男たちが続く。皆総じて肩や胸に厚みがあり、よく日に焼けている。そろいの紺の法被《はっぴ》の背には、まるで炎が盛っているような立浪《たつなみ》の紋《もん》が染め抜かれていた。

「しかし、ずいぶんとようすの違う捕方だ。己の配下は、さすがに使えぬか。このような仕儀が御上に知れては、お主の首がとぶからな」

「そのとおりだ」と、岩淵が悪びれず的場に応えた。「それに、公儀に弓引く行いの始末に、御上抱《がか》えの捕方を使うのは、さすがに礼を失するからな」

文武両道に秀で仁徳にも篤いとの評判通り、岩淵の物腰はどっしりと落ち着いている。

「娘をさらうなどという卑怯な真似をした。もはや容赦《ようしゃ》はせぬぞ、的場永達」

「どこからかき集めたか知れんが、烏合《うごう》の衆では我が門弟には太刀打ちできんぞ」

「うちの雇い人に、けちをつけられちゃあ黙っていられねえな」

道場の入口に溜まっていた人足たちの塊が左右に分かれ、ひときわ大きな男が頭を屈《かが》めながら入ってきた。緋《ひ》の着物に濃紫《こむらさき》の袴《はかま》という、目が痛くなるような派手な出立ちだ。庭にいるお蝶たちからは、一段高い道場がちょうど舞台さながらで、まるで歌《か》舞伎《ぶき》役者でも見ているような心地がする。

「久しぶりだな、的場の大将《だいしょう》。もっとも、おれなんぞの顔は覚えちゃいなかろうが」

「おまえの無様な負け面なら、おれが覚えているぞ」

応えたのは的場ではなく、縁先にいた尾賀だった。

「ああ、おれもだ。下駄に腐った魚を貼《は》りつけたような、てめえのくそまずい面は忘れたことがねえ」

「いくら何でも、あれじゃ身も蓋もないよねえ」お蝶がこそりとささやいて、

「どなたかと、いい勝負ですな」陣内がすかさず返す。

「今日はあのときの借りを、返しに来た」

鳴海屋《なるみや》四十次郎《よそじろう》は、大刀を肩にかつぎ上げた。

「得物《えもの》ばかりが立派でも、腕が追いつかずば役には立つまい」

「おれが得たのはこいつじゃねえ。ここにいる仲間衆だ」

鳴海屋の人足たちが、「おうっ！」と鬨《とき》の声をあげ、静かな屋敷町にこだました。

「てめえの喧嘩《けんか》に子分を巻き込むなあ好かねえが、こんな面白い趣向なら一枚嚙ませろとうるさくてな」

「能書きはそこまでにしろ。剣は数ではない」

四十次郎と尾賀のやりとりを、的場がさらう。雉坊が、傍らから言った。

「だが、ひとり頭四人が相手では、力も尽きよう。我ら王龍寺の者たちも、加勢にまわる」

「雉叡殿、どうあっても我らと対するか」

「師の教えを、ゆがめることはできんからな。だが、人死にを出すのは本望ではない。永達、ここは潔《いさぎよ》く引いてくれぬか」

「我らに僧侶《そうりょ》の理は通らぬ。最後まで戦い抜くことこそが、武士の潔さというものだ」

「仕方がない。師にはあの世で詫《わ》びるとしよう」

雉坊の合図に、道場の後ろを占めていた信者が、次々と六尺棒を構える。どうやら雉坊同様、棒術を仕込まれているようだ。

「腕はおまえたちが上だ。皆の者、心してかかれ！」

師範の声に、的場道場の者たちが、いっせいに躍りかかった。

的場の門弟たちの塊が、あふれるように中庭にとび出し、残った者たちは道場の内で信者や人足に立ち向かっていく。

「迎え討て！」

中庭を埋めていた人足たちが、安之の命に雄叫《おたけ》びで応じた。匕首《あいくち》、棒、脇差《わきざし》と、手にした得物はさまざまだが、一様にその顔には恐れも怯《おび》えもなく、半ば嬉々として真剣相手に突っかかっていく。その理由は、すぐに知れた。

「てめえら、束《たば》になってかかれ！　ひとりにつき金三両。三人で囲みゃあ、仲良く一両だ」

四十次郎と対峙した尾賀が、鼻で笑う。

「ふん、仲間などと小賢《こざか》しい。所詮は金ではないか」

「金を疎《うと》んじるほど、こちとらガキじゃねえんだよ」

間髪入れず襲った四十次郎の大刀を、尾賀の刀が受けとめて、がちりと硬い音を放った。

互いに睨《にら》み合いながら、二本の刃がぎちぎちと悲鳴を上げる。

その奥では的場永達が、岩淵と雉坊に進路を塞がれていた。

「永達、おまえを負かすことはできんが、止めることならできる。しばらくおとなしくしてもらうぞ」

天才と誉《ほま》れの高い永達だが、岩淵も免許皆伝の腕前だ。雉坊の六尺棒とともに左右を挟まれては、身動きがとれない。

「お兄さまは、大丈夫でしょうか」

暗い中庭では人垣に埋もれ、安之の姿は見えない。お蝶は心配そうに見回したが、

「旦那さまなら、案じるには及びません」と、沙十がなだめる。

「ああっ、千ちゃんがあんなところに！」

道場の内に、千吉の姿があった。木刀をふりまわすようすが危なっかしくてならず、お蝶はたまりかねて陣内に叫んだ。

「陣内さん、頼むから千ちゃんに加勢しておくれよ」

「しかし、おふたりの傍《そば》を離れるわけには……」

言いながら、こちらに向かってくるひとりを剣で払う。一方で陣内の目もまた、蠟《ろう》燭《そく》の火に浮かび上がる道場に向けられている。千吉ではなく、縁で対峙するふたりが気になってならぬようだ。

四十次郎の大刀が、大上段からふり下ろされる。しかし尾賀は難なくかわし、下から斜めに斬り上げた。濃紫の袴がすっぱりと切れて、四十次郎の左の腿《もも》が露《あら》わになる。大きくあいた袴の裂け目から、血が吹き出した。横顔を向けた四十次郎が、歯を食いしばる。

「あやつでは無理だ。一馬を倒すことはできん」

「陣内、お行きなさい。あの者はお前に任せます」

「奥方さま」

「私もそろそろひと働きせねば。爺《じい》やが退屈しきっていますから」

「若旦那がやられちまう！　頼むよ、陣内さん」

お蝶にも請われ、陣内が腹を決めた。

左腿を斬られた四十次郎は、尾賀の攻めをかわすのが精一杯のようだ。

「奥方さま、お蝶さんを頼みます」

「心得ました。作蔵！」

「へいっ！」

祭神輿《まつりみこし》でも担ぐように、作蔵が勢いよく応じ、手にある杖からたちまち長柄《ながえ》を作り出す。

沙十が襷《たすき》をかけ終わると同時に、長柄がその手にわたり、先に懐剣《かいけん》が嵌《は》められる。手妻《てづま》のように薙刀《なぎなた》に変じるさまに、周囲の者たちは誰もが呆気《あっけ》にとられている。

陣内が、道場に向かって走り出した。気づいた門弟ふたりが追う素振《そぶ》りを見せたが、沙十の薙刀がその足を止めさせた。

「私がお相手仕《つかまつ》りまする」

女子《おなご》を前にためらう相手の眼前で、沙十の薙刀が容赦なく打ちふられる。閃光《せんこう》のような鋭さに、腕前を察したのだろう。ふたりがあらためて腰を入れて剣を構えた。相手はほぼ同時にかかってきたが、沙十は慌てなかった。上段の構えであいた腹を、まさに薙《な》ぐようにして、ふたりまとめて横に払う。思わずたたらを踏んだ片方の刀を、沙十の薙刀が小気味よく弾いた。決して力ではない、間合いの良さが、敵の刀を遠くに放り投げる。

両の拳を握りしめた作蔵は、いつものごとく沙十の薙刀捌《さば》きに夢中になっている。

傍らのお蝶など、すでに眼中にないようすだ。

「よし、そこだお嬢っ、稲妻返《いなずま》しだっ！」

「作蔵さん、何だい、それは？」

「お嬢が得意とする技でやしてね、むろん技名はあっしがつけたんですがね」

作蔵の袖《そで》にしがみついていたお蝶が、思わずため息をこぼす。

門弟ふたりを退《しりぞ》けると、沙十はお蝶と爺やのもとにとって返した。

「お蝶さん、あれを」

沙十が示す先に、陣内と尾賀の姿があった。中庭の隅、屋敷の壁際にふたりが向かう。

「あの男……おとっつぁんを斬ったのは、あの男かもしれないんだ」

「行きますか」

はい、とうなずき、沙十と作蔵とともに後を追う。途中で、足を引きずる四十次郎と出くわした。

「あの野郎、おれの獲物《えもの》を横取りしやがって」

「若旦那、怪我は」

「たいした傷じゃねえ」

四十次郎は見栄を張ったが、ぱっくりと開いた太腿から血があふれ、左脚が真っ赤に染まっている。

お蝶は切られた袴を破り細く裂き、四十次郎の傷を固く縛《しば》った。

「おれはあっちを手伝ってくる。頭《かしら》が尻込みしてちゃあ、子分どもに示しがつかねえ」

「でも、若旦那、その足じゃあ……」

「あの若党に、獲物を譲ったんだ。この上お蝶の兄上さまに、負けるわけにはいかねえからな」

「お兄さまに？」

首をかしげながら四十次郎を見送って、お蝶は中庭の隅をふり返った。

そこには陣内と尾賀が、一対一で向き合っていた。


「おまえに、たずねたいことがある」

沙十の耳に、陣内の声が届いた。

「我が主の父君を、榊安右衛門様を殺《あや》めたのは、おまえか」

わずかの間があいて、尾賀の口許がゆがめられた。

「そうだ。あの元与力を斬ったのは、このおれだ」

傍らのお蝶が、胸の前で、ぎゅっと両手を握りしめた。

「奪った血判状を返さぬばかりか、何をはじめるつもりかと探りを入れてきた。どのみち状を見られたからには、生かしておくわけにはいかなかった」

淡々と語るようすに我慢が切れて、お蝶が鋭く叫んだ。

「あんたにおとっつぁんの何がわかる！　何もわかってないからこそ、虫を潰すみたいに殺せるんだ。千ちゃんが、言ったとおりだ。あんたたちはただの人殺しだ！」

「黙れ、女」

尾賀が横目でにらみつける。道場から届くかすかな灯りに、濁《にご》りの強い目が不気味に揺れた。

「主が仇を、家来が討つのは道理。一馬、お主はおれが斬る！」

「おまえの主とは、あの小娘か」と、尾賀が鼻で笑う。「まあ、いい。真剣でおまえとやり合いたいと、かねてから願っていた。相手にとって不足はない」

陣内が草履を脱ぎ捨てた。互いに剣を抜き、ともに正眼《せいがん》に構える。

道場も中庭も、未《いま》だ敵味方入り混じり蜂《はち》の巣をつついたような騒ぎだが、相対するふたりの周囲だけは、しんと静まり返っている。

まるで時が止まったかのように、恐ろしく長いあいだ、ふたりは動こうとしなかった。

よく見れば、足裏を土にめり込ませるように、じりじりと浮かせた踵《かかと》が動き、剣先も思い出したようにぴくりと揺れる。だが、それより先は踏み出そうとしない。ふたりのあいだの緊張だけがしだいにふくれ上がり、ぴんと張り詰めていく。

「お姉さま、もうこれ以上、見ていられません」

ついに堪えきれなくなったのか、沙十の背中でお蝶が泣き言をこぼした。

「互いの腕は、ほぼ互角だと、私にもわかります。間を詰める頃合を、必死で判じようとしているのです」

剣術は、踏み込む瞬間が勝負の分かれ目となる。ちょうど碁《ご》打ちや将棋指しが、千手先までも読むように、剣客は打ち込む間合いをからだで考える。たとえ初見であっても、剣を構えただけで相手の力量は知れるものだが、陣内と尾賀は、幼い頃からの道場仲間だ。

だが、それ以上に、牛込の往来で刀を交えたことが、大きかったのではあるまいか。沙十は、そのように推量していた。たとえ目指す方向は違っても、数年離れていたあいだ、どちらも修練を怠らなかった。いまの剣の力量が拮抗《きっこう》していると、互いに思い知ったはずだ。

「それにしても……こうも見事なまでに対を成すとは」

思わず口の中で呟いた。力も技も甲乙《こうおつ》つかない。なのに気だけが、あからさまに違う。

人斬りを躊躇《ためら》わぬ尾賀の気は、血のにおいを帯びている。その赤黒い邪気に対し、天から落ちる滝のごとく、陣内の気には一点の曇りもない。沙十が不審を抱きながらも、陣内をお蝶から遠ざけなかったのは、ただ、その清々《すがすが》しい気のためだった。

しかしそれが、尾賀のような相手には、かえって仇《あだ》となりはしまいか。

沙十の心に不安が頭をもたげたとき、まるでそれを察したように、お蝶が涙声で言った。

「お姉さま、陣内さんを止めてください。あたしの仇を討つために……あたしの代わりに陣内さんが死んだりしたら……」

「陣内は、己のためにあそこにいるのです」

「お姉さま……」

「刀を抜いたそのときから、頼れるものは己のみ。大義も名分も、すでに陣内の内からは消え失《う》せています。見届けておあげなさい。勝っても負けても、それが陣内にとっては本望となりましょう」

ややあって、はい、と小さな声が返った。

さっきまで時折鳴いていた梟《ふくろう》だろうか。厚みのある羽音が、離れた前庭から大きく響き、その瞬間、ふたりが同時に動いた。一瞬のうちに間合いが詰まり、互いの場所が入れ替わるように斬り結ぶ。からだを離すようにとび退《すさ》ったとき、尾賀の左袖がぱかりと開き、陣内の着物の胸もとが、皮膚が剝がれるようにしてべろりと垂れた。

ぶるりとお蝶が身震いしたのが、背中の気配でわかる。体格の良さなら、あきらかに尾賀が上だ。まるで鼠《ねずみ》が猫に向かっていくようで、それだけで恐くてならないのだろう。

尾賀が間を置かず、剣を頭上に構えた。

上段からふり下ろされる刀を、陣内が己の眼前、紙一重で受けた。はずみで剣の峰《みね》が、派手に額《ひたい》を打ったが、陣内は気合とともに尾賀の刀をはじき返した。

「はあああっ！」

「うおおおっ！」

いつも冷静な陣内とは思えぬ声に、やはり似つかわしくない尾賀の声が応じる。剣とは、気のせめぎ合いだ。気圧《けお》されるように、沙十は息を詰めていた。

声とともに、互いの切っ先が、確実に何かを裂いた。

前にのめるように、がくりと先に膝をついたのは陣内だった。沙十の背中で、お蝶が声にならない悲鳴をあげる。だが、そのとき、尾賀のからだがぐらりと真横にかたむいた。

相手の剣をはねのけて、返した陣内の刀は、尾賀の左首を深くえぐっていた。

首から血しぶきをあげながら、尾賀がどうっと横倒しに崩れた。ぽかりと口をあけたその顔は、自分が斬られたことにひどく驚いている、そんなふうに見えた。その顔をながめながら、陣内が肩で息をする。

「陣内さん！」

沙十が止める間もなく、お蝶が背からとび出して、陣内に駆け寄った。

「陣内さん、怪我、してるじゃないか……」

「陣内、傷を見せなさい」

沙十は急いで陣内の傷をあらためた。相手の首を斬ったとき、脇ががらあきだったためだろう。左脇から腹にかけてゆるい袈裟《けさ》に斬られている。さっき剣の峰で打った額からも、だらりと血が垂れていた。

「見かけより浅手です。たいした傷ではありません」

そう言いながらも陣内は、その場から動けぬようだ。傷のせいもあろうが、かつてない真剣勝負に、精も根も尽きているようだ。

「尾賀さん！　尾賀さん！」

気づいた門弟のひとりが、倒れた尾賀に駆け寄って、そのからだを揺さぶる。しかし、尾賀はもう、息をしていなかった。

道場の内外でも、ほぼ決着がつきかけていた。技も真剣も、何倍もの数が相手では限りがある。気力が尽きかけていたところに、師範代たる尾賀の死が知らされて、門弟たちは戦意を奪われたようだ。乱闘は急速に収まりつつあった。

「師匠……師範代が！」

涙声で、門弟が的場永達に注進する。

「どけ」

的場が己の刀を、岩淵の足許に放り投げた。雉坊は黙って道をあける。

裸足で庭に下りると、門弟数人がとり囲む、尾賀の骸《むくろ》の傍らに膝をついた。遺骸《いがい》に屈《かが》みこみ、そのまぶたを閉じさせる。

「立派な最期であった、一馬。おまえも、本望であろう」

師たる的場永達の声には、うらやましいと言いたげな響きが混ざっていた。

「おれもおまえに倣《なら》いたいが、もう遅いようだ」

「永達、潔く負けを認めろ。道を誤ったというなら、わしも同罪だ。一緒に違う道を探さぬか」

的場の後をついてきた岩淵が、そのように言った。傍らで、雉坊もうなずく。

「もう、遅いと言ったろう！」

遺骸の傍に落ちていた尾賀の刀を、的場が拾い上げた。そのまま渾身《こんしん》の掛け声とともに、岩淵に向かってとびかかる。岩淵の両手が刀を握り、その刃が深く的場の腹を裂いた。

どさりと、音立てて的場が両の膝をつく。

「馬鹿者が……わざと負けるなど、剣豪の名が泣くぞ」

岩淵が、唇を嚙みしめた。

四つん這いの格好から、永達がどうにかからだを起こし、地にあぐらをかいた。

「……雉叡殿、門弟たちを頼めるか」

「たしかに、預かった」

「おまえたちは、雉叡殿に従え。良いな」

すがりつかんばかりの弟子たちに、苦しそうにそれだけを告げる。

「介錯《かいしゃく》は」岩淵がたずねた。

「無用」

腹から血をあふれさせながら、その腹に脇差《わきざし》を突き立て、傷を開くように真横に裂いた。

壮絶な最期に、誰も声ひとつあげられない。

的場の絶命と同時に、暁七つの鐘が、未だ暗い空に響いた。

悲しげな鐘の音に、門弟たちの慟哭《どうこく》がいく重にも重なった。

「では、初手からきかせてもらえまするか、お三方」

岩淵是久の屋敷の客間で、安之が切り出した。南町奉行所の役宅ではなく、芝《しば》にある岩淵の三田《みた》屋敷だった。日の出はとうに過ぎていたが、曇天のために座敷の内は暗い。煙《けむ》ったような薄暗がりの中、四人は膝をそろえていた。

むっつりとした安之に、上座にならんだ岩淵と雉坊は、目顔で苦笑を交わし合ったが、安之の正面に座る千吉は、白州《しらす》に引き出された罪人のごとくひたすら小さくなっていた。

「世直しを目論《もくろ》んでいたのは、江戸にいた信者だけだ。つまり王龍党とは、我ら江戸者が起こしたもので、相模にいた導慧さまや雉叡殿には、後になって知らされたのだ」

岩淵が、寺をかばうようにそう語り出した。

導慧も雉坊も、江戸に布教に来たことすらない。しかし評判をききつけて、王龍寺を目指す江戸者は、長い年月のあいだに徐々に増え、的場永達もまたそのひとりだった。道場を任されるより前、武者修行の旅の途中に立ち寄って、半年ほど寺に留まった。

そのような者たちが江戸に帰って教えを広め、岩淵もやはり、信者となった出入りの商人を通して導慧の教えを受けたという。

「お奉行のようにご公儀の重い役目にある方が、何故そのような教えに殉《じゅん》じたのか。正直、計りかねまする」と安之が、片眉を訝《いぶか》しげに上げた。

岩淵と手をたずさえたのは、ほんの数刻前だ。手短に経緯を告げ、ひとまず的場永達と門弟たちを止めるのが先だと、鳴海屋に助力を乞《こ》うて虎ノ門外へと急いだ。何を知る暇もなく事が落着すると、安之はすぐに岩淵に仔細を乞い、雉坊と千吉を同行させたのもまた安之であった。承知した岩淵は、道場から直《じか》にこの三田屋敷に三人を招いた。

「わしが世直しを考えるようになったのは、まさにそのお役目のためだ」

「というと」

「これまでさまざまな御役に就《つ》いてきたが、役を重ねるごとに城中の暗愚《あんぐ》ばかりが際立つ。二百年を経て、すでに根太《ねだ》が腐っているのだ」

王龍党の面々は、立場も身分もさまざまだ。しかし、いまの幕府では先はないと、その憂いだけは一致していた。幕府転覆の企みが、形を持って立ち上がってきたのは、いまから一年ほど前のことだと、岩淵は語った。

「だが、いざ動き出してみると、すぐにひずみが見えてきた。思いは同じでも、やりようは人さまざまだからな。時を経るにつれ、しだいに王龍党の中がふたつに割れた」

「なるほど、そのそれぞれの頭となったのが、岩淵さまと的場永達なのですな」

岩淵が深くうなずいた。的場が率いる者たちは、ただひたすら事を急いた。だが、岩淵たちは逆に、もっと時をかけ、じっくりとり組むべきだと説いた。

「城を襲い、将軍を亡きものとする。それだけなら、決してできぬことではない。しかし肝心なのは、その後だ。明智光秀《あけちみつひで》のごとく三日天下に終わり、別の大大名が徳川《とくがわ》にとって代わるかもしれない。あるいは、もし徳川方が次の将軍を立てれば、またもとの治世に戻るだけだ。

「どのような世を、どう治めていくか。この国という船を走らせるために、どんな形の帆《ほ》を、どういう向きに据えればよいか、何の考えもなしに海に乗り出せば、嵐に遭えばたちまち沈む。事を起こすより前に、徳川に代わるたしかな地形《じがた》を拵《こしら》えねばならぬ」

それが何よりも大事なことだと、岩淵は述べた。

「だが、的場側は耳を貸そうとしなかったと、そういうことですか」

「さよう。そして的場に同じる者たちが、数では大いに勝っていた。さらには江戸と相模のみならず、関八州《かんはっしゅう》から駿河遠江《するがとおとうみ》まで王龍寺の信者は広がっておる。皆の力を合わせれば、必ず事は成ると気勢を上げた。信者をまとめるためには、どうしても導慧さまのお力が要る。しかし便りを送ってみても、なしのつぶてであってな」

「ちょうどその頃、導慧さまは病を得られ、床《とこ》についたんだ」雉坊が、初めて口を開いた。「何としても止めよと、師は申された。文で説いても収まらぬだろうから、おれに江戸へ行けと促された。だが、師の病で、寺の信者たちも落ち着かぬ有様だ。すぐに相模を離れるわけにはいかなかった」

もっと早く江戸に入っていればと、雉坊は残念そうに告げ、岩淵がまた後を続けた。

「あの血判状は、導慧さまを動かすためのものだ。我らの覚悟のほどを見せ、導慧さま自らが、王龍党の旗印《はたじるし》となって下さるよう、その決意を促すために血判状は作られたのだ」

「これでございますな」と、安之が己の懐から、巻物をとり出した。

「よもやそれが、おまえの父、榊安右衛門の手に渡るとはな。何もかも終わりだと、わしも一度は諦めた」

「父がどうしてこれを手に入れたのか、私なりに探ってみましたが……父の死よりひと月ほど前、旅の商人が街中で辻斬《つじぎ》りに遭った。これを番屋に届け出たのが、たまたま通りがかった某《それがし》の父でした」

父からは何もきいておらず、この件の掛りは北町奉行所であったから、南町与力の安之は、安右衛門が死ぬまでまったく知らなかった。下谷《したや》の住まいが物色されていたときき、生前の父の動向を調べ上げ、この辻斬りが何らかの関わりがあるのではないかと初めて疑うに至った。

「いまのお奉行の話で、ようやくわかりました。斬られた商人は、王龍寺の信者だったのですね」

「そうだ。あの商人は、血判状を相模へ届ける役目を負うていた。江戸を立つ前に、物取りの浪人に襲われるとは思いもせなんだ」

辻斬りの下手人《げしゅにん》はすぐに捕まった。博奕《ばくち》に手を出した浪人者で、賭場《とば》の胴元《どうもと》に脅されて、金の工面のために商人を襲った。むろん岩淵は、まずこの浪人を疑ったが、身ぐるみ剝がすつもりが、安右衛門が大声で人を呼ばわったために、財布を抜く暇もなく逃げ去ったと、浪人は白州で述べた。

「血判状は用心のために、水入れと見紛《みまが》う竹筒《たけづつ》の中に仕込まれていた。遺骸からはその竹筒だけが失せていたが……いま思うに死んだ商人は、おまえの父に竹筒を託したのかもしれん。あれが日のもとに晒されれば、我らは一網打尽《いちもうだじん》だからな」

岩淵の考えに同意するように、雉坊もうなずいた。

「ひとつ、伺いとうございます」ひどく慇懃《いんぎん》な調子で、安之がたずねた。「父の借家に尾賀一馬らを向かわせたのは、お奉行にございまするか」

「そのとおりだ」

一拍《いっぱく》おいて、岩淵は答えた。深い悔悟《かいご》の念が、その面《おもて》に濃くただよう。

「かえすがえすも、わしが浅はかだった。せめて自ら出向いていれば、おまえの父を死なせずに済んだといく度も悔やんだ」

岩淵が奉行の座に就いたとき、すでに安右衛門は南町与力を退いていた。面識のない相手に、うかうかと近づくことができず、息子に探りを入れてもみたが安之は何も知らされていない。血判状は相模には届いておらず、安右衛門が手にしている疑いが強まったが、ならば何故、沈黙を守っているのか、それがどうしてもわからなかった。もと町方与力なら、すぐに届け出てもおかしくはない。王龍党の者たちは、一様にそれを訝しみ、また不気味にも感じていた。

これはあくまで推測に過ぎぬがと断りを入れ、安之は己の考えを語った。

「おそらくは、まず岩淵さまや的場永達ら、見知った名を認めたからにございましょう。もうひとつは、父自身が迷うていたからではないかと、私にはそのように思われまする」

「迷うていたとは、何をだ？」

「妹には伝えておりませんが、辰巳芸者であった妹の母、きさを、父は本気で妻に据えるつもりでおりました」

それまでずっと畳を見詰めていた千吉が、はっと顔を上げた。

「当のきさが承知せず、話は立ち消えとなりましたが……身分なぞなければと、誰よりそう望んでいたのは、父だったかもしれません」

おそらく安右衛門は、王龍党について調べていたに違いない。王龍寺の住職に繋《つな》がれば、その教えがどういうものかも察していたはずだ。安之は、そう考えていた。

「同朋《どうぼう》となったやもしれぬ男を、むざむざと殺してしまったということか……」

深く切ないため息を、岩淵が吐《は》いた。

「おまえたち兄妹には、まことに済まぬことをした。このとおりだ」

安之に向き直り、畳に手をつき深々と頭を下げる。その姿が、哀れに思えたのだろう。千吉が、口をはさんだ。

「お奉行さまのせいじゃありやせん。お奉行さまはただ、状の在処《ありか》が安右衛門の旦那かもしれねえと、調べてみるようにと皆に伝えただけでさ。尾賀さんたちが行くことになったのは、師匠の永達さまがその役目を買って出たためで……」

じろりと安之がにらみつけ、千吉がたちまち縮み上がる。

「おまえだけは、何があってもお蝶に害をなすはずがないと、塵《ちり》ひとつも疑うてはいなかったのだがな」

頭から信じていたからこそ、よけいに腹立たしくてならないのだろう。安之はねちねちと、千吉を責め続ける。

「もしも世直しが成れば、与力の妹たるお蝶の身がどうなるか、少し頭を使えばわかりそうなものだ。ましてや江戸が火の海にでもなれば、お蝶の命すら危うくするのだぞ。そんなこともわからぬようで、世直しがきいて呆《あき》れる」

妹大事を遠慮会釈《えしゃく》なくひけらかすさまに、岩淵と雉坊が呆気にとられる。

だが、しょんぼりとうつむいたまま、千吉はぼそりと呟いた。

「たぶん、同じです……安右衛門の旦那と……」

「おまえと父上では、月とすっぽん。同じところなぞ、ひとつもないわ」

意地悪くそう告げたが、当の安之が、父とはまるで似ていないとよく承知している。

「身分なんぞなければ、お蝶ちゃんを嫁にできるんじゃねえかって。枡《ます》職人が、与力さまの娘を娶《めと》れるかもしれねえって……そう、思っちまったんだ」

千吉は、己の思いを訥々《とつとつ》と語った。

「けど、安右衛門の旦那が殺されて、てめえが何をしようとしてたのか、初めて気づいた」

企みを知られた以上、生かしてはおけぬ。ましてや安右衛門は、かつては御上に仕えていた。役人はすべて我らが敵なのだと、的場永達は尾賀一馬の所業を擁護《ようご》した。

「安右衛門の旦那は、良いお方だった。誰にでも分け隔《へだ》てなく接してくれて、おれみてえな枡屋の倅《せがれ》にも、何くれとなく気を配ってくだすった」

町方勤めが長いせいもあろうが、生来の気さくな性分故《ゆえ》だろう。安右衛門は常日頃から、身分の垣根を越えたつきあいを旨とした。夜鷹《よたか》のお綱《つな》が、頼《よ》り処《どころ》としたのもうなずける。

「けれど世直しは、そんなひとりびとりのことなんか考えちゃくれねえ。役人だって、悪い奴も良い奴もいる。それを皆ひとからげにして敵に仕立てる」

「戦《いくさ》とは、そういうものだ」

むっつりと、安之が応じ、千吉はこっくりと首をふった。

「そのとおりです。乱が起これば、戦になれば、旦那みてえな方が大勢死んで、お蝶ちゃんみてえな娘が泣くことになる。おれはそんなこと、望んじゃいねえ。どうしたって望めねえと……そう気づいたんだ」

切々とした訴えに、さすがの安之も黙り込む。沈黙を埋めるように雉坊が言葉を継いだ。

「千吉を、責めないでやってくれ。こいつはお蝶を守るために、精一杯のことをした。お蝶が的場たちに捕われぬよう、陰で懸命に働いていたんだ」

「おれは何も……結局は坊さんの手を借りなければ、何もできなかった」

千吉は情けなさそうに肩を落とす。安之はこれをきき咎《とが》め、今度は矛先を雉坊に向けた。

「初めから怪しいとはにらんでいたが……雉坊、いや、雉叡殿か。御坊《ごぼう》がお蝶の長屋に来たのは、千吉の差し金か」

いや、と言いかけた雉坊を、千吉が制した。

「おれひとりじゃ、お蝶ちゃんを守れない。だから坊さんとお蝶ちゃんが、知り合うきっかけを作ることにした……いっとう初めにお蝶ちゃんを襲ったのは、おれでさ」

「何だと！」これには安之も驚いて、頓狂な声をあげる。「たしか、賊は三人組のはずだが」

「後のふたりは、おれと一緒に江戸に来た王龍寺の者たちだ。おれがお蝶に近づいて、血判状の在処《ありか》を探る。任せてほしいと、皆に頼んだのだ。だが、的場たちは、承知しなくてな」

血判状が明るみに出れば、世直しなぞ毛ほども頭にない王龍寺の信者たちが、根こそぎ罪に問われかねない。そして、その頂きにいる導慧が咎を負い、結果その教えがねじ曲げられて世に伝わることを、雉坊は何よりも恐れた。

「父親が死んで、皆の矛先は娘のお蝶に移ろうとしていた。お蝶はまったく与《あずか》り知らぬことだから、何とか助けてほしいと千吉に頼まれた」

「それで賊から助けるふりで、まんまと長屋に居座ったというわけか」

「すまんな、安之殿」

岩淵も絡んでいる以上、正体を明かすわけにはいかなかったと、雉坊が弁明する。

「お蝶の用心には、傍についているのが上策と踏んだのだが」

「さっさと八丁堀に移されてしまい、当てが外れたというわけか」

にべもない口調に、雉坊が苦笑いをこぼす。

「だが、実を言えば、おかげでこちらも助かった。おれも何かと忙しくてな、日がな一日、お蝶に張り付いているわけにはいかなくなった」

「血判状が失《う》せてから、事が急に慌ただしゅうなってな」と、岩淵が言い添えた。

行方《ゆくえ》知れずの血判状が、王龍党の内にあった亀裂《きれつ》を際立たせ、二派を分ける結果を招いた。企てそのものをひとまず諦めるべきだとする岩淵らに対し、的場側は逆に決起の時期を早めよと、なりふり構わず走り出した。数では勝る的場一派を止めるのは、住職代理の雉叡をもってしても容易《たやす》いことではなかった。

「ひとりひとり、時を費やして説くより他に、やりようがなくてな」

江戸にいたあいだ、雉坊は的場側の主だった者たちの説得に当たった。相手も覚悟を決めているのだ。おいそれと考えを翻《ひるがえ》すはずもなく、それでも諦めずくり返し通い続けた。

「だが、最後まで永達だけは考えを曲げず、導慧さまが亡くなられたことで、いよいよ決起の日取りを決めた。あのような綱渡りを演じるより他に、止める手立てがなくなってな。すべてはおれの不徳というものだ」

的場の門弟たちは、血気に逸《はや》った若者が多い。説教などかえって火に油になりかねず、決起の寸前、いざ乗り込まんともっとも高揚したときに腰を折る。それしかなかろうとの苦肉の策だった。

「おれは王龍寺にとって返し、寺の信者たちを引き連れてきた。そのあいだ千吉には、火薬を奪うための段取りを頼んだ」

慌ただしく長屋から消えた理由を、そのように語った。

雉坊が、光の強い大きな目を、安之に向けた。

「安之殿、姑息《こそく》を承知で頼みがある。此度《こたび》の不始末、目をつぶってはくれぬか」

「幕府転覆という大それた企み事を、見て見ぬふりをしろと？」

それまでまとっていたどこか呑気な風情が、一瞬で剝《は》がれた。冷たい眼差《まなざ》しが、岩淵と雉坊、千吉へと順繰りに注がれる。

「いや、企みなど二の次だ。大事な妹をだまし、妹のみならず妻までも幾度も危うい目にさらした。腸《はらわた》が煮えくり返るとは、まさにこのことだ。それを腹に呑み込ませ、方々は何の責めも負わず、逃げるおつもりか」

常には下がりぎみの細い目が、ひどく大きく見える。仁王《におう》に睨《にら》まれでもしたように、千吉が首をすくめ、岩淵にとっても初めて見る顔なのだろう、ごくりと喉仏《のどぼとけ》が上下した。しかし雉坊だけは動じることなく、嫌な光を帯びたその目を受けとめた。

「そのとおりだ、安之殿。おれの首ひとつで済むなら、いますぐ差し出しても構わない。しかし王龍寺の信者は数千にも達する。その者たちには何の罪もない」

彼らにまで累《るい》が及ぶのは何としても避けたいと、雉坊は頭を下げた。

「僭越《せんえつ》ながら、わしからも頼む」と、岩淵が続き、千吉もまた、あわててこれに倣う。

静まりかえった座敷に、外から場違いな雀《すずめ》の声が届く。しばしの間があいて、安之が口を開いた。

「某《それがし》にはもうひとり、妹がおりましてな」

え、と千吉が顔を上げ、岩淵と雉坊もいぶかしげな表情でやはり頭を上げた。

「しかし二歳のかわいい盛りに、流行病《はやりやまい》で死んでしまった。妹の死が、母にはことのほか応えたようで、それからふた月もせぬうちに同じ病にかかって身罷《みまか》りました」

「そのこと、お蝶ちゃんは……」釣られたように、千吉がたずねた。

「いや、知らぬ。だが、生まれてまもないお蝶と引き合わせられたときは、死んだ妹が戻ってきたように思えてな」

「安之殿の妹大事は、それ故か」

雉坊が納得顔でうなずくと、岩淵が沈鬱《ちんうつ》な面持《おもも》ちで後に続いた。

「わしにも娘がおるから、ようわかる」

矢緒がかどわかされた折には、同じ痛みを味わったのだろう。思い返すように間をおいて、ふたたび岩淵が、畳に手を突いた。

「それで少しでも気が済むというなら、わしが腹を切る。どうかそれで、勘弁してもらえぬか」

やはりどのような罰でも厭《いと》うつもりはないと、雉坊と千吉も岩淵に同じた。二度目の土下座をとくとながめ、安之がうっすらと笑った。

「頭をお上げくだされ。話はわかり申した」

三人が顔を上げると、安之は日向《ひなた》の猫のような風情に戻っていた。

「またこのような仕儀《しぎ》に至らぬと約定《やくじょう》下さるなら、見逃すのにやぶさかではございません。私は父とは違い、よけいな悶着《もんちゃく》にかかずらうつもりはありませぬ」

身を起こした三人が、安之の真意を計りかねるように表情を窺《うかが》う。

「某《それがし》はいたって小さい男でござってな、妻や妹とともに、つつがない暮らしを全うする。それだけが望みで、正直、世直しなぞはご免こうむりたい」

毒気を抜かれたように、半ばぽかんとする三人を尻目に、安之は腰を上げた。

「さて、では私はこれにて。いまから戻れば、朝餉《あさげ》に間に合うやもしれませぬ故」

しかし座敷を出ようとしたところで、安之は千吉をふり向いた。

「そういえば、千吉。剣術で己に勝ったらお蝶をやると、父上はたしか、おまえにそう申したそうだな」

「はい、たしかに」

「ならばその話、おれが引き継ごう」

「へ？ というと？」

「剣でおれを負かしたら、お蝶を嫁にやる。そういうことだ」

「本当ですかい！」

「ああ、いつでも相手になるから、せいぜい精進しろ」

言うだけ言って、安之はさっさと座敷を出て行った。一方の千吉は、ついこぼれ出てしまう喜色を隠そうともしない。

「嬉しそうだな、千吉」

「そりゃあ、もう！」と、雉坊に向かって握り拳を突き出す。「兄上さまは剣にかけてはてんでへなちょこだと、お蝶ちゃんからきいてるんだ。安右衛門の旦那よりか、ずっと楽な相手だ。こうしちゃあいられねえ、さっそく稽古に精を出さなけりゃ」

さっきまでの神妙な態度はどこへやら、千吉は挨拶もそこそこに、身軽く座敷を後にした。

浮かれた足音が去ると、岩淵がぽつりと言った。

「どうやら榊に、してやられたようだな」

「さっきの剣幕は、芝居だったのか？」

「わからんが、本気も入っておろう。妹のこととなると、榊はまことに意地が悪いからな。もっとも割を食うたのは千吉だが」

「どういうことだ、岩淵殿」

「千吉にはとても言えんが、榊は若い頃、剣では名が知られていてな」

「いまの話と、ずいぶん違うな」

「何せあの大きなからだだ、ひとふりで相手の腰骨を砕《くだ》くほどの力があってな。加減をしても追いつかぬらしく、同門の者に何人も怪我を負わせた。『弁慶安《べんけいやす》』との噂を呼んで、ついに道場から出入りさし止めを食ろうたそうだ」

岩淵も一度だけ相手を乞うたが、安之の剣を受けとめただけで腕が折れそうになったとぼやく。話の途中から、雉坊の喉が鳩《はと》のように鳴った。

「まったく、妹とは違い食えぬ夫婦よ。そろいもそろって、とんだ狸《たぬき》だ」

雲の切れ間から朝日がさして、畳の青が萌《も》えるように色を変えた。

「さあ、どっからでもかかって来い！」

木刀を構えた千吉が、威勢のいい声をあげる。対する陣内は、やはり気が進まぬようだ。困った眼差しを、ちらりと向ける。

「旦那さまを倒そうなどという考えは、早めに捨てた方が良いと思うが」

かつて安之がいた道場から、免許皆伝を受けた陣内は、当然のことながら「弁慶安」の噂を知っている。出入り禁止は主の不面目であるから、おいそれと口にもできず、千吉には会うたびに稽古相手を頼まれる。板挟みになった陣内の口から、ため息ばかりが漏れる。

「千ちゃん、陣内さんはまだ傷が塞がってないんだから、ほどほどにおしよ」

長屋の戸口からお蝶が声をかける。隣にはもうひとり、のんびりと見物する姿があった。

「枡屋はずいぶんと、張り切ってんな」

「お兄さまがまたよけいなことを言うもんだから、千ちゃんがすっかり張り切っちまって」

「おれも兄上さまとはひと勝負してえところだが、お蝶を嫁にとる前に、足腰立たなくなっちゃ元も子もねえからな」と、鳴海屋四十次郎がにやにやする。

道場の奥でやり合っていた千吉と違い、四十次郎は中庭で存分に太刀をふるう安之の姿を見ていた。さわらぬ神に祟《たた》りなしを決め込むことにしたようだ。

「若旦那こそ、傷はもういいのかい？」

「なあに、こんなのはかすり傷だ」と、己の腿をぽんと叩く。

「人足衆はどうなんだい？　死人が出なかったのは幸いだけど、ずいぶんと怪我を負ったんだろう？」

「日頃から勢いがあり余ってる連中だ。あいつらには祭りみてえなもんさ。かえっていい鬱憤《うっぷん》晴らしになった」

四十次郎が、からりと笑う。

「それよりお蝶、引越し祝いに、これからぱあっとくり出さねえか」

「なに言ってんだい。これから弟子たちが来るってのに。千ちゃんも、そろそろ切り上げたらどうだい。陣内さんは、大事な用があるんだから」

お蝶の心遣いに、陣内が小さく頭を下げる。あれから半月が過ぎていたが、陣内は安之の許しをもらい、尾賀一馬の墓に参るつもりだった。尾賀と的場永達の死は、岩淵が目付にとり計らって、師弟同士の真剣勝負の上での相討ちとして片付けられた。

「つれねえなあ、ま、そこがまた良いんだけどな」

「てめえ、それ以上べたべたすんじゃねえぞ！　いい加減、お蝶ちゃんから離れやがれ」

「千吉、稽古の途中によそ見をするな。危ないではないか」

お蝶を囲む三人は、相変わらずの騒々しさだ。

柏の大木の木蔭から、見守る沙十が目を細めた。同じ床几《しょうぎ》には雉坊が腰を下ろしている。

「長屋に戻ることを、安之殿がよく承知したな」

「お蝶さんの、たっての頼みですから。やはりお母さまと同じに、いつまでも屋敷で世話になるのは心苦しいと申されて」

王龍党の一件が片付いたのを潮に、お蝶はまた高砂町の柏手《かしわで》長屋に戻ってきた。安之は難色を示したが、沙十が日を置かずに長屋に通うということでどうにか落着した。

「お嬢もここまでの道筋を、ようやく覚えなさいましたからねえ」

杖を手に柏の幹に寄りかかった作蔵が、のどかな相の手を入れた。

沙十は、じゃれ合う四人を通り越し、遠くを見る目で言った。

「岩淵さまは、南町奉行を退かれ、隠居願いを出されたそうにございますね」

「ああ。あの者なりに、責めを感じてのことだろう。家督《かとく》を息子に譲ったそうだ」

「雉坊さまも、隠居をお考えですの？」

坊主頭のこめかみがぴくりとしたが、雉坊が平静を装《よそお》う。

「そうしたいところだが、師が亡くなられたばかりだからな。当分は楽隠居できぬようだ」

「さようですか。で、雉坊さまは、いつ相模にお戻りに?」

「そう邪見《じやけん》にせんでくれ、奥方殿。的場の門弟たちを頼まれているからな。連中が落ち着くまで、もうしばらく江戸に残るつもりだ」

とうとう雉坊が悲鳴をあげて、沙十がにっこりと笑顔を返す。

「別に他意はございません。私どもを騙していたことなぞ、露ほども怨《うら》んではおりませんし、お蝶さんのいる長屋に、たちの悪い御仁が住まうのを夫が案じているだけですわ」

「お主ら夫婦の方が、よほどたちが悪かろう」

「何か、仰《おつしや》いまして?」

「いいや、何も」

ぶっすりと下唇を尖《とが》らせて、それから思い出したようにふたたび口をあけた。

「奥方に、きいてみたいことがあったのだが」

「何でございましょう」

「奥方にとって、良い世の中とはいかようなものか。一度たずねてみたかった」

「女子の私には、そのような難しいことは答えかねますが」

それでも雉坊は、沙十の答えを待つように沈黙を守っている。その静けさに、鈴を鳴らしたような明るい声が投げられた。

「こんにちは、良いお日和《ひより》ですね」

棹《さお》を抱えたふたりの娘は、沙十と雉坊に挨拶をして、お蝶のもとに嬉しそうに走り寄る。

「おさんちゃんもおまきちゃんも、今日はずいぶんと早いじゃないか」

あの晩、かどわかされた翳《かげ》りなど微塵《みじん》も見えず、ふたりが賑《にぎ》やかにしゃべり出す。

「お師匠さんが長屋に戻られたときいたから、早めに来たんです。きいてくださいな、お師匠さん、おまきちゃんたらね」

「いやだ、その話はやめてちょうだいよ、おさんちゃん」

ながめていた沙十が、ふいにほころぶような笑顔になった。

「雉坊さま、娘たちがあのように笑っていられる世の中が、私には何よりに思えます」

なるほど、と雉坊が、深くうなずいた。

「肝《きも》に銘《めい》じておこう」

さわさわと秋風が、柏の梢《こずえ》を揺らす。

その根方では作蔵が、気持ちよさそうに舟を漕《こ》いでいた。

解説

東えりか（書評家）

二〇一五年三月三日、第三十六回吉川英治文学新人賞が発表され、西條奈加の『まるまるの毬《いが》』（講談社）が受賞した。甘いものが苦手で食べられないという著者であるが、お菓子は人を幸せにするイメージでこの作品を書いたと、受賞後のインタビューで語っている。さる理由により武士を捨て、日本中の銘菓を学んで菓子屋となった男と、その娘と孫娘との日常を描いた連作の下町時代小説は、甘い味に包まれた苦い人情話でもあり、幕府の屋台骨を揺るがすほどのスケールの大きな物語でもある。

選考会でも評価は高く、ほとんどの委員の最高点がこの作品であったという。デビュー十一年目に摑《つか》んだこの賞によって、西條奈加という小説家は名実ともに人気作家のひとりとなった。デビュー当時から応援してきた読者としては大変喜ばしいことだと思う。

この『まるまるの毬』とほとんど同じ時代を描いた作品が、本書『世直し小町りんりん』（『朱龍哭《な》く　弁天観音よろず始末記』改題）である。江戸幕府が開かれてから約二百年。後の世では「化政期」と呼ばれ、江戸の庶民文化が最も華やかであった時代である。

時の将軍は第十一代の徳川家斉《いえなり》。五十年もの長きにわたり将軍職に就き、十六人もの妻妾《さいしょう》を持ち、男子二十六人・女子二十七人を儲《もう》けたと言われ艶福家《えんぷくか》として有名である。

だが、徳川の屋台骨はすでに危うく、借金で首の回らない旗本・御家人たちを棄捐《きえん》令《れい》の発令によって債権者である札差《ふださし》などに債権放棄・債務繰り延べをさせて救済した。この法令により札差は大きな損害を受け、民衆は不平等さに不安を募らせていた時代でもある。華やかな表舞台に較べ、人心は乱れ始めていたのかもしれない。この後に続く幕末の始まりの萌芽が見え始めていた。

本書の主人公はふたりの女性。ひとりは日本橋高砂《たかさご》町の柏手《かしわで》長屋という裏店《うらだな》で長唄を教えているお蝶《ちょう》。前年亡くなった母のおきさが深川で芸者をしていた時に、南町奉行所の与力、榊安右衛門《さかきやすえもん》に見初められお蝶が生まれた。ちゃきちゃきの辰巳《たつみ》芸者だった母の血を引いて、お蝶もかなりのお転婆《てんば》娘である。しかしその容姿は弁天《べんてん》様に例えられるほど美しい。多くの弟子を持ち毎日楽しく暮らしている。

もうひとりはお蝶とは母違いの兄、安之《やすゆき》の嫁の沙十《さと》。彼女の美しさは観音様に例えられ、おっとりとしているが芯は強い。このふたり、評判の美人姉妹である。行きたい沙十は薙刀《なぎなた》の師範代を務めたほどの名手なのだが、根っからの方向音痴。沙十は必ず逆を行ってしまう、正に「地図の読めない女」である。どのくらい方向音痴かというと、自宅のある八丁堀を午過《ひるす》ぎに出たのに、お蝶の家のある日本橋高砂町に着いたのは八つ（午後二時頃）過ぎ。一刻（二時間）あまりかかっている。八丁堀から高砂町までは一キロ半ぐらいだから、どこをどうやって歩いたものやら、お付きの老僕、作蔵《さくぞう》が気の毒である。

榊安右衛門は息子の安之に家督を譲り、通ってくるおきさと幸せに暮らしていたが、おきさを亡くしてしばらく経ったある日、卒中《そっちゅう》で亡くなった。その直後から、お蝶の身の周りに不穏な出来事が起こるようになる。

市井《しせい》のちょっとした事件をふたりの美人姉妹が謎解きするという、少し変化球の捕り物帳の体《てい》をなしているが、実はこの数々の事件、根底には父、安右衛門の死が関わっているらしい。お蝶の用心棒を自任する幼なじみの枡《ます》職人の千吉《せんきち》やいつの間にか柏手長屋に住みついた大目玉が愛嬌の僧侶の雉坊《きじぼう》、お蝶を守るために安之が雇った貧乏御家人の次男坊、戸山陣内《とやまじんない》、お蝶の弟子で派手に傾《かぶ》いている鳴海屋《なるみや》の若旦那、四十次郎《よそじろう》が絡んで物語は佳境に入っていく。

地獄の沙汰も金次第。十八世紀から十九世紀に入るこの時代、大商人の手元には金が唸《うな》るほどあるが、武士たちは金繰りに困っていた。幕府は財政難に対処するため、御用商人などを指名して臨時に金銭徴集した。いわゆる御用金である。商人たちは仕方なく金を出したが、戻ってくるという保証はない。宝暦十一（１７６１）年から慶応二（１８６６）年までに十七回も賦課したというから驚きである。償還されないこともあり、商人たちは戦々恐々としていたようだ。そのかわり恩を売り、口利きをしてもらうことで、様々な御用を承り、ますます肥え太っていったのだ。時代劇によくある菓子折りに詰めた小判を前に、身なりの良い武士が「越後屋《えちごや》、お主も悪よのう」と高笑いする場面が頭に浮かんでしまう。

幕府の旗本や御家人たちは貧乏にあえいでいた。武士としても体面だけを保つため、無理に無理を重ねていくのだ。第二話の「水伯《すいはく》の井戸」など、その最たるものである。武家としてだけでなく、宗家という看板も背負っている者の哀れさ。その矜持《きょうじ》をどうやって保てばいいのか、現代にも通じる難しい問題で考えさせられた。

武士としての誇りを保ちたい。長い平和の中で戦うことがなくなっても、剣術の稽古は盛んであった。腕前を競うことも多く、各流派の道場も多かったようだ。

父の安右衛門やお蝶の用心棒役の陣内も通う、虎ノ門外にある新陰《しんかげ》流の的場《まとば》道場は百人以上の門下生を抱え、町人の千吉まで通っていた。まあ、それは、安右衛門を負かせばお蝶との結婚を許す、という約束があってのことだが。お蝶には「へなちょこ」と笑われる巨漢の兄の安之も、実はどうして侮《あなど》れない。それは後の話である。

古代から存在していた薙刀は、この時代、武家の女子のたしなみの一つであったという。沙十と安之の出会いも、この薙刀がきっかけであったが、女性が身を守る武芸として身につけていた。時代は少し下るが浮世絵師、楊洲周延《ようしゅうちかのぶ》の描く「千代田之大奥」という浮世絵の一枚には、大奥の女中たちが薙刀の稽古に励んでいる姿が描かれている。ドラマなどでも大奥に勤める奥女中たちが不審者に対して「出会え、出会え」と襷《たすき》をかけて薙刀をふるっている姿を見たことがあるだろう。

実際、幕末の会津戦争において、婦女隊と呼ばれる女性だけの部隊が組織され、会津藩江戸詰勘定役中野平内《かんじょうやくなかのひょうない》の薙刀の名手であった長女、中野竹子《たけこ》が戦死している。

現代でもスポーツとして「なぎなた」を楽しむ女性は多いが、九十四歳まで現役の範士として後進の教育に当たった澤田花江《さわだはなえ》の一代記『あくなき向上心』（どう出版）の中では武道についてこう語る。

――「士農工商」ということばがありました。「士族」が一番はじめにあるのは、何でも模範にならなければいけないということです。武道をやる人は士族と同じなんです。（中略）そういうことでないといけないと思うんです。

武芸を磨くことは、心の持ちよう。澤田花江の立ち姿の美しさは、この『朱龍哭く』の沙十の立ち合い場面に重なって見える。武道家の心ばえは姿に現れるのだろう。

この解説を書くため、いろいろな資料を読んでいたところ、北海道新聞帯広支社のインタビューの中で、著者が杖道《じょうどう》をたしなんでいることを知った。戦いの場面での臨場感は、ご自身が経験したことだったのだ。

江戸時代も末期になり、外交や経済など多くの問題に蓋をして、ただ華やかに楽しんで生活するには無理が来ていた。その後ろ暗い部分をこの小説は突いていく。史実には残っていないが、もしかしたら、と思わせる事件である。

身分制度の不満が、やがて来る幕末の動乱の一因にもなる。武家の嫁と長唄の師匠という対照的な立場のふたりを主人公に据えたことで、深いテーマを持つ作品になった。

吉川英治文学新人賞を受賞した『まるまるの毬』も同じテーマに貫かれている。下町の菓子屋の亭主、名刹《めいさつ》の僧侶、将軍、と生きる場所はちがうが、ある繋がりに縛られている。この運命に逆らうにはどうしたらいいのかを淡々と語っていくのだ。

思えば、この二作は同じ時代を描いた表と裏の物語のようだ。本書を読まれた方は『まるまるの毬』もぜひ読んでほしい。西條奈加という作家の懐《ふところ》の深さをより味わうことができるだろう。

二〇〇五年、第十七回日本ファンタジーノベル大賞受賞の『金春屋ゴメス』という歴史ファンタジーでデビューしたが、現在、西條奈加は最も力のある時代小説の女性作家のひとりとなった。

　ここしばらく時代小説ブームが続いているが、その中でも女性作家の活躍が目覚ましい。ほぼ同時期にデビューし、年齢も近い女性作家たちが十年書き続け、得意の分野を開拓し、素晴らしい作品を発表し続けている。時代小説、それも女性作家の小説が好きな私としては嬉しくてたまらない。

　本書の解説依頼をいただいた直後に吉川新人賞の受賞が決まり、その後第一冊目の文庫に関われたことは、書評を生業とするものにとってとても名誉なことだ。西條奈加の作品をずっと読んできてよかったと心から思う。

　果たして、この弁天観音姉妹にまた会える日が来るだろうか。お蝶の恋のさや当ての始末がとても気になるところだが、ここはひとまず筆を置くことにしよう。

本書は、二〇一二年二月に小社より刊行された
『朱龍哭く　弁天観音よろず始末記』を改題して文庫化したものです。

|著者|西條奈加　1964年北海道生まれ。2005年『金春屋ゴメス』で第17回日本ファンタジーノベル大賞を受賞しデビュー。'12年『涅槃《ねはん》の雪』で第18回中山義秀文学賞を受賞。'15年『まるまるの毬《いが》』で第36回吉川英治文学新人賞を受賞、'21年『心淋《うらさび》し川《がわ》』で第164回直木賞を受賞した。他の作品に『曲亭の家』『六つの村を越えて髭《ひげ》をなびかせる者』など多数。

世直《よなお》し小町《こまち》りんりん
西條奈加《さいじょうなか》

2015年5月15日第1刷発行
2024年8月27日第18刷発行

講談社文庫
定価はカバーに
表示してあります

発行者——森田浩章
発行所——株式会社　講談社
東京都文京区音羽2-12-21　〒112-8001
電話　出版　(03) 5395-3510
販売　(03) 5395-5817
業務　(03) 5395-3615

KODANSHA

デザイン—菊地信義
製版———TOPPAN株式会社
印刷———株式会社KPSプロダクツ
製本———株式会社KPSプロダクツ

Printed in Japan

ISBN978-4-06-293095-6

講談社文庫刊行の辞

二十一世紀の到来を目睫に望みながら、われわれはいま、人類史上かつて例を見ない巨大な転換期をむかえようとしている。

世界も、日本も、激動の予兆に対する期待とおののきを内に蔵して、未知の時代に歩み入ろうとしている。このときにあたり、創業の人野間清治の「ナショナル・エデュケイター」への志を現代に甦らせようと意図して、われわれはここに古今の文芸作品はいうまでもなく、ひろく人文・社会・自然の諸科学から東西の名著を網羅する、新しい綜合文庫の発刊を決意した。

激動の転換期はまた断絶の時代である。われわれは戦後二十五年間の出版文化のありかたへの深い反省をこめて、この断絶の時代にあえて人間的な持続を求めようとする。いたずらに浮薄な商業主義のあだ花を追い求めることなく、長期にわたって良書に生命をあたえようとつとめるところにしか、今後の出版文化の真の繁栄はあり得ないと信じるからである。

同時にわれわれはこの綜合文庫の刊行を通じて、人文・社会・自然の諸科学が、結局人間の学にほかならないことを立証しようと願っている。かつて知識とは、「汝自身を知る」ことにつきていた。現代社会の瑣末な情報の氾濫のなかから、力強い知識の源泉を掘り起し、技術文明のただなかに、生きた人間の姿を復活させること。それこそわれわれの切なる希求である。

われわれは権威に盲従せず、俗流に媚びることなく、渾然一体となって日本の「草の根」をかたちづくる若く新しい世代の人々に、心をこめてこの新しい綜合文庫をおくり届けたい。それは知識の泉であるとともに感受性のふるさとであり、もっとも有機的に組織され、社会に開かれた万人のための大学をめざしている。大方の支援と協力を衷心より切望してやまない。

一九七一年七月

野間省一

杉本章子　お狂言師歌吉うきよ暦
杉本章子　大奥二人道成寺〈お狂言師歌吉うきよ暦〉
ジョン・スタインベック　齊藤昇 訳　ハツカネズミと人間
諏訪哲史　アサッテの人
菅野雪虫　天山の巫女《みこ》ソニン(1)　黄金の燕
菅野雪虫　天山の巫女《みこ》ソニン(2)　海の孔雀
菅野雪虫　天山の巫女《みこ》ソニン(3)　朱鳥《あけがらす》の星
菅野雪虫　天山の巫女《みこ》ソニン(4)　夢の白鷺
菅野雪虫　天山の巫女《みこ》ソニン(5)　大地の翼
菅野雪虫　天山の巫女《みこ》ソニン　巨山《コザン》外伝〈予言の娘〉
菅野雪虫　天山の巫女《みこ》ソニン　江南《カンナム》外伝〈海竜の子〉
鈴木みき　日帰り登山のススメ〈あした、山へ行こう！〉
砂原浩太朗　いのちがけ〈加賀百万石の礎〉
砂原浩太朗　高瀬庄左衛門御留書
砂原浩太朗　黛家の兄弟
ラトナ・サリ・デヴィ・スカルノ　選ばれる女におなりなさい〈デヴィ夫人の婚活論〉
砂川文次　ブラックボックス
瀬戸内寂聴　新寂庵説法　愛なくば
瀬戸内寂聴　人が好き［私の履歴書］

瀬戸内寂聴　白道
瀬戸内寂聴　寂聴相談室人生道しるべ
瀬戸内寂聴　瀬戸内寂聴の源氏物語
瀬戸内寂聴　愛する能力
瀬戸内寂聴　藤壺
瀬戸内寂聴　生きることは愛すること
瀬戸内寂聴　寂聴と読む源氏物語
瀬戸内寂聴　月の輪草子
瀬戸内寂聴　新装版　寂庵説法
瀬戸内寂聴　死に支度
瀬戸内寂聴　新装版　蜜と毒
瀬戸内寂聴　新装版　花《か》怨《えん》
瀬戸内寂聴　新装版　祇《ぎ》園女御《おんにょうご》(上)(下)
瀬戸内寂聴　新装版　かの子撩乱
瀬戸内寂聴　新装版　京まんだら(上)(下)
瀬戸内寂聴　いのち
瀬戸内寂聴　花のいのち
瀬戸内寂聴　ブルーダイヤモンド〈新装版〉
瀬戸内寂聴　97歳の悩み相談

瀬戸内寂聴　その日まで
瀬戸内寂聴　すらすら読める源氏物語(上)(中)(下)
瀬戸内寂聴・訳　源氏物語　巻一《まきいち》
瀬戸内寂聴・訳　源氏物語　巻二《まきに》
瀬戸内寂聴・訳　源氏物語　巻三《まきさん》
瀬戸内寂聴・訳　源氏物語　巻四《まきし》
瀬戸内寂聴・訳　源氏物語　巻五《まきご》
瀬戸内寂聴・訳　源氏物語　巻六《まきろく》
瀬戸内寂聴・訳　源氏物語　巻七《まきしち》
瀬戸内寂聴・訳　源氏物語　巻八《まきはち》
瀬戸内寂聴・訳　源氏物語　巻九《まきく》
瀬戸内寂聴・訳　源氏物語　巻十《まきじゅう》
瀬尾まなほ　寂聴さんに教わったこと
先崎学　先崎学の実況！盤外戦
妹尾河童　少年H(上)(下)
瀬尾まいこ　幸福な食卓
関原健夫　がん六回　人生全快
瀬川晶司　泣き虫しょったんの奇跡　完全版〈サラリーマンから将棋のプロへ〉
仙川環《たまき》　幸福の劇薬〈医者探偵・宇賀神晃〉

講談社文庫 目録

谷口雅美　殿、恐れながらブラックでござる
谷口雅美　殿、恐れながらリモートでござる
武川佑　虎の牙
武内涼　謀聖　尼子経久伝〈青雲の章〉
武内涼　謀聖　尼子経久伝〈風雲の章〉
武内涼　謀聖　尼子経久伝〈瑞雲の章〉
武内涼　謀聖　尼子経久伝〈雷雲の章〉
立松和平　すらすら読める奥の細道
高梨ゆき子　大学病院の奈落
珠川こおり　檸檬先生
高原英理　不機嫌な姫とブルックナー団
陳舜臣　中国五千年(上)(下)
陳舜臣　中国の歴史　全七冊
陳舜臣　小説十八史略　全六冊
千早茜　森の家
千野隆司　大店の暖簾《のれん》〈下り酒一番〉
千野隆司　分家の始末〈下り酒一番(二)〉
千野隆司　献上の祝酒〈下り酒一番(三)〉
千野隆司　大《おお》酒《ざけ》の合戦〈下り酒一番(四)〉
千野隆司　銘酒の真贋〈下り酒一番(五)〉
千野隆司　追跡
知野《ちの》みさき　江戸は浅草
知野みさき　江戸は浅草2〈盗人探し〉
知野みさき　江戸は浅草3〈桃と桜〉
知野みさき　江戸は浅草4〈冬青《そよご》灯籠《どうろう》〉
知野みさき　江戸は浅草5〈春の捕物〉
崔《チェ》実《シル》　ジニのパズル
崔実　pray《プレイ》 human《ヒューマン》
筒井康隆　創作の極意と掟
筒井康隆　読書の極意と掟
筒井康隆ほか12名　名探偵登場！
都筑道夫　なめくじに聞いてみろ〈新装版〉
辻村深月　冷たい校舎の時は止まる(上)(下)
辻村深月　子どもたちは夜と遊ぶ(上)(下)
辻村深月　凍りのくじら
辻村深月　ぼくのメジャースプーン
辻村深月　スロウハイツの神様(上)(下)
辻村深月　名前探しの放課後(上)(下)
辻村深月　ロードムービー
辻村深月　ゼロ、ハチ、ゼロ、ナナ。
辻村深月　V.T.R.
辻村深月　光待つ場所へ
辻村深月　ネオカル日和
辻村深月　島はぼくらと
辻村深月　家族シアター
辻村深月　図書室で暮らしたい
辻村深月　噛みあわない会話と、ある過去について
新川直司 漫画　辻村深月 原作　コミック　冷たい校舎の時は止まる(上)(下)
津村記久子　ポトスライムの舟
津村記久子　カソウスキの行方
津村記久子　やりたいことは二度寝だけ
津村記久子　二度寝とは、遠くにありて想うもの
恒川光太郎　竜が最後に帰る場所
月村了衛　神子《みこ》上《がみ》典《てん》膳《ぜん》
月村了衛　悪の五輪
辻堂魁《かい》　落暉《ゆうひ》に燃ゆる〈大岡裁き再吟味〉
辻堂魁　山桜花〈大岡裁き再吟味〉

辻堂　魁　うつし絵〈大岡裁き再吟味〉
フランソワ・デュボワ　太極拳が教えてくれた人生の宝物〈中国・武当山90日間修行の記〉
手塚マキと歌舞伎町ホスト80人 from Smappa! Group　ホスト万葉集〈文庫スペシャル〉
土居良一　海翁伝
鳥羽　亮　金貸し権兵衛〈鶴亀横丁の風来坊〉
鳥羽　亮　提《ちょう》灯《ちん》斬り〈鶴亀横丁の風来坊〉
鳥羽　亮　お京危うし〈鶴亀横丁の風来坊〉
鳥羽　亮　狙われた横丁〈鶴亀横丁の風来坊〉
東郷　隆／上田信　絵　【絵解き】雑兵足軽たちの戦い〈歴史・時代小説ファン必携〉
堂場瞬一　八月からの手紙
堂場瞬一　壊れる心〈警視庁犯罪被害者支援課〉
堂場瞬一　邪心〈警視庁犯罪被害者支援課2〉
堂場瞬一　二度泣いた少女〈警視庁犯罪被害者支援課3〉
堂場瞬一　身代わりの空(上)(下)〈警視庁犯罪被害者支援課4〉
堂場瞬一　影の守護者〈警視庁犯罪被害者支援課5〉
堂場瞬一　不信の鎖〈警視庁犯罪被害者支援課6〉
堂場瞬一　空白の家族〈警視庁犯罪被害者支援課7〉
堂場瞬一　チェンジ〈警視庁犯罪被害者支援課8〉
堂場瞬一　誤《あやま》ちの絆〈警視庁総合支援課〉

堂場瞬一　最後の光〈警視庁総合支援課2〉
堂場瞬一　傷
堂場瞬一　埋れた牙
堂場瞬一　Killers(上)(下)
堂場瞬一　虹のふもと
堂場瞬一　ネタ元
堂場瞬一　ピットフォール
堂場瞬一　ラットトラップ
堂場瞬一　ブラッドマーク
堂場瞬一　焦土の刑事
堂場瞬一　動乱の刑事
堂場瞬一　沃野の刑事
堂場瞬一　ダブル・トライ
土橋章宏　超高速！参勤交代
土橋章宏　超高速！参勤交代　リターンズ
戸谷洋志　Jポップで考える哲学〈自分を問い直すための15曲〉
富樫倫太郎　信長の二十四時間
富樫倫太郎　スカーフェイス〈警視庁特別捜査第三係・淵神律子〉
富樫倫太郎　スカーフェイスII　デッドリミット〈警視庁特別捜査第三係・淵神律子〉

富樫倫太郎　スカーフェイスIII　ブラッドライン〈警視庁特別捜査第三係・淵神律子〉
富樫倫太郎　スカーフェイスIV　デストラップ〈警視庁特別捜査第三係・淵神律子〉
豊田　巧　警視庁鉄道捜査班〈鉄血の警視〉
豊田　巧　警視庁鉄道捜査班〈鉄路の牢獄〉
砥《と》上《がみ》裕《ひろ》將《まさ》　線は、僕を描《えが》く
遠田潤子　人でなしの櫻
夏樹静子　新装版　二人の夫をもつ女
中井英夫　新装版　虚無への供物(上)(下)
中村敦夫　狙われた羊
中島らも　僕にはわからない
中島らも　今夜、すべてのバーで〈新装版〉
鳴海　章　フェイスブレイカー
鳴海　章　謀略航路
鳴海　章　全能兵器AiCO《アイコ》
中嶋博行　新装版　検察捜査
中村天風　運命を拓く〈天風瞑想録〉
中村天風　叡智のひびき〈天風哲人　箴《しん》言《げん》註《ちゅう》釈《しゃく》〉
中村天風　真理のひびき〈天風哲人　新箴《しん》言《げん》註《ちゅう》釈《しゃく》〉
中山康樹　ジョン・レノンから始まるロック名盤

講談社文庫 目録

ナガノ　ちいかわノート
西村京太郎　華麗なる誘拐
西村京太郎　寝台特急「日本海《メモリー・トレイン》」殺人事件
西村京太郎　十津川警部　帰郷・会津若松
西村京太郎　特急「あずさ《アリバイ・トレイン》」殺人事件
西村京太郎　十津川警部の怒り
西村京太郎　宗谷本線殺人事件
西村京太郎　奥能登に吹く殺意の風
西村京太郎　特急「北斗1号《スーサイド・トレイン》」殺人事件
西村京太郎　十津川警部　湖北の幻想
西村京太郎　九州特急「ソニックにちりん」殺人事件
西村京太郎　東京・松島殺人ルート
西村京太郎　新装版　殺しの双曲線
西村京太郎　新装版　名探偵に乾杯
西村京太郎　南伊豆殺人事件
西村京太郎　十津川警部　青い国から来た殺人者
西村京太郎　新装版　天使の傷痕
西村京太郎　新装版　D機関情報
西村京太郎　十津川警部　猫と死体はタンゴ鉄道に乗って

西村京太郎　韓国新幹線を追え
西村京太郎　北リアス線の天使
西村京太郎　十津川警部　長野新幹線の奇妙な犯罪
西村京太郎　上野駅殺人事件
西村京太郎　京都駅殺人事件
西村京太郎　沖縄から愛をこめて
西村京太郎　十津川警部「幻覚」
西村京太郎　函館駅殺人事件
西村京太郎　内房線の猫たち〈異説里見八犬伝〉
西村京太郎　東京駅殺人事件
西村京太郎　長崎駅《ナガサキ・レディ》殺人事件
西村京太郎　十津川警部　愛と絶望の台湾新幹線
西村京太郎　西鹿児島駅殺人事件
西村京太郎　札幌駅殺人事件
西村京太郎　十津川警部　山手線の恋人
西村京太郎　仙台駅殺人事件
西村京太郎　七人の証人〈新装版〉
西村京太郎　十津川警部　両国駅3番ホームの怪談
西村京太郎　午後の脅迫者〈新装版〉

西村京太郎　びわ湖環状線に死す
西村京太郎　ゼロ計画《プラン》を阻止せよ〈左文字進探偵事務所〉
西村京太郎　つばさ111号の殺人
仁木悦子　猫は知っていた〈新装版〉
新田次郎　新装版　聖職の碑《いしぶみ》
日本文芸家協会編　愛染夢灯籠〈時代小説傑作選〉
日本推理作家協会編　犯人たちの部屋〈ミステリー傑作選〉
日本推理作家協会編　隠された鍵〈ミステリー傑作選〉
日本推理作家協会編　Play《プレイ》　推理遊戯〈ミステリー傑作選〉
日本推理作家協会編　Doubt《ダウト》　きりのない疑惑〈ミステリー傑作選〉
日本推理作家協会編　Bluff《ブラフ》　騙し合いの夜〈ミステリー傑作選〉
日本推理作家協会編　ベスト8ミステリーズ2015
日本推理作家協会編　ベスト6ミステリーズ2016
日本推理作家協会編　ベスト8ミステリーズ2017
日本推理作家協会編　2019ザ・ベストミステリーズ
日本推理作家協会編　2020ザ・ベストミステリーズ
日本推理作家協会編　2021ザ・ベストミステリーズ
二階堂黎人　ラン迷宮〈二階堂蘭子探偵集〉
二階堂黎人　増加博士の事件簿

2024年6月14日現在